창귀

창
귀

초판 1쇄 발행 | 2025년 1월 23일
초판 2쇄 발행 | 2025년 8월 18일

지은이 | 문화류씨
펴낸이 | 박영욱
펴낸곳 | (주)북오션

주 소 | 서울시 마포구 월드컵로 14길 62 북오션빌딩
이메일 | bookocean@naver.com
네이버포스트 | post.naver.com/bookocean
페이스북 | facebook.com/bookocean.book
인스타그램1 | instagram.com/bookocean777
인스타그램2 | instagram.com/supr_lady_2008
X | x.com/b00k_0cean
틱톡 | www.tiktok.com/@book_ocean17
유튜브 | 쏠쏠TV·쏠쏠라이프TV
전 화 | 편집문의: 02-325-9172 영업문의: 02-322-6709
팩 스 | 02-3143-3964

출판신고번호 | 제 2007-000197호

ISBN 978-89-6799-887-5(03370)

*이 책은 (주)북오션이 저작권자와의 계약에 따라 발행한 것이므로 내용의 일부 또는 전부를
 이용하려면 반드시 북오션의 서면 동의를 받아야 합니다.
*책값은 뒤표지에 있습니다.
*잘못 만들어진 책은 구입하신 서점에서 교환해 드립니다.

창백한 밤, 창귀의 울부짖음이 들릴 때

창귀

문화류씨 지음

「1」 곡동 7

「2」 실종 59

「3」 업보 97

「4」 편지 123

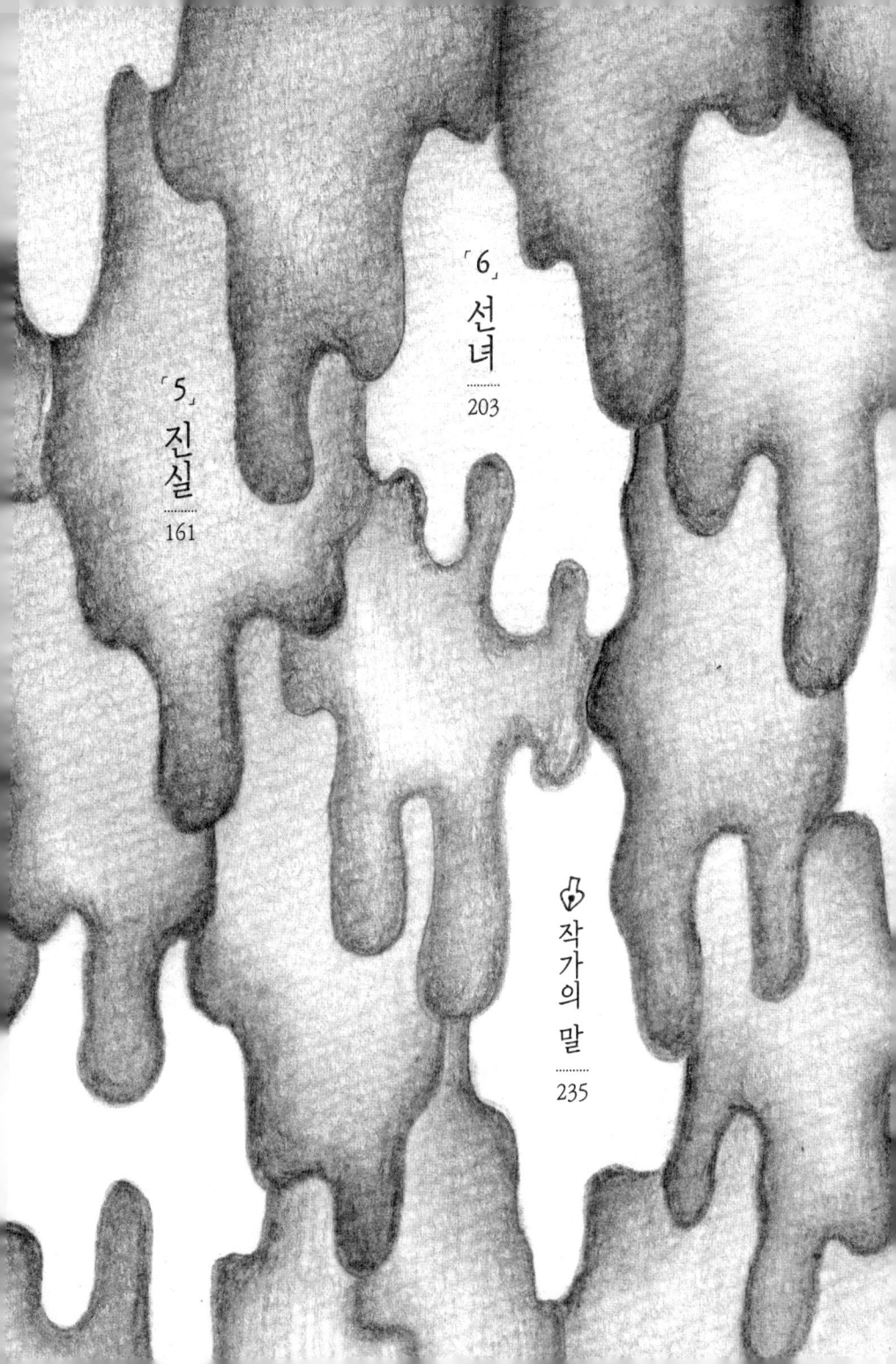

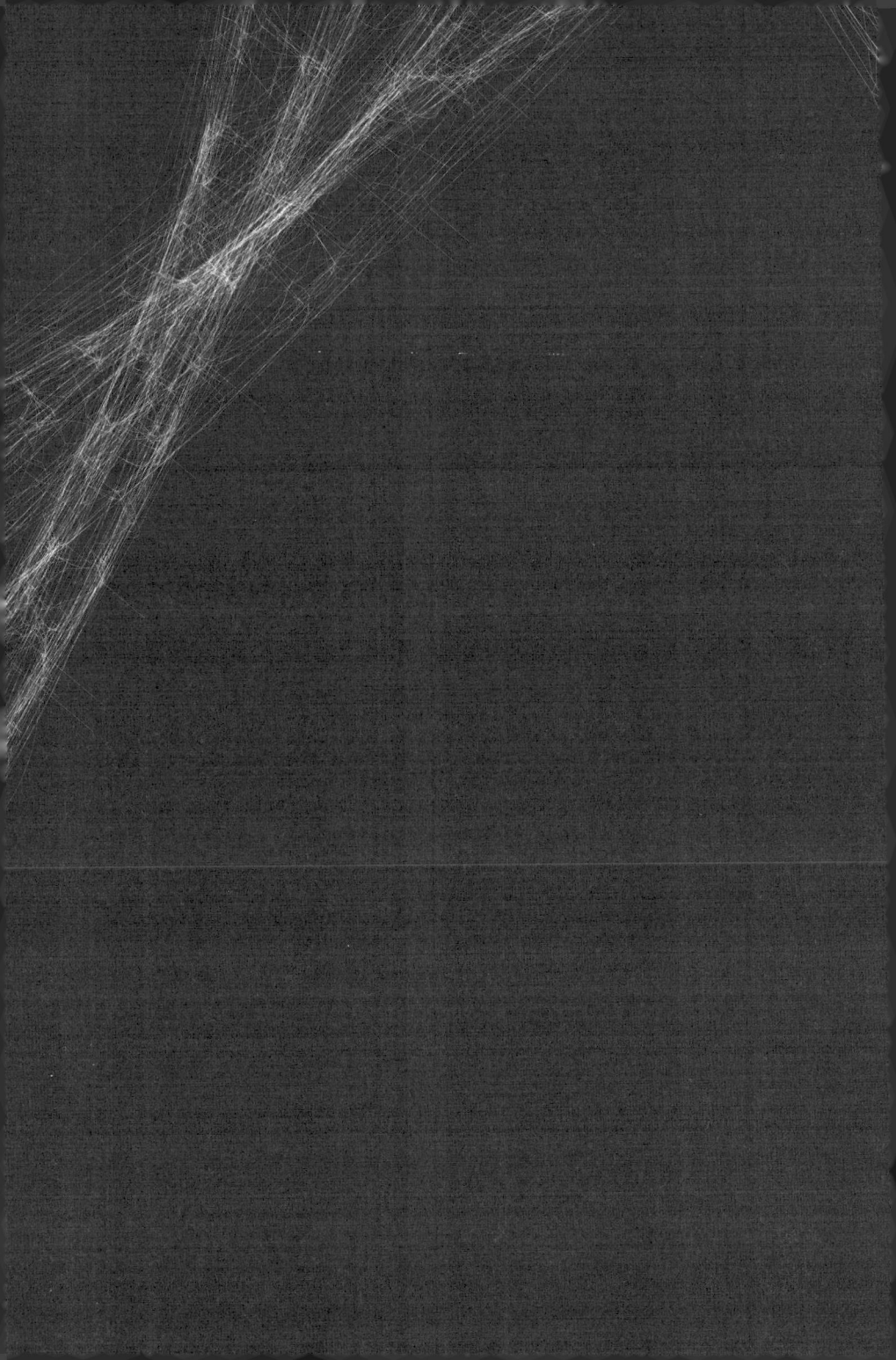

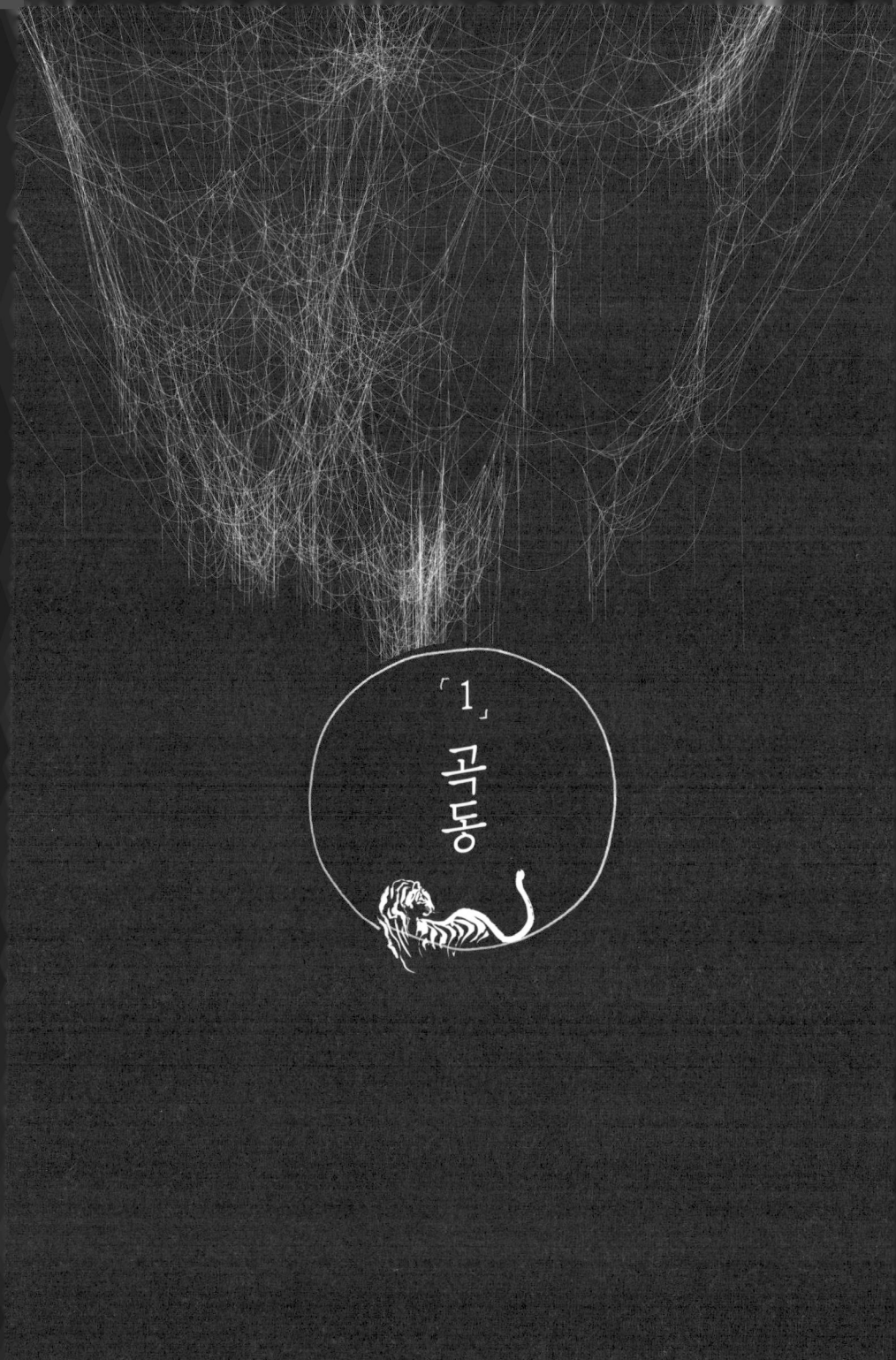

'곡동'이란 이름은 '호랑이가 우는 동네'라는 뜻의 호곡동(虎哭洞)에서 왔다. 곡동 사람들은 호랑이를 '산신'이라 부르며 섬겼다. 기이하게도 호랑이가 우는 날이면 사람이 죽었는데, 그럴 때마다 주민들은 산신이 악인을 벌한다고 믿었다. 왜냐하면 죽은 이들은 절도부터 살인까지 저지른 악인이었기 때문이다. 특이한 점이 있다면 죄인의 머리만 남겨 두었는데, 인적이 잦은 곳에서 발견되었다.

1940년이 지날 무렵이었다. 이웃 옥동(玉洞)에서 '조은애'라는 처자가 넉넉한 집안의 염만석에게 시집을 왔다. 사람들은 살림도 잘하고 시댁 어른도 잘 모시는 그녀를 기특하게 여겼다. 더불어 조은애는 보통학교를 나와 아는 것이 많았고, 지혜롭기까지 하여 따르는 이들이 많았다.

어느 날이었다. 조은애가 이른 아침부터 곱게 차려입고 길을 걸어가자, 동네 아낙 하나가 그녀를 불렀다.

"새댁, 이른 아침부터 곱게 차려입고 어디를 가는 거야?"

"친정에요."

아낙은 싱긋이 웃었다.

"난 또 이른 아침부터 그렇게 입고 새서방이라도 만나러 가는 줄 알았지."

"설마요…. 내일이 아버지 생신이라서 찬이랑 나물 좀 준비했어요."

"언제 올 거야?"

"하룻밤 자고 오려고요. 내일 아침에는 올 거예요. 시부모님 식사도 챙겨드려야 해서…."

"그려, 조심히 다녀와. 곧 오봉이라 일손이 부족해서 말이지. 내일 시부모님 식사 차려드리고 선녀님이 계신 곳으로 와."

"네…."

그녀의 친정은 요봉사(妖封寺)라는 절을 지나 큰 고개를 넘어야 나오는 곳이었다. 거리는 가깝지만 길이 험하고 경사가 심했다. 남편인 염만석도 함께 가려고 했지만, 거동이 불편한 시부모를 챙겨야 했기에 혼자 집을 나섰다.

※ ※ ※

다음 날, 비가 억수처럼 내렸다. 염만석이 초조한 얼굴로 마을 주변을 돌아다니니, 촌장이 말을 걸었다.

"염 서방, 무슨 일 있나?"

염만석이 얼이 빠진 얼굴로 말했다.

"친정에 간 아내가 돌아오지 않았습니다. 아침에 온다던 사람인데, 점심 먹을 시간이 지나도 오지 않았습니다."

촌장이 눈을 가늘게 뜨며 요봉사 언덕을 봤다.

"친정에 무슨 일이 있는 거 아닌가?"

"글쎄요. 장인 생신이라고만 알고 있습니다. 약속을 어기는 사람이 아닌데, 이상합니다."

"자네 처가가 그리 멀지 않으니, 직접 가보는 게 어떠한가?"

"그럴 생각입니…."

대답이 끝나기도 전이었다. 요봉사 언덕길에서 사내 둘이 소리를 치며 뛰어왔다.

"염 서방!"

"매형!"

장인과 처남이었다. 그들의 다급한 목소리에 무슨 일이 생긴 것만 같았다. 염만석은 그들에게 달려갔다.

"장인어른, 여기는 어떻게 오셨습니까?"

두 사람의 표정이 심상치 않았다.

"염 서방…. 우리 은애 말이야, 혹시 여기에 있는가?"

염만석의 가슴이 철렁 내려앉았다.

"집사람은 어제 아침에 장인어른 댁으로 갔잖아요…."

장인은 낯빛이 더욱 어두워지더니, 온몸을 심하게 떨었다. 염만석은 답답해 죽을 지경이었다.

"처남, 처남이 말 좀 해봐라. 어떻게 된 일이고? 누나는?"

처남도 울먹였다.

"매형, 그, 그게…."

"뜸 들이지 말고 빨리 좀 말해봐라."

"누나가 오는 시간에 맞춰서 마중을 나갔는데요. 비가 와서 그런지 한 시간을 기다려도 오지 않는 거예요. 그래서 누나가 오지 않을 수도 있을 것 같아서 집에 가려는데, 먼 곳에서 누나가 우리를 부르는 거예요. 반가운 마음에 달려가려는데, 갑자기 아버지가 팔을 잡는 거예요. 누나가 아닌 것 같다면서…."

염만석은 이해할 수 없었다.

"그게 무슨 소리고? 누나가 아닌 것 같다니?"

처남 역시 눈이 심하게 흔들렸다.

"저도 제가 무슨 말을 하는지 모르겠어요. 정말 누나였어요. 틀림없는 누나 목소리예요. 그런데 아버지는 아무리 봐도 누나로 둔갑한 귀신 같다고 했어요. 저는 아버지의 장난인 줄 알고 누나에게 달려갔어요. 그리고 누나와 눈이 마주치는 순간, 누나가 아니라는 사실을 깨달았어요."

염만석의 미간이 좁아졌다.

"처남까지 이상한 말을 하면 어떻게 해? 누나가 아니면 뭔데?"

"모르겠어요, 귀신 같은 것, 아니 귀신이었어요. 얼굴은 누나였지만 몸은 없고 옷만 펄럭이고 있었으니까요. 저와 아버지는 안간힘을 써서 집까지 도망쳤어요. 문제는 그것이 마당까지 쫓아왔어요. 아버지가 재빨리 방문을 잠갔죠. 그것이 아버지와 저를 계속해서 부르는데, 이상하게 나가고 싶어 미칠 것 같았어요. 오늘 새벽까지 마당에 그것이 있었는데, 비가 그치자마자 사라졌어요. 아버지가 아무리 생각해도 누나한테 무슨 일이 생긴 것 같다며 매형한테 가자고 해서 온 거예요."

염만석의 속이 새까맣게 타들어 갔다. 다시 말해서 아내가 실종되었다는 말이었다. 이를 지켜보고 있던 촌장이 말했다.

"보통 일이 아닌 것 같네. 아무래도 염 서방 자네 처가…."

촌장은 말을 잇지 못했다. 갑자기 호랑이의 울음소리가 온 동네에 울려 퍼졌기 때문이다. 벼락이 치는 소리처럼 머리부터 발끝까지 울렸다. 장인이 요봉사 언덕을 가리켰다.

"저, 저기…."

거대한 호랑이 한 마리가 꼬리를 살랑살랑 흔들며 노려봤다. 촌장은 재빨리 엎드렸다.

"아이고, 산신님이시여…."

호랑이는 한동안 노려보다가 모습을 감췄다. 촌장은 심각한 표정을 지었다. 좋지 않은 일이 벌어진 것이 틀림없다.

"염 서방아, 큰일 났다. 동네 사내들 빨리 데리고 와야겠다. 마음 단디 먹어야 한다."

염만석이 정신없이 사내들을 모아오자, 촌장이 앞장서서 요봉사로 향했다. 기이하게도 순식간에 안개가 시야를 덮었다. 모두가 위기를 감지한 듯 숨죽이며 언덕을 올랐는데, 촌장이 걸음을 멈췄다.

"어, 어째서…, 이런…."

뒤에 있던 염만석이 주저앉았다. 길 한복판에 조은애의 머리만 덩그러니 있었다. 소가 핥은 듯 머리카락이 한쪽으로 쓸려 넘어간 그녀는 일그러진 표정으로 하늘을 보고 있었다. 그 모습이 상당히 괴상했다. 촌장은 천천히 다가갔다.

"자네 처가 죄를 지어 산신님께서 벌을 내리신 거다…."

염만석은 아내의 죽음이 믿기지 않았다. 그녀가 아파할 것만 같아서 만질 수도 없었다. 조심스레 그녀의 뺨에 손을 대며 눈물을 쏟았다. 이성을 잃은 염만석이 바닥에서 돌을 주웠다.

"이 괭이 새끼야, 나온나. 빨리 나온나!"

사내들은 염만석을 말렸다.

"염 서방, 고만해라. 산신님이 노하신다!"

"산신은 무슨 산신입니까? 사람 죽이는 산신도 있습니까? 착한 아내가 무슨 죄를 지었기에 해치냐는 말입니다. 이 괭이 새끼, 제가 가만 안 둘 겁니다."

그때였다. 마을 사내 하나가 소리쳤다.

"촌장님, 저기 새댁의 옷과 물건이 있습니다."

촌장이 작대기 하나를 주워 옷과 보자기를 들어 올렸다. 보자기에서 가락지와 목걸이, 구겨진 지폐 몇 장이 보였다. 제일 아래에는 봉투도 있었는데, 촌장이 냉큼 안을 봤다.

"어이쿠 쯧쯧쯧…. 이 봐라, 염 서방, 빨리 좀 와봐라."

촌장이 봉투에서 종이를 건넸다. 그것을 본 염만석의 숨소리가 거칠어졌다. 집문서였다. 그녀가 그것을 왜 들고 나갔는지 이해할 수 없었다. 가락지며 목걸이들은 모친 것이었고, 돈도 집에서 나온 것이 틀림없다. 염만석은 실성한 듯 웃다가 처의 머리를 번쩍 들었다.

"에잇, 천벌 받아도 싼 년!"

조은애의 머리가 요봉사 아래로 굴러갔다.

※ ※ ※

 선조 3년 경오년(庚午年), 경상도에서 손에 꼽는 명문가 최 대감의 집의 외아들 최시언이 천궁에서 내려온 선녀와 혼인했다. 사람들이 '선녀'라고 부르기에 고운 미모나 마음씨로 인한 별칭(別稱)으로 추측했지만, 앉은뱅이를 걷게 하고, 봉사의 눈을 고쳤으며, 죽은 자도 살려냈다기에 직접 확인하고 싶었다. 부처나 귀신 따위도 믿지 않는 나였기에 그녀를 찾아가 망신을 주고 싶었다.
 하지만 지금도 그녀를 만난 날을 잊을 수 없다. 아름다운 미모와 호수 같은 눈망울에 빠져나오기 힘들 정도로 매력적이었다. 더욱이 나의 마음을 꿰뚫고 있었다. 그녀는 내가 왜 왔는지 정확히 알고 있었다. 망신 주려고 온 나에게 오랜 근심이었던 아들의 지병을 고치는 방법을 가르쳐주었다. 덕분에 아들의 병은 씻은 듯 나았다.
 그녀는 진짜다. 선녀가 확실하다.

 위는 조선 시대의 학자 유익(劉益)이 쓴 《가유기담(假謬奇談)》이란 책으로, 선녀를 언급한 내용이다. 기이하게도 책에서 말한 것처럼 수백 년이 지나도 선녀는 늙지도 않았고, 지금까지 곡동에서 사람들을 도왔다.
 세월이 흘렀다. 조그마한 땅덩어리에서는 별별 일이 일어났었다. 왜구의 침입을 비롯해 같은 민족이 서로에게 총구도 겨누었다. 시간은 더욱 흘러 많은 이들의 희생과 아픔으로 산업화까지 맞이했다. 자고 일어날 때마다 세상이 변했다. 곳곳에 전기가 들어서고, 자동차도 쉽게 볼 수 있었다. 신문이나 라디오에서는 심심치 않게 과학기술의 발전을 찬양했다.

곡동에도 문명이 스며들었다. 그러나 시골 사람들 다 그렇듯 중요하게 생각지 않았다. 도시 일은 도시 일이고, 도구는 도구일 뿐이었다. 곡동 사람들은 여전히 선녀를 찾았다. 그녀는 지금까지 수많은 사람을 살렸다. 그녀의 능력 덕분에 가뭄이나 홍수 같은 대재앙에도 곡동만큼은 피했다.

✳ ✳ ✳

1971년 10월 어느 날.

산 너머로 해가 저물어갔다. 석양이 유난히 붉게 타올랐다. 선녀는 근심 가득한 눈으로 그것을 응시했다. 아낙 하나가 불안한 마음으로 물었다.

"선녀님, 걱정이라도 있으셔요? 안색이 좋지 않아 보입니다. 날이 쌀쌀하니 들어가 쉬셔요."

선녀가 크게 한숨을 쉬었다.

"아무래도 천지의 기운이 좋지 않습니다. 곧 무서운 일이 일어날 것 같아요."

아낙의 얼굴도 덩달아 어두워졌다.

"도대체 무슨 일인데요?"

"곡동을 지켜주는 수호신께서 크게 노하셨습니다. 마을에 있는 죄지은 이 하나 때문에 많은 사람이 위험해질 거예요. 재앙을 막아야 하지만 저의 힘으로는 역부족입니다."

"서, 선녀님, 큰 죄를 지은 사람이 도대체 누구길래 그래요? 그리고 어떤 죄를 지었기에 많은 사람이 위험하냐는 말이에요."

선녀는 한동안 침묵했다가 그녀를 가여운 눈으로 봤다.

"류씨 일가 사람입니다. 그 집안 때문에 산신께서 크게 노하셨어요."

"요봉사 아래에 사는 류덕현 선생 집안을 말씀하시는 거세요?"

선녀가 고개를 끄덕이자, 아낙은 믿을 수 없었다.

"류 선생네 사람들만큼 좋은 사람들이 어디에 있다고요."

"저도 믿기지 않아요. 하지만 열 길 물속은 알아도 한 길 사람 속은 모르는 법입니다. 죄지은 사람 하나 때문에 많은 이들이 죽는다고 생각하니 불안하군요."

아낙은 '죄지은 사람 하나'란 말이 걸렸다.

"혹시…, 나쁜 사람이 류덕삼 씨예요?"

선녀는 고개를 저었다.

"류덕삼 씨가 아니면 누굴까요? 류 선생네 집에 가서 영태 엄마한테 말해줘야겠어요."

선녀가 손을 뻗어 길을 막았다.

"위험하셔요. 살이라도 맞으면 큰일나요. 자매님이 다칠까 봐 걱정이에요. 그러지 말고 제가 방법을 찾아볼게요. 하지만 재앙을 쉽게 피할 수는 없을 거예요. 때가 되면 그 집 사람들이 알아서 저를 찾아올 거예요."

***

1971년 12월 15일.

신이 없다는 사실을 뼈저리게 느끼던 겨울이었다. 장남인 류영태가 실종됐다. 대낮에 나간 후 돌아오지 않았다. 그날 무지막지한 폭설이 내렸다. 열한 살 소년이 갈 곳은 어디에도 없었다. 마을 사람들이 횃불을 들고 장남이 자주 가던 언덕을 올랐다. 언덕은 류덕현의 집 바로 위에 있었는데, 눈이 올 때면 아이들이 썰매를 타던 곳이기도 했다.

"영태야, 영태야!"

많은 이들이 장남의 이름을 애타게 불렀지만 돌아오는 건 차디찬 메아리뿐이었다. 류덕현은 애가 탔다. 체구도 작은 녀석이 눈에 파묻히기라도 했을까, 맨손으로 땅을 파헤쳤다. 손톱이 돌덩이에 부딪혀 부러져도 멈추지 않았다.

"형님, 이러다가 동상 걸리겠습니다. 영태한테 무슨 일 있겠습니까? 그놈이 다른 건 몰라도 형님 닮아서 영리하잖아요. 제 생각에는 영태가 눈 피하느라 어딘가에 숨어 있는 것 같아요. 찾는 건 경찰에게 맡기고 집에 가서 기다려봅시다."

형은 동생의 말이 들리지 않았다. 이미 마을에서는 어린아이의 실종이 빈번하던 시기였기 때문이었다.
"으아아아악!"
아래에 있던 사람들이 비명을 지르자, 류덕삼이 무슨 일이냐며 물었다. 그들은 "빨리"라는 말만 반복했다. 어떤 이는 눈을 가렸고 어떤 이는 입을 막았다.
"혀, 형님…. 그만합시다. 영태를 찾은 것 같습니다."
그제야 류덕현이 고개를 들어 동생이 가리킨 곳을 봤다. 사람들이 뒷걸음치고 있었다.
"서, 설마…."
발걸음이 떨어지지 않았다. 사람들이 모인 곳으로 걸을 때마다 흐느끼는 소리가 커졌다. 마을 사람 몇이 앞을 막았다.
"류 선생님요. 안 보면 안 되겠습니까?"
당장이라도 무너질 것 같은 아버지의 얼굴을 본 마을 사람들이 스스로 자리를 비켰다. 바닥에는 영태가 눈을 이불 삼은 채 누워있었다. 류덕현은 하늘을 응시하고 있는 장남 곁에 천천히 앉았다.
"영태야, 하늘에 뭐가 있나? 그만 일어나라. 집에 가자. 네가 좋아한다고 엄마가 옆집 아주머니한테 서대 한 마리 얻어왔단다. 날도 추운데 서대 쪄서 밥이나 먹자. 아무리 눈이 좋다고 해도 이렇게 덮고 있으면…."
장남을 품에 안는 순간 자신을 의심했다. 무언가 잘못되었다. 눈을 아무리 털어내도 장남의 육신은 보이지 않았다. 당혹스러웠고 무서웠다. 어떻게 된 일이냐고 물었지만, 사람들은 고개를 돌릴 뿐이었다.

"어…, 어떡해요. 우…, 우리 장남 여, 영태…. 덕삼아, 네 조카 몸이 없어졌다. 여, 영태야, 네 몸을 누가 가져간 거니? 왜 머리만 있는 거야? 이게 도대체 어떻게 된 일이고? 말 좀 해봐라, 아버지한테…."

천천히 영태의 머리를 들었다. 절단된 부위에서 피가 흘렀다.

※ ※ ※

열한 살 소년의 죽음에 곡동이 뒤집혔다. 경찰이 수색에 나섰지만, 소년의 몸은 찾을 수 없었다. 안 그래도 아이들의 실종이 빈번하게 일어나던 터라 경찰은 골치가 아팠다. 엄 반장은 줄담배를 피워댔다. 머리를 굴려도 류덕현의 장남을 해친 인물이 떠오르지 않았다. 그에게 원한 가질 사람이 없다는 건 동네 꼬마도 알 정도였다.

류덕현이 누구인가? 보릿고개 때마다 곳간을 내주고, 가난하고 병든 사람들을 돕는 이 시대의 성인(聖人) 아니던가. 더욱이 학교에서는 사정이 어려운 학생들에게 학비까지 내주는 존경받는 교사였다. 그의 장남인 영태도 아버지를 닮아 예의 바른 아이였기에 원한을 살 리가 없었다. 그렇다고 사고로 단정 지을 수도 없었다. 어떻게 사고를 당해야 목이 잘릴 수 있을까? 아이들의 실종과 관계가 있는 것일까? 엄 반장은 다시 담배에 불을 붙였다.

"어휴, 착한 자에게 복이 있다는 말은 다 옛말이다. 류 선생 말이다. 곡동에서 좋은 일만 했던 사람 아이가? 그런 사람에게 왜 이런 끔찍한 일이 생기냐고. 종말이 찾아온 것이 틀림없다."

얼마 전 서울에서 내려온 형사 오창석이 눈살을 찌푸렸다.

"류덕현이란 사람을 잘 모릅니다만, 마을 사람들에게 존경받는 분의 아들이 왜 잔인하게 죽임을 당했을까요? 어쩌면 우리가 모르는 무언가가 있지 않을까요? 가령 돈 문제라든지, 치정에 의한 복수 같은 거요. 서울이나 부산 같은 대도시에서는 빈번한 사건입니다. 일본은 말할 것도 없고요."

하찮다는 듯 엄 반장이 혀를 찼다.

"오창석, 니가 뭘 알아? 니는 임마, 털어서 먼지 안 나오는 사람 없는 줄 알제? 그런데 있다. 그기 류덕현 선생인 기라. 내도 고향이 곡동 아이가? 이 동네 출신이면 류 선생 이야기를 귀가 아플 정도로 듣는다. 그 양반이 얼마나 자비로운 사람이냐면 가난한 얼라들 학교 보내주고, 피부병 환자들한테 집까지 사준 사람이다. 어데 사람한테만 잘해주는 줄 아나? 몇 년 전에 살쾡인지 뭔지 들짐승 하나가 덫에 걸렸는데, 집에 데려와서 치료해주고 키웠다 아이가. 동네 사람들이 들짐승은 무조건 사람을 배신한다고 잡아서 아버지 약으로 쓰라고 해도 거절한 사람이다. 그 양반 하는 말이, 치료해주고 먹이도 풍족하게 주면 쥐라도 잡을 거라면서 다 죽어가는 콩만 한 놈을 삽살개만큼 키웠다. 허허허…."

오창석은 듣는 둥 마는 둥 성냥개비로 탑을 쌓으며 물었다.

"그래서 그 살쾡이는 아직 키운답니까?"

엄 반장이 일어나 성냥으로 쌓은 탑을 검지로 툭 치며 말했다.

"토꼈지…. 들짐승을 우째 믿노? 그 새끼들이 사람한테 충성하는 거 봤나? 나중에 찾아와서 해코지만 안 하면 다행이지. 고마 쓸데없는 소리 치아뿌고 병원에 좀 다녀온나. 영태 부검결과 나왔을 기라. 최 선생 병원 알제? 읍내 시장 입구 맞은편에 병원 하나 있다 아이가."

"네…."

오창석은 한숨이 나왔다. 사건을 냉정하게 보지 못하는 시골 경찰들이 한심했다. 털어서 먼지 한 톨 안 나오는 사람이 어디에 있나? 모든 정황과 인물을 의심해도 모자를 판에 류덕현을 깨끗한 사람이라고 맹신하고 있으니, 수사에 진척이 있을 리 없다.

"후우…. 저 구렁이 같은 엄 반장이 순진할 리가 없어. 류덕현이한테 얼마를 받아먹은 거야? 류덕현 부친인 류성광이 이북에서 온 피란민을 도운 적이 있다던데, 간첩일지도 모르는 마당에 쯧쯧쯧…. 이래서 시골은 안 돼. 뭐 아는 게 있어야 대화를 좀 하지."

한참을 구시렁거리는 사이, 병원에 도착했다. 간호사가 복도 끝을 가리켰다. 문을 열자 소독약 냄새가 진동했다.

"선생님, 곡동서에서 왔습니다."

키가 큰 중년의 의사가 심각한 표정으로 서있었다. 철로 된 침대 위에는 류영태의 머리만 덩그러니 놓여있었다.

"이런 경우는 처음 봅니다. 산짐승이 먹이를 물어뜯은 것처럼 절단면이 지저분하네요. 그런데 말입니다. 요즘 세상에 사람 잡아먹는 산짐승이 어디 있겠습니까? 적어도 열한 살 아이의 목을 물 정도면 호랑이 정도는 되어야 할 텐데요. 호랑이는 일제강점기 때 왜놈들이 다 잡아 죽인 건 알고 계시지요? 그렇다면 사람 짓일 확률이 높겠죠. 단단한 말뚝 같은 것으로 목을 내려쳐 절단했을 가능성도 있습니다. 하지만 의문점이 듭니다. 이런 방식으로 목을 절단하면 시간이 오래 걸리고 출혈도 심해서 어딘가에 증거가 반드시 남을 텐데요. 경찰이 증거를 찾아도 벌써 찾았을 겁니다. 특히나 머리가 발견된 곳이 아이들이 자주 놀던 곳이라지요."

오창석도 돋보기를 꺼내어 절단면을 봤다.

"어딘가에서 머리를 깨끗하게 절단한 뒤 일부러 절단 부위를 훼손한 건 아닐까요?"

의사는 당연히 아니라는 듯 고개를 저었다.

"아니요, 쓸데없는 짓일뿐더러 그건 불가능합니다. 마을에서 옥동이나 다른 마을로 올라가는 길은 그곳 하나입니다. 주로 아이들이 그곳에서 썰매를 탔다고 하죠. 앞에는 류덕현 씨 댁만 있는 게 아니라 집이 서너 채 더 있지 않습니까? 머리를 들고 수상한 사람이 지나가면 후각이 발달한 개들이 피 냄새를 맡고 짖었겠지요. 뒷마을에서 산을 타고 넘어올 수도 있겠지만 보다시피 폭설이 내리지 않았습니까. 가장 중요한 것은 류덕현 씨가 머리를 들었을 때 피가 흘러내렸다는 것은 이 아이가 그곳에서 죽은 지 얼마 안 되었다는 증거입니다."

오창석은 못마땅했다. 최 선생이 탐정 놀이에 빠져 있는 잘난 척하기 좋아하는 부류라고 생각했다.

"선생님 말씀은 살인이라는 거네요? 그렇다면 어린아이를 이토록 잔인하게 죽인 이유는 뭘까요?"

최 선생이 같잖다는 듯 하얀 이를 드러내 웃었다.

"왜 저에게 물으세요? 그걸 알아내는 게 형사님 역할 아니겠습니까? 경찰이 해야 할 일이 무엇이겠습니까? 죄 없는 사람 잡아다가 고문시키는 일일까요? 아니면 사람을 해치는 극악무도한 놈을 잡는 게 일일까요? 곡동에서 아이들이 실종되는 사건도 아직 해결하지 못했지요? 한 가지 확실한 것은 이 사건을 해결하지 못하면 또 다른 피해자가 생길 것입니다. 사람이든 짐승이든 한 번 피 맛을 보면 멈추지 않을 테니까요."

***

류덕현은 자책했다. 평소와 달랐던 장남의 상태를 눈치채지 못한 자신이 원망스러웠다. 그날을 떠올려보니 장남이 오전부터 이상했다. 칼바람 부는 오후에도 마루에 기대앉아 넋이 나간 듯 대문 밖을 보고 있었다.

"영태야, 춥다. 방에 안 들어가고 무얼 그렇게 보고 있는 거냐? 밖에 뭐가 있냐?"

장남은 아무 말 없이 배시시 웃기만 했다. 응시하고 있던 곳을 류덕현도 봤으나 아무것도 없었다. 다만 매일 보던 밖의 풍경이 조금 낯설게 느껴졌다.

"짜식…. 썰매 타려고 눈을 기다리는 거구나. 그러면 조금만 더 지켜보고 있거라. 오늘 오후부터 눈 내린다고 하더라. 막내랑 엄마가 잘 있는지 보고 올 테니, 조금만 기다려라. 이 아버지가 맛있는 거 가져다줄게."

아내와 막내아들은 감기에 걸려 고생 중이었다. 더욱이 그해 겨울은 유독 추웠기에 걱정이 이만저만이 아니었다. 안방에 들어가니 둘은 약을 먹고 곤히 잠들어 있었다. 따뜻하게 이불을 덮어주고 다락에서 장남이 좋아하는 호박엿을 가지고 나왔다.

"영태야, 영태야…?"

조금 전까지 앉아 있던 장남이 사라졌다. 그때까지만 해도 걱정하지 않았다. 장남은 동네 아이들과 활발히 지내는 아이였고, 집 근처 언덕에서 썰매나 타고 있을 것이라 여겼다. 해가 저물어도 그러려니 했다. 아이들이 놀다 보면 그럴 수 있으니까. 하지만 그것이 장남의 마지막일 줄은 꿈에도 몰랐다.

누군가 그랬다. 부모가 죽으면 죽기 직전까지 아프지만, 자식이 죽으면 온몸이 사분오열 찢어지는 고통이라고…. 감내하기에는 너무 큰 가혹한 고통이었다. 장남이 죽은 지 3일이 지났지만, 경찰은 단서 하나도 찾지 못했다. 육신(肉身)이 없는 상태로는 장례도 치를 수 없었다. 아내는 충격으로 실신해버렸다. 류덕현은 어떻게 해야 하는지 막막했다. 비통함에 몸이 묶여 골방 구석에 기대어 슬픔을 삼켰다.

　세상이 떠나가라 울고 싶었지만 그럴 수도 없는 노릇이었다. 장남이 왜 죽었어야만 했는지 밝혀야만 했다. 아무리 생각해도 알 수 없었다. 누군가에게 원한을 산 적이 없다. 미치광이의 짓일까? 귀신의 짓일까? 아니면 자신도 모르게 저지른 죄가 있어서 신이 벌을 내린 걸까? 말이 되지도 않는다는 걸 알면서도 온갖 잡념이 차올랐다. 이미 수십 번 가본 곳이지만 장남이 발견된 장소를 가서 뭐라도 찾아야만 했다. 자리에서 일어나 문을 열었다. 문 앞에는 류덕삼과 황판수가 걱정 가득한 표정으로 서 있었다. 황판수는 류덕삼의 죽마고우로, 장남이 실종되었을 때 두 발 벗고 도와준 마을 청년회장이었다. 류덕현이 성인이 된 후에 곡동에서 일면식을 가졌기에 그리 친한 사이는 아니었다.

　"밤이 늦었는데, 집에 가지 그러냐?"

　류덕삼이 한숨을 크게 내쉬며 말했다.

　"형님과 긴히 할 말이 있어서요."

　류덕현이 들어오라고 손짓했다.

　"용건이 뭔데?"

　둘이 서로를 보며 눈치만 보다가 류덕삼이 조심스레 입을 열었다.

　"형님, 3일째 마을을 뒤져도 영태를 그렇게 만든 놈의 흔적 하나 없습니다. 경찰의 수사도 지지부진하고요. 이렇게 된 거 말입니다. 선녀님을 찾아가 물어보는 게 어떻습니까?"

류덕현의 표정이 굳어졌다.

"덕삼아, 어리석은 소리 좀 하지 마라. 어떻게 이런 일을 무당에게 의지할 수 있겠냐? 이상한 소리 할 거면 이만 돌아가봐라."

황판수가 형제의 대화에 끼어들었다.

"류 선생님, 선녀님은 사이비가 아니라 진짜 하늘에서 내려온 선녀입니다. 저희 할아버지도 어렸을 적부터 선녀님을 봤다고 했습니다. 동네 어르신들도 말씀하시길, 조선 시대부터 어려운 사람들을 도와주신 분이랍니다. 사람의 마음을 꿰뚫고 미래를 보는 능력으로 임진왜란이나 일제강점기 때도 곡동 사람들을 지켜주셨고요. 류 선생님께서는 어린 시절부터 부산에 계셔서 모르시겠지만, 선녀님은 저희에게 큰 도움을 주셨어요. 조선 시대부터 계셨던 분이 지금까지 늙지도 않고 살아계신 걸 보면 진짜가 아니겠습니까? 저도 올여름에 선녀님을 뵈었는데, 스무 살 처녀 같았습니다."

류덕현의 표정이 굳어졌다.

"그렇다면 더욱 찾아가면 안 되겠습니다. 자연의 이치를 거스르는 사람도 있답니까? 생명으로 태어났다면 반드시 죽음이 기다리고 있는 법. 무슨 수로 그리 오랫동안 산단 말입니까?"

황판수가 답답하다는 듯 가슴을 두드렸다.

"사람이 아니라, 선녀라니까요? 신선이요."

아들이 죽은 마당에 쓸데없는 것으로 논쟁하고 싶지 않았다. 그들이 나가지 않는다면, 자신이 나가면 그만이었다. 류덕현이 일어났다.

"형님, 그러지 말고 선녀님께 한번 가봅시다."

"일 없다. 집에나 가라."

"조카의 시신을 찾아야 할 거 아닙니까? 지푸라기라도 잡는 심정으로 한 번만 가봅시다."

류덕현이 한심한 눈으로 보자, 류덕삼은 언성을 높였다.

"형님, 그러면 저라도 선녀님을 찾아가야겠습니다. 그런데 선녀님을 찾아뵈려면 돈이 좀 필요합니다. 지금 제가 가진 돈으로는 택도 없습니다. 형님, 아버지한테 따로 물려받은 재산 있다는 거 압니다. 저한테 좀 나눠…."

류덕현은 동생의 말이 끝나기도 전에 나갔다. 류덕삼이 애가 타는 목소리로 형을 불렀지만 소용없었다. 황관수는 망연자실하고 있는 친구의 어깨에 손을 얹었다.

"괜찮다. 우리가 도와줄게. 마을 사람들이 십시일반으로 돈을 모으면 선녀님을 만날 수 있을 거다. 너거 형님 말이다. 옛날부터 내가 참 존경했는데 고지식한 면이 있네. 곡동에 살면서 선녀님 안 믿는 사람은 너거 형님밖에 없을 거다."

류덕삼이 담배를 물었다.

"우리 형님이 원래 그렇다. 어릴 때부터 지가 제일 똑똑하다고 믿는 양반 아이가? 이러는 게 내를 위해서가? 지를 위해서 아이가? 어떻게든 아들내미 몸도 찾고 범인도 찾아야 할 거 아니가? 돈도 많으면서…."

황관수의 눈이 휘둥그레졌다.

"류 선생님이 무슨 돈이 많단 말이고? 학교에서 얼라들 가르쳐서 몇 푼이나 번다고? 그리고 돈 많은 양반이 이렇게 낡은 집에 사나?"

"휴…, 우리 아버지가 죽기 전에 재산을 어마어마하게 물려줬다. 아버지가 내한테는 자기가 살던 집이랑 돈 몇 푼 물려주고 형님한테는 금괴 한 상자를 따로 주더라."

평소 허풍과 허세가 몸에 밴 류덕삼이기에 황판수는 믿지 않았다.

"너거 집이 곡동에서 나름 부자라는 건 알겠는데, 금괴 한 상자가 말이가. 너거 아버지가 그 정도는 아니다 아이가?"

류덕삼이 혀끝을 차며 고개를 저었다.

"나도 잘 모른다. 영감쟁이가 일제 시대 때 친일했을지도 모르지."

황판수의 얼굴이 일그러졌다.

"그만해라. 아무리 돌아가셨지만 그러는 거 아니다."

류덕삼의 입꼬리가 천천히 올라갔다.

"내가 틀린 말을 한 것도 아니다. 아무리 차남이라고 해도 달랑 집 한 채랑 돈 몇 푼 받는 건 차별 아니가? 어릴 때부터 장남을 그래 좋아하더만…. 금괴 한 상자씩이나 주고 말이야. 아무리 우리 아버지라 해도 참말로 무정하다. 그리고 형님은 돈도 많은 양반이 무슨 방법이라도 써야 할 것 아니가? 자식이 불쌍하지도 않나?"

다음 날, 류덕현이 유산으로 금괴 한 상자를 받았다는 소문은 삽시간에 퍼졌지만 마을 주민들은 믿지 않았다. 어마어마한 돈을 상속받은 사람치고는 사시사철 양복 한 벌로 보내는 단벌 신사 아닌가. 사람들은 오히려 그런 소문을 퍼트린 황판석에게 패륜이라며 손가락질했다.

***

류덕삼은 청년회관에서 술을 마셨다. 조카의 죽음이 슬퍼서 한 잔, 자신을 무시한 형 때문에 한 잔, 그런 형만 좋아한 아버지가 생각나 한잔…. 마시다 보니 얼큰하게 취기가 올라왔다.

"덕삼이 많이 취한 것 같은데? 오늘은 고마 들어가자."

황판수가 술잔을 치우자, 면사무소에 다니는 이대철이 고개를 저었다.

"에헤이 무슨 소리하노? 덕삼이가 속이 많이 상한 것 같은데, 놔두라."

이대철이 류덕삼의 유리잔에 막걸리를 가득 따랐다. 류덕삼은 순식간에 술을 비운 후 한탄을 쏟아냈다.

"에이, 씨발끼. 어째서 사람들은 내 말은 안 믿노? 느그도 내 말 안 믿나?"

이대철이 고개를 저었다.

"아니다. 네 말 믿는다. 그런데 자세히 좀 말해봐라."

"그러니까 우리 아버지가 돌아가시기 며칠 전에 형님이랑 내를 부르는 거라? 나도 감이 딱 오데? 영감쟁이가 죽기 전에 재산을 물려주겠구나…. 아니나 다를까 변호사도 불렀더라고? 나한테 자기

1. 곡동   29

가 살던 집이랑 차랑 돈 몇 푼 물려주고 형님한테는 아무것도 안 준다는 거라."

황판수의 눈이 커졌다.

"아무것도 안 줬다고? 그럼 니가 틀렸네? 류 선생이 아무것도 못 받았으니까…."

류덕삼이 눈살을 찌푸렸다.

"야 이 새끼야, 아무것도 안 줄 리가 없다 아이가? 우리 아버지가 형님을 얼마나 예뻐했는데? 갑자기 형님한테 할 말이 있다고 내 보고 나가 있으라고 하더라. 일단 나간다고 하고 엿들었지. 내가 우리 아버지를 잘 알거든?"

황판수가 흥미로운 듯 물었다.

"아버지가 뭐라고 하시데?"

류덕삼은 목을 가다듬더니 얇고 저릿하게 아버지의 목소리를 흉내 냈다.

"덕현아, 니가 요봉사 아래에 있는 집으로 이사 가던 날, 너희 집 뒷마당에 금괴 한 상자를 묻어놨다. 나도 얼마나 들어있는지는 모르겠지만, 돈으로 환산하면 어마어마할 거다. 만약 누군가가 알게 되면 반드시 그것을 빼앗으려 할 테니 아무도 모르게 써야 한다."

이대철의 눈이 반짝였다.

"그라믄 너거 형님 집 뒷마당에 금괴가 묻혀 있다는 말이가?"

류덕삼이 하찮다는 표정으로 고개를 저었다.

"자슥아, 그게 있겠나? 벌써 어디다 옮겼겠지. 내가 가봤는데 아무리 찾아봐도 없더라. 우리 형님이 어떤 사람인데 그걸 그대로 두겠나?"

입 한번 잘못 눌리다가 사람들에게 혼이 난 황판수는 믿지 못하는 눈치였다.

"그런데 너희 형님이 차를 몰고 다니는 것도 아니고, 좋은 집에 사는 것도 아이다 아이가. 맨날 다 떨어진 구두에 허름한 양복만 입는데, 그 돈이면 으리으리한 집에 살아야지. 언덕빼이에 낡은 집은 왜 사냔 말이다. 형편은 내보다 훨씬 안 좋아 보인다."

이대철이 고개를 좌우로 흔들며 쓴웃음을 지었다.

"덕삼이 말이 거짓말은 아닐걸? 지금 생각해보면 덕삼이 아버지 장례를 치르고, 얼마 안 돼서 류 선생이 우리 마을 정중앙에 있는 집을 샀다는 소문이 돌았다. 돈 좀 있다는 양반들이 살려고 했던 그 집 말이다. 그런데 언제부터인가 거기에 피부병 환자들이 살데?"

류덕삼이 고개를 끄덕였다.

"맞다. 그거 우리 형님이 샀다. 형님이 웬만하면 말하지 말라고 했는데, 대철이 말이 참말이다. 산에서 빌어먹던 환자 놈들이 돈이 어디서 나서 명당을 사겠노?"

황판수가 믿을 수 없다는 표정을 지었다.

"그곳을 류 선생님이 샀다고? 선녀님도 인정한 명당 아닌가? 만물의 기운이 맴돌아서 살기 좋은 곳이라고 하셨는데…. 거기 온천도 나온다고 했던 것 같은데? 그래서 요새 병자들 상태가 좋아진 건가?"

형을 생각하니 류덕삼의 화가 치밀어 올랐다.

"그런 명당을 병자들한테 왜 주냐는 말이다. 그동안 말을 안 하려고 했는데, 형님이 미친 게 틀림없다. 금마들한테 고기반찬까지 해 먹인다 아이가? 형수랑 애들은 보리밥에 콩자반 먹는데, 제정신이냔 말이다."

이대철의 눈이 가늘게 변했다.

"그놈들 병은 완치가 안 된다던데, 마을 사람들이 말하는 거 보면 거의 완치한 것 같다더라. 이제 고름도 안 흘리고 말이야, 어떤 놈은 걸어도 다닌단다. 그런데 내가 봤을 때는 그놈들 건강이 좋아진 거는 명당에 살아서는 아닌 것 같고…. 밥 세 끼를 잘 챙겨 먹어서도 아닌 것 같다. 어쩌면 다른 걸 먹었을지도 모른다."

황판수가 궁금한 표정을 지었다.

"뭐?"

"사람이 먹을 수 있는 거 말고, 다른 거겠지. 마을 사람들 몇몇이 그러는데, 그놈들이 류 선생 장남을 어떻게 한 거 아니냐고 하더라. 옛날에 그런 말도 있잖아. 어린아이를 잡아먹으면 온갖 병이 낫고 불로장생한다고 말이다."

류덕삼의 얼굴이 굳어졌다.

***

5년 전, 류성광의 방.

류성광이 상체만 베개에 기댄 채 다 죽어가는 목소리로 말했다.

"덕삼이는 그만 나가봐라. 덕현이랑 할 이야기가 남았다. 이 변호사도 그만 나가보이소."

류성광은 차남과 변호사가 나가는 것을 확인하자, 눈에 생기가 돌았다. 그러곤 장남에게 가까이 오라고 손짓했다.

"곡동에서 옥동으로 넘어가는 산 중턱에 다 부서진 집이 하나 있더라. 호기심이 생겨서 동네 사람 몇이랑 그곳에 가봤는데, 사람이 살고 있더라."

"어떤 사람들입니까?"

"살점이 썩어 떨어지는 피부병을 앓고 있는 사람들이었다. 거기 있는 사람들 대부분이 치료가 필요해 보이더라. 옥동에 있는 김 의원한테도 말해놨다. 네가 치료도 해주고 그 사람들을 도와주거라."

"네, 아버지."

"거기는 사람 살 곳이 못 된다. 우리 마을 가운데에 볕이 잘 드는 집 한 채 있다. 내가 봤을 때는 거기가 명당인 것 같더구나. 그 집을 사서 환자들을 데려와라. 그리고 잘 먹이고 위생도 신경 써주면 몸도 나을 것 같다. 내가 나서고 싶어도 이제는 숨 쉬는 것조차 힘들고 기운도 하나 없는 것이, 곧 세상을 떠날 것 같다."

류성광은 힘겹게 일어나 침대 옆 서랍에서 담배와 성냥을 꺼냈다. 떨리는 손으로 담배를 입에 물자, 장남이 불을 붙여줬다. 그는 누런 이를 보이며 미소 지었다.

"허허허…. 참말로 맛 좋다. 너도 들었겠지만, 덕삼이한테는 집이랑 그동안 모아놓은 돈을 모두 물려줄 거다. 하지만 애석하게도 너한테는 쌀 한 톨도 못 물려줘서 미안하다."

"이해합니다."

류성광은 깊게 담배를 흡입했다.

"덕현아, 지금 와서 돌아보면…. 내는 일본 놈들의 총칼이 두려워서 불의에 침묵한 것이 치욕스럽다. 피 흘리며 나라 되찾겠다는 동족을 외면하고, 힘 있는 자들한테 납작 엎드려 살아왔다. 친일파라고 지탄받아도 마땅하다. 하지만 손자들이 태어날 때마다 부끄럽더구나. 나라가 분열되고 약자만 희생되는 것은 나 같은 놈들이 침묵하고 진실을 외면했기 때문이다. 마음의 빚과 업보를 어떻게 갚을지 매일 고민했다. 내가 할 수 있는 거라고는 광복 후 친일파들이 숨겨 놓은 재산으로 어렵고 힘든 사람들을 돕는 일이다. 이렇게라도 하지 않으면 업보가 너희들한테 갈 것 같아 두렵다. 네가 요봉사 아래에 있는 낡은 집으로 이사를 하던 날, 너희 집 뒷마당에 금괴 한 상자를 묻어놨다. 나도 얼마나 들어 있는지는 모르겠지만, 많은 이들을 도울 수 있을 게다. 만약 누군가가 알게 되면 반드시 그것을 빼앗으려 할 테니, 아무도 모르게 써야 한다."

***

1971년 12월 25일.

이른 새벽부터 강병구와 송수복이 마당 앞에서 밥을 짓고 있었다. 둘도 피부병 환자였으나, 거의 회복된 터라 궂은일을 도맡아 했다. 하지만 궂은일이라 생각지 않았다. 더위와 추위를 피하지 못해 매일 고통이던 지난날과 비교하면 지금은 천국이었기 때문이다.

"병구 형, 오늘은 신 씨 아저씨가 기분이 이상하다고 밥 짓지 말고 얌전히 잠이나 자라고 했잖아요. 심상치 않은 기운이 느껴진다면서 뭔가 일이 날 것 같다고 했는데, 아무 일도 안 일어나네요? 역시 신 씨 아저씨는 허풍쟁이에요."

강병구도 질리는지 고개를 마구 저었다.

"어휴, 그 양반 사시사철 그렇게 말해놓고 아무 일 하나 없다. 허풍이 어찌나 심한지 말이야. 자기가 왕년에 범 좀 잡은 포수라고 그러잖아. 그 몸으로 총은커녕 새총 고무줄이라도 튕길 수 있겠냐? 그나저나 류 선생님이 참 걱정이다. 우리가 가보는 건 실례겠지?"

송수복의 표정이 시무룩해졌다.

"그러게요…. 아무런 도움도 안 되니까요. 분명 우리가 가면 마을 사람들이 병신들 왔다고 짜증 낼 거 아니에요. 차라리 안 가는 것이 류 선생님 돕는 거예요."

강병구도 고개를 끄덕였다.

"그런데 너는 한밤에 어디를 그렇게 다녀? 꽤 오랫동안 안 들어오던데?"

송수복이 당황한 표정을 지었다.

"그게…, 아궁이에 장작도 넣을 겸 고구마 몇 개를 구워 먹었어요. 허허허…."

"자슥, 탈이 날 수도 있으니까 물도 마셔가면서 천천히 먹어. 그런데 저게 뭐냐? 저 불빛…. 우리한테 오는 거 맞지?"

새벽이라 가늠할 수 없었으나, 멀리서 기다란 줄을 지은 불빛들이 오고 있었다. 사람들이 이곳을 찾아올 리 없었기에 둘은 불안했다. 잠시 후, 제일 앞에 있는 류덕삼의 얼굴이 보였다. 평소 피부병 환자들을 싫어하던 그였기에 겁이 났다.

"느그들 내 아들 어쨌노?"

류덕삼이 고함을 지르자 둘은 주저앉았다.

"내 아들 준태, 어디에 숨겼냐는 말이다."

송수복이 일어나 떨리는 목소리로 말했다.

"류 사장님, 오셨어요. 실례지만 무슨 말씀인지 모르겠어요. 아드님을 저희가 어떻게…."

화가 난 류덕삼이 송수복의 멱살을 잡았다. 류덕삼의 눈이 붉은 빛이라는 걸 알자, 아무 말도 할 수 없었다.

"어디서 모르는 척 하노? 너희들이 애들 간 먹으면 낫는다고 내 조카도 잡아먹고 내 아들도 잡아간 거 아니가? 즈그 살리고 남 죽이는 짐승만도 못한 새끼들아."

강병구가 울먹이며 류덕삼의 팔을 잡았다.

"끔찍한 이야기 하시는 거 아닙니다. 어째서 그렇게 생각하십니까? 저희도 사람입니다. 설령 그런 치료방법이 있다고 해도 도리를 어기는 짓은 하지 않습니다."

류덕삼은 송수복을 바닥에 던져버린 후, 강병구의 얼굴에 침을 뱉었다.

"이 더러운 놈이 어디서 말대꾸를? 아버지나 형님은 이런 병신들이 뭐가 좋다고 자비를 베풀어서 이 사단을 만들었는지 모르겠다. 보소들, 뭐하는교? 빨리 안 찾아보고…."

마을 사람들 여럿이 환자의 집 이곳저곳을 뒤졌다. 류덕삼의 눈에는 솥이 보였다.

"이거, 뭐 끓이고 있는 거고?"

"밥입니다…."

"한번 열어봐라."

"이러시면 정말 안 됩니다."

"안 되긴 뭐가 안 돼? 떳떳하면 열어봐라."

류덕삼이 그들을 밀친 후 군홧발로 솥뚜껑을 찼다. 순식간에 뜨거운 김이 시야를 뒤덮었다. 팔을 저어 수증기를 날리자 솥 안이 보였다. 누런 보리밥만 한가득 담겨 있었다. 분노가 치밀어 올라 한번 더 솥을 걷어찼다. 쏟아진 밥을 보며 강병구와 송수복이 울먹였다. 다른 환자들도 성치 않은 몸을 이끌고 빌었다.

"야 임마, 지금 이게 무슨 짓이고?"

류덕현이 울타리에서 모습을 드러냈다. 그곳에 있는 모든 이들이 행동을 멈췄다. 류덕삼의 얼굴이 일그러졌다.

"형님 웬일입니까? 지금 병신들 편을 드는 겁니까? 간밤에 준태가 사라졌습니다. 형님 조카가 사라졌다고요. 이놈들이 자기들 병 고치려고 납치한 게 틀림없습니다. 영태도 이놈들이 한 짓이고요."

류덕현이 한숨을 쉬었다.

"그래, 네 기분 이해한다. 그래도 사람을 함부로 의심하면 안 되는 거다. 도대체 누구 말을 믿고 그러는 거냐?"

"선녀님이 그랬습니다. 이자들 집에서 준태가 보인다고요."

류덕현은 정신을 잃지 않으려 노력했다.

"나도 조카가 실종된 일은 마음 아프지만 그렇다고 증거도 없이 여기서 이러면 안 되는 거다. 덕삼아, 일단 경찰서에 가서 신고부터 하자. 그리고 준태가 갈 만한 곳을…."

류덕삼의 목소리가 높아졌다.

"형님, 와이리 답답하게 삽니까? 지금 경찰서에 가면 늦습니다. 준태가 무사한지 어떻게 장담하는데요? 그리고 사람들이 형님 보고 뭐라고 하는지 아십니까? 말이 좋아서 덕망이 높으니, 인품이 뛰어나니 하지만 대다수가 호구라고 하데요. 거지새끼들이며 가난한 애들한테 대가도 없이 퍼준다고요. 그런다고 거지고 병신이고 은혜 갚을 것 같습니까? 절대 아닙니다. 오히려 우리가 가진 걸 뺏으려고 할 겁니다."

류덕현은 고개를 저었다.

"사람 돕는데 은혜 갚고 말고 할 게 뭐가 있나? 함께 살아갈 뿐이지. 애꿎은 사람을 범인으로 몰지 마라. 사람 의심하는 것만큼 어리석은 건 없다."

"형님은 끝까지 아들내미랑 조카 죽인 놈들 편을 든다고요? 함 보이소, 내가 이 새끼들 실체를 까발릴 겁니다."

두 형제가 대립할 무렵, 환자의 집 뒤에서 비명이 크게 들렸다.

"으아아아악!"

모든 이들이 그곳으로 달려갔다. 잠시 후, 류덕삼이 절규했다. 아들 준태의 머리가 장독대 위에 눈을 부릅뜬 채 있었다. 류덕현은 혼란스러웠다. 조카마저 죽었단 사실을 믿을 수 없었다. 더욱이 환자들 집에서 조카가 발견되었기에 혼란스러웠다. 찬 공기에 스쳐도 통증이 심한 환자들이 열두 살 소년을 살해할 수 있을까? 기이하고 복잡한 기분에 사로잡혔다.

'영태를 발견한 곳에서 이곳까지 걸어서 15분 거리이며, 덕삼의 집에서는 10분 거리다. 그들의 걸음이라면 얼마나 더 걸릴지 모른다. 거동이 가능한 강병구와 송수복이라면 가능하겠지만, 폭설 내리는 날에 오르막을 오를 정도로 몸 상태가 좋은 건 아니다. 아무리 회복했더라도 후유증이 남아 있다. 찬 공기가 피부에 스쳐도 통증을 참을 수 없는데, 칼바람은 버틸 수가 없다. 더욱이 나는 저들을 믿는다. 다만 무언가 잘못되고 있다는 예감이 든다. 말로 표현할 수 없지만, 덫에 걸린 기분 같은….'

지금은 알 수 없으나, 아들의 죽음과 조카의 죽음에는 연결고리가 있는 것 같았다. 아들의 죽음에서는 단서 하나 찾지 못했지만, 조금이라도 빨리 움직인다면 진실에 도달할지도 모른다는 생각이 들었다. 이성을 잃은 동생에게는 미안했지만, 나중에는 자신을 이해해줄 거라 믿었다.

동생의 집 대문을 두드리기도 전에 제수씨가 맨발로 뛰쳐나왔다.

"아주버님, 어떻게 해요. 우리 준태가 어젯밤에 나가서 지금까지 들어오지 않았어요. 어떻게 하면 좋아요. 애들 아빠가 선녀님을 만나고 왔다면서 병자들 짓이라며 사람들을 불러서 나갔는데요…. 무슨 일이 있는 건 아니겠죠?"

제수씨에게 조카의 부고를 알리는 일은 고통스러웠다. 그렇지만 진실에 도달하려면 어쩔 수 없었다. 입안 가득한 두려움을 삼키며 조심스레 입을 뗐다.

"제수씨, 좀 전에 준태를 보고 오는 길입니다."

그녀의 표정에는 안도가 섞여 있었다.

"우리 준태요? 밥은 먹었대요?"

"제수씨, 그… 그게 말입니다. 이런 소식을 전해서 죄송합니다만 준태가…."

류덕현이 눈물을 글썽이자, 류덕삼의 아내가 손을 떨었다.

"그게 무슨 말이에요? 우리 준태가 뭐 어쨌다고요?"

"죽은 채로 발견됐습니다…."

그녀가 주저앉았다. 류덕현도 자식을 잃은 슬픔을 경험했기에 어떤 위로도 통하지 않는다는 걸 안다. 하지만 진실을 알려야만 했다. 제수씨를 부축해 방으로 데려왔다.

"제수씨께서 얼마나 슬픈지 압니다. 하지만 준태와 영태를 그렇게 만든 이유를 찾는 게 우선이라 생각합니다. 죄송한 말씀이지만, 지금부터는 마음을 단단히 먹고 준태의 행적에 대해서 자세히 말씀해주세요."

그녀는 세상이 떠나가도록 울고 싶었지만, 실감이 나지 않아 고개만 끄덕였다.

"영태 역시 죽은 지 열흘이 지났지만, 육신을 찾지 못해 장례를 치르지 못하는 중입니다. 더욱이 영태가 왜 그렇게 죽었어야만 했는지, 아직도 납득이 안 됩니다. 제수씨, 아무래도 우리 아이들이 누군가에게 죽임을 당한 것 같습니다."

덕삼의 아내에게는 전쟁이 났다는 소식보다 두려웠다. 당장이라도 가슴 속 무언가가 터질 것 같았고 온몸이 사분오열 분해되는 기분이었다. 류덕현 역시 같은 심정이었지만, 냉정함을 유지하려고 애썼다.

"아무리 생각해도 이상합니다. 이런 일이 다시 생길 것 같은 기분이 듭니다. 저는 아이들을 또 잃을까 무섭습니다. 다음에는 재희와 종태는 물론이고, 인태의 차례가 될지도 모릅니다. 우리가 정신 차리지 않으면 이런 비극이 다시 일어날 겁니다. 제수씨, 마음 단단히 먹고 이겨내셔야 합니다. 영태와 준태가 왜 죽어야만 했는지 알아야 하고, 반드시 범인을 찾아야 합니다. 준태가 사라지던 날을 말씀 좀 해주세요."

그녀는 어떻게든 울음을 참으려고 애썼다.

"준태가 없어지던 날, 종태가 이상한 말을 했어요. 여, 영태가 밖에서 준태를 부른다고요. 아직 종태에게는 영태가 그렇게 됐다는 걸 말하지 않았거든요. 충격받을까 봐…. 장난 치는 줄 알고 무시했는데, 준태가 밖으로 나갈 줄은 꿈에도 생각 못 했어요."

류덕현은 '영태가 불러서 나갔다'라는 말에 묘한 기분이 들었다. 방문 틈 사이로 조카들이 걱정 가득한 표정으로 자신을 보고 있었다. 류덕삼의 막내인 종태도 문을 열고 머리만 내밀었다.

"큰아버지, 엄마 왜 울어요? 형한테 무슨 일 생긴 거예요?"

어린 조카에게 끔찍한 진실을 말한다는 건 어려운 일이었다. 차마 대답할 수 없어 무시했다. 종태는 어른들이 슬퍼하는 이유를 알 리 없었다. 하염없이 눈물만 흘리는 엄마에게 안길 뿐이었다.

"엄마, 울지 마…. 형은 잘 있어. 큰아버지가 오기 전에 영태 형이랑, 우리 형이 대문 앞에서 나를 불렀어. 같이 놀자고…."

류덕현은 깜짝 놀랐다.

"종태야, 그게 무슨 말이니?"

"아까 형들이 문 앞까지 찾아왔어요. 엄마 허락을 받으려고 하는데, 큰아버지가 오셔서 형들이 저를 두고 먼저 갔어요."

죽은 아이들이 종태를 불렀다는 말에 혈관이 꼬인 기분이었다. 일곱 살 아이가 하는 말을 어디까지 믿어야 할지 혼란스러웠다. 방문 앞에 서서 자신을 보고 있는 장녀 재희에게 물었다.

"재희야, 지금 종태가 무슨 말을 하는 거니?"

재희는 고개만 저을 뿐이었다.

* * *

경찰은 피부병 환자들이 범인이라 확신했다. 냉기 가득한 취조실로 그들을 밀어 넣었다. 오창석은 차가운 만년필을 입김으로 녹이며 취조를 시작했다.

"몇 가지 묻겠습니다. 류덕삼 씨의 장남 류준태의 머리가 당신들 집 뒤에서 발견됐습니다. 여러분이 죽였습니까?"

환자들은 고개를 저었다.

"그런데 왜 아이의 머리가 당신들 집 뒤에 있었을까요? 마치 숨겨놓은 것처럼? 평소 류덕삼 씨에게 원한을 가질만한 일이 꽤 많았다고 들었습니다. 가령 길에서 만나면 뺨을 맞았다던지, 아니면 모욕적인 말을 들었다던지 말이죠. 그래서 류덕삼 씨의 장남을…."

여전히 환자들은 고개를 저었다.

"하…. 정말 미치겠네."

오창석이 자리에서 일어났다. 아무리 생각해도 환자들이 범인일 리 없다. 마을 사람들은 거짓말쟁이다. 환자 중 누가 완치됐단 말인가? 환자 여덟 중 둘은 걷지 못해 데려오지 못했고, 넷은 다리를 절었으며, 그나마 걸을 수 있는 둘도 일반 사람에 비하면 건강하지 않았다. 그들이 눈 덮인 곡동을 다니며 살인을 저지를 수 있을지도 의문이었다. 단적으로 환자들을 경찰서로 연행할 때도 그들을 태우기 위해 손수레를 빌려오지 않았던가. 소년의 머리가 그들의 집 뒤에서 발견된 건 이상한 일이지만, 류덕삼의 아들 류준태는 곡동 국민학교 씨름부에서 소년장사로 이름난 아이였다. 환자들이 소년장사를 힘으로 제압한다는 건 불가능했다. 아니, 씨름부가 아니더라도 불가능한 일이었다. 오창석은 환자들을 보며 생각에 잠겼다.

'이건 아니다. 이들이 사람을 죽일 힘이 있다고? 만약 그렇다고 해도 저들이 사람을 죽인다면 반드시 흔적이 남게 된다. 그런데 이 사건은 살해한 흔적이 하나 없다. 분명 류준태의 죽음은 류영태를 살해한 방식과 같다. 만약 류준태의 죽음만으로 본다면, 저들을 의심할 수도 있겠지만 류영태는 어떻게 설명할 수 있나. 폭설이 내리던 날, 저들에게는 류영태가 발견된 곳까지 가는 것만으로 위험천만한 일이다.'

의심꾼으로 정평이 난 오창석이라도 괜한 사람들 잡는 일에 동참하고 싶지 않았다. 자리에서 일어났다.

일이 잘못 진행되고 있다고 느낄 무렵, 문이 열렸다. 엄 반장이 못마땅한 표정을 지으며 검지를 까닥였다. 오창석은 급히 밖으로 나갔다.

"무슨 일이십니까?"

"오창석이, 니 임마 형사 맞나?"

"왜 그러십니까?"

"취조를 그렇게 맥아리 없게 하면 범인들이 실토하겠나?"

"반장님은 저 사람들이 범인이라고 보십니까?"

엄 반장이 담배에 불을 붙였다.

"저것들이 아니면 누가 범인이겠노?"

오창석은 기가 찼다. 며칠 전만 해도 정의감 투철했던 엄 반장의 모습은 없었다. 이 사건을 빨리 종결시키라는 전화라도 받은 것일까? 그렇지 않다면 사람이 이토록 비열하게 변할 수 없다. 마치 독립군을 잡은 표독한 일본 순사처럼 얼굴을 찡그리며 담배를 물었다.

"반장님, 상식적으로 생각해봅시다. 불편한 몸으로 어떻게 살인을 저지를 수 있겠습니까? 류덕삼 씨 집에서 환자들 집까지 3리 정도 된다고요. 저들이 집에 있는 애를 어떻게 데려오겠어요? 걷지도 못해서 여기까지 손수레로 옮겨온 거 못 보셨습니까? 그런 환자들이 엄동설한에 살이 떨어져 나가는 통증을 참고 살인을 한다고요? 반장님 말대로라면 환자들이 납치할 리는 없고 귀신처럼 홀리게 하는 기술이라도 있단 말입니까?"

엄 반장이 커다란 눈을 들이밀며 오창석에게 말했다.

"와 못 한다고 생각하노? 저런 병에 걸렸기 때문에 할 수 있는 거다. 얼라들 잡아먹으면 낫는다는데 못할 게 뭐가 있노? 네 말대로 저것들이 범인이 아니라면, 류덕삼이 아들내미 머리는 왜 점마들 집에서 나온 건데? 니는 설명할 수 있나?"

말도 안 되는 이야기지만 증명할 방법이 있는 건 아니었다.

"…그거야 수사를 더 해봐야죠. 그렇다고 무작정 의심할 수 없지 않습니까?"

"내가 니보다 수사 밥을 먹어도 훨씬 많이 먹었다. 내가 임마, 경상도에서 이 눈치로만 빨갱이를 얼마나 잡았는지 아나? 상상도 못 할 거다. 니는 고마 잠자코 가만히 있어라."

아무리 생각에도 환자들을 범인으로 몰아가는 건 말이 되지 않았다.

"그렇다면 인민군이나 간첩이 그랬을지도 모르잖아요?"

"답답한 놈아, 간첩이 미쳤다고 지리산 아래까지 내려오나? 여기서 뭐 하려고 내려오는데? 니는 잠자코 있어라. 지금부터 취조는 내가 한다. 알겠나?"

엄 반장은 취조실에 들어가자마자 주먹으로 책상을 내려쳤다.

"이 새끼들아, 너희들이 죽인 거 알고 있다. 느그가 얼라들을 잡아먹으면 병이 낫는다며? 마을 사람들한테 다 들었다. 저기 산에 살 때는 죽기 직전이었는데, 지금은 많이 좋아졌다며? 류씨 집안 얼라들 잡아먹고 좋아진 것 아이가? 아니, 곡동에서 실종된 애들도 너희가 잡아먹은 거 아니가? 사람 수도 여덟이니까…."

강병구가 고개를 저었다.

"아닙니다. 저희가 안 그랬습니다. 그리고 류덕현 선생님께 도움도 받고 있는데, 사람으로 태어나서 어떻게 그럴 수 있겠습니까?"

엄 반장이 일어났다. 기다란 작대기로 강병구의 가슴을 찔렀다.

"사람 새끼도 아닌 것들이 끝까지 거짓말을 하네? 그러면 류준태 머리가 왜 느그들 집 뒤에 있는 거고?"

강병구가 울음을 터트렸다.

"저희가 어떻게 압니까…."

엄 반장은 강병구의 머리를 내려친 후 책상을 뒤엎었다. 그러곤 사정없이 밟았다.

"감히 발뺌해? 이 살인마 새끼…."

머리에서 피가 흘렀다.

"반장님 진정하세요. 이런 식으로 하면 안 돼요."

엄 반장은 오창석의 힘에 눌려 움직일 수 없었다. 적막이 흘렀다. 오창석이 넘어진 책상과 의자를 원위치로 돌려놓고 있는데, 취조실 구석에서 마른 웃음소리가 들렸다. 송수복이었다.

"끄하하하하하…. 흐하하하하히히히…."

엄 반장이 작대기를 송수복의 목에 겨눴다.

"이 새끼가 도랐나? 마, 지금 웃음이 나와?"

송수복은 눈 하나 깜빡하지 않고 엄 반장을 보며 미소를 지었다.

"반장님은 진짜 우리가 했다고 생각합니까? 흐흐흐흐흐…."

녀석의 조롱 가득한 표정에 엄 반장은 당황했다.

"느… 느그 아니면 누구겠노?"

수복의 입꼬리가 서서히 올라갔다.

"제가 죽였습니다. 흐흐흐흐…."

오창석이 수복의 멱살을 잡았다.

"이 자식이 거짓말하고 있네? 진짜 네가 죽였어?"

송수복은 붉게 물든 눈으로 오창석을 보며 미소 지었다.

"그래, 내가 죽였다. 위선적인 류씨 일가 놈의 애새끼들 잡아먹으면 이 엿 같은 병이 낫는다고 해서, 내가 두 놈을 꾀어서 잡아먹고 머리는 버렸다. 어쩔래? <u>ㅎㅎㅎㅎㅎ</u>."

***

요봉사는 고려 시대부터 요괴를 봉인했던 곳으로 청강 류씨의 시조인 류해달이 요괴나 귀신을 잡아 성불시키기 위해 지었다고 전해지지만, 어느 순간부터는 류씨 일가 사람이 죽으면 장례를 치르는 곳이 되었다. 두 소년의 머리도 이곳으로 옮겨왔다. 영태와 준태의 머리가 담긴 관이 들어서자 가족들이 오열했다. 머리는 아이들의 것이었지만 육신은 나무를 깎아 만들었기에 비통했다. 요봉사의 주지승인 오법이 가족에게 다가갔다.

"자, 그만 놓아주셔야 합니다. 그런데 장례를 시작하려면 류덕현 선생이 계셔야 하는데요. 언제쯤 오십니까?"

류덕삼이 눈물을 닦으며 말했다.

"그 인간은 안 올 겁니다. 무시하고 지금 진행합시다."

"류덕현 선생께서는 절대 장례를 치르면 안 된다고 하셨습니다. 아이들이 왜 죽었는지 아직 알아내지 못했다고 하셨어요…."

오법이 조심스럽게 말하자, 류덕삼은 짜증 섞인 목소리로 형수를 불렀다.

"형수, 빨리 장례 시작합시다. 한시라도 빨리 아이들을 성불시켜야 할 것 아니요? 선녀님께서도 아이들이 고통스러워 울고 있다 합니다."

류덕현의 아내는 고개를 저었다.

"삼촌, 걱정이에요. 영태 아버지가 알면 어떻게 해요. 영태 아버지가 애들이 왜 죽었는지 알기 전까지는 절대 못 보낸다 했어요. 그러지 말고 지금이라도 장례를 취소하는 게…."

류덕삼이 한숨을 쉬었다.

"형수요, 형님은 미쳤습니다. 그 병자 놈이 애들을 죽였다고 자백까지 했는데, 범인이 아니라고 주장한다면서요. 도대체 경찰서는 왜 가는 건데요? 지금 영태의 혼이 그런 아버지를 보면서 통곡하고 있을 겁니다. 선녀님께서는 오늘 아이들을 보내주지 않으면 구천을 도는 귀신이 된다고 했다고요. 형님 말을 듣다가는 우리 애들이…."

＊＊＊

송수복이 자백했다지만 류덕현은 믿지 않았다. 그가 살인을 저지를 사람이 아닐뿐더러 방법도 없었기 때문이었다. 더욱이 경찰이 송수복을 만나지 못하게 했다. 그가 아동 살인 혐의가 있는 용의자라는 명분 때문이었다. 할 수 없이 환자들의 집을 찾았다. 류덕삼과 마을 사람들이 쑥대밭으로 만들어놓은 상태 그대로였다. 문은 반쯤 부서져 냉기가 돌았고, 살림살이도 널브러져 있었다. 그것들을 주섬주섬 치우자 강병구가 뛰쳐나왔다.

"류 선생님…."

방에 있던 이들도 밖으로 나와 고개를 내밀었다. 류덕현이 고개를 숙였다.

"면목 없습니다. 저는 수복이가 그런 일을 할 아이가 아니라는 걸 믿습니다. 수복이는 제가 반드시 데려오겠습니다."

강병구의 눈에 눈물이 그렁했다.

"아닙니다, 선생님. 모두 저희 같은 놈들이 살아있기 때문입니다. 저희가 죄송합니다."

"그게 어떻게 여러분 때문입니까? 모두 저의 불찰입니다. 여러분은 아무런 죄가 없습니다. 다만 저는 마을 사람들이 앞으로도 여러분을 오해할까 걱정입니다."

"저희 걱정은 마세요. 원래 저희는 사람 취급을 받지 못했으니까요. 하지만 아드님과 조카분의 일은 저희도 슬픕니다. 그나저나 좀 전에도 증거를 찾느라 경찰이 다녀갔는데, 오늘 장례를 치른다는 소식을 들었습니다. 가셔야 하는 거 아닌가요?"

류덕현은 쓴웃음을 지었다.

"경찰이 잘못 알고 있을 겁니다. 애들의 육신도 찾지 못했고 어떻게 죽었는지도 모르는 상황인데, 장례를 치를 수는 없지요. 가족들에게도 말해놓았습니다."

신 노인이 바닥을 짚으며 나왔다. 그는 기침을 몇 번을 한 후 쉰 목소리로 말했다.

"류 선생님, 이 말을 해야 하는지, 말아야 하는지 몇 날 며칠을 고민했습니다. 안 믿으셔도 좋습니다만 행여 아드님의 죽음에 의문이 풀리길 바라는 마음으로 용기를 내봅니다. 지금은 제가 몹쓸 병에 걸렸으나 한때는 포수였습니다. 이 지역에서 들짐승들을 꽤 잡았지요. 토끼나 늑대는 물론이고 범도 잡았습니다. 제 경험으로 봤을 때는 아무래도 곡동에 범이 출몰한 것 같습니다."

류덕현의 눈이 휘둥그레졌다.

"범이요?"

신 씨가 고개를 끄덕였다.

"틀림없이 이 근처에 범이 돌아다니는 것 같습니다."

이해할 수 없었다. 한반도에 있는 모든 호랑이는 일제강점기에 일본인들이 모두 잡았지 않았던가.

"범이라면 호랑이를 말하는 것입니까?"

"아니요, 호랑이를 말하는 것이 아니라… 범을 말하는 겁니다. 설명하기가 참 어렵지만, 범은 호랑이뿐만 아니라 그 비스무리한 것들을 말합니다. 아직 사람 앞에 나타난 적도 없는 것들도 있고요. 그날도 범이 새벽에 기척을 내기에 수복이와 병구에게 밥을 짓지 말라 했습니다. 일반 사람들은 들을 수 없는 범이 내는 특유의 소리가 있습니다. 스스스… 같은 소리이지요. 고것이 집 뒤쪽에 한참을 머물다 사라지더군요. 이상하다고 생각했습니다. 이 추위와 폭설 속에 우리 같은 병자가 사람을 죽이는 것보다 범이 사람을 해치는 일이 가능성이 높지 않나 싶습니다. 실례가 안 된다면 제가 아드님과 조카님을 좀 봐도 되겠습니까?"

신 씨의 말에 류덕현은 당혹스러웠다. 차마 범이 한 짓이라고는 믿을 수 없었다. 왠지 판단력이 흐려지는 기분이었다. 수복이가 한 짓이 아니라지만 범은 더더욱 아닌 것 같았다. 다른 환자들도 믿지 않는다는 듯 자리로 돌아가려는데, 강병구가 저 멀리서 피어오르는 연기를 보며 손짓했다.

"류 선생님, 저… 저기… 요봉사에서 연기가 피어오릅니다."

＊＊＊

참으로 기이했다. 화장(火葬)했지만 나무로 만든 육신만 타고 머리는 그대로였다. 더욱이 두 아이 모두 눈을 동그랗게 뜨고 있었다. 요봉사 승려들이 당황한 채 "나무아미타불"만 반복했다. 오법은 당황하지 말라며 승려들을 달랬다. 그러곤 조용히 류덕삼에게 다가가 속삭였다.

"아무래도 이상합니다. 아이들이 성불할 수 없겠습니다. 가마에는 아이들의 머리만 고스란히 남아 있습니다."

류덕삼은 주지승의 말을 믿을 수 없어서 시신을 직접 살폈다.

"이…, 이건?"

정말이었다. 아이들의 머리만 남아 있었다. 류덕현의 말대로 자신이 왜 죽었는지 의문이 남아서라는 생각도 들었지만, 선녀의 말에 비할 바가 아니었다. 범인(凡人)이 어찌 선녀의 뜻을 알겠는가.

어쩌면 이대로 아이들이 성불한 것일지도 모르는 일이었다. 아니, 그렇게 믿고 싶었다.

"스님, 아이들의 머리를 보관해주십시오. 다른 사람들에게는 비밀로 해주시고요. 특히나 우리 형에게는 아이들을 모두 화장시킨 겁니다."

오법은 걱정 가득한 얼굴이었다.

"진정 선녀께서 오늘 장례를 치르라고 했습니까?"

"그렇습니다. 오늘 장례를 치르지 않으면, 아이들이 평생 구천을 떠도는 귀신이 될 거라고 하셨습니다."

"뭔가 이상합니다. 보통 시신이 불에 타지 않는다는 것은 속세에 미련이 남아있다는 의미입니다. 제가 오늘 선녀님을 만나보고 오겠습니다."

"그렇게 해주시면 저야 감사하죠. 사실, 저는 도저히 맨정신으로 있을 수가 없습니다. 부탁드리겠습니다."

"그렇게 하지요."

오법의 반응에 류덕삼도 찜찜함을 감출 수 없었다. 사실 그도 송수복이 아이들을 죽인 범인이 아닌 것 같았다. 하지만 범인이 자백한 마당에 되돌릴 수 없었다. 몸과 마음이 버틸 수 없을 만큼 지쳐버렸다. 서있는 것도 기적이었다. 뒤처리는 다른 가족들에게 맡겨놓은 채 혼자 집으로 향했다. 가는 내내 온갖 생각이 괴롭혔다.

'선녀님의 말대로 준태의 머리가 병자 놈들 집에서 나오지 않았나? 또한 송수복 그놈이 아이들을 죽였다고 실토까지 했다. 준태

야, 이 아버지는 틀리지 않았다. 틀리지 않았다고…. 틀리지 않았겠지?'

집에 도착한 후 벽장에서 양주를 꺼냈다. 당장이라도 술을 마시지 않으면 머리가 터질 것 같았다. 뚜껑을 열어 병째로 들이켰다. 장남이 태어나던 날부터 함께했던 시절들이 마구 지나갔다. 아들을 다시 볼 수 없다는 생각을 멈출 수 없었다. 술병을 내동댕이쳤다.

"준태야…, 너무 보고 싶다."

오열하니 취기가 빨리 돌았다. 비틀거리며 안방으로 들어가려는데, 기이한 기분이 들었다. 문밖에서 장남의 목소리가 들리는 것 같았다. 그럴 리 없다고 생각했지만 너무나 또렷했다.

"아버지, 저 준태예요. 문 좀 열어주세요. 너무 추워요."

그리운 목소리였다. 장남이 틀림없다.

"주, 준태야…."

눈물이 났다. 맨발로 뛰쳐나가 문을 열었다.

"아버지, 저예요."

꿈만 같았다. 문 앞에 장남이 서 있었다. 다시 돌아온 장남을 보니, 다행스러움과 반가움이 교차했다. 안으려는 순간, 어느 틈에 장남이 수십 보 떨어진 곳을 걷고 있었다.

"준태야, 어디 가는 거냐?"

장남을 쫓았다. 발에 피가 나는 줄도 모른 채 눈 위를 걸어 인적 하나 없는 산 근처까지 와버렸다. 장남은 지치지도 않은 듯 언덕을 가뿐하게 올랐다. 그 모습이 묘하다고 생각할 무렵, 좀 전까지 울고 있던 장남이 술래잡기라도 하자는 듯 야릇한 표정으로 뒤돌아 섰다.

"준태야, 집에 가자. 집에 가서…."

그때였다. 타령 소리가 들렸다.

"아이고…, 아이고…. 우리 작은 아버지… 무우슨… 일로 여기까지 왔노…."

죽은 영태의 목소리 아닌가.

"여, 영태는 죽었는데…."

조카의 목소리에 정신이 번쩍 들었다. 류영태가 장남 뒤에서 팔다리를 좌우로 흔들며 걸어오고 있었다. 그제야 술이 깬 듯 발에서 통증이 느껴졌다. 류영태가 장남의 어깨에 손을 얹으며 류덕삼을 흘겨봤다.

"크흐흐흐흐…. 아이고 준태 네가 큰 거 하나 했구나. 아버지를 산범님에게 바치시니, 하루빨리 우리가 성불할 수 있겠다. 허허허 허…."

죽은 조카가 멀쩡하게 있으니 반가워야 하지만, 왠지 무서워 보였다. 류덕삼은 장남을 당장이라도 집에 데려가고 싶은 마음에 손을 뻗었다.

"준태야…."

준태는 더러운 것을 피하듯 손을 뺐다. 그러곤 뭐가 그리 좋은지 둘은 키득대며 괴상한 노래를 불렀다.

"산범님, 산범님…. 곡동의 류덕삼이를 잡아먹고 좋은 기운 받아 저희들을 극락왕생이 있는 곳으로 성불시켜 주시오. 에헤라디야, 극락왕생의 길로 갈 수만 있다면 류씨 일가 사람들을 모두 데려다 바치겠나이다. 이히히히히….”

 녀석들 뒤로 새빨간 불빛 두 개가 빠르게 다가왔다. 한눈에 봐도 거대한 짐승이었다. 눈을 의심했다. 그것이 코앞까지 왔을 때는 아무것도 할 수 없었다.

 “아…, 아…, 어… 어떻게….”

 순식간에 그것이 류덕삼의 목을 베어 물었다. 두 소년은 그 모습을 보며 기이한 웃음소리를 냈다.

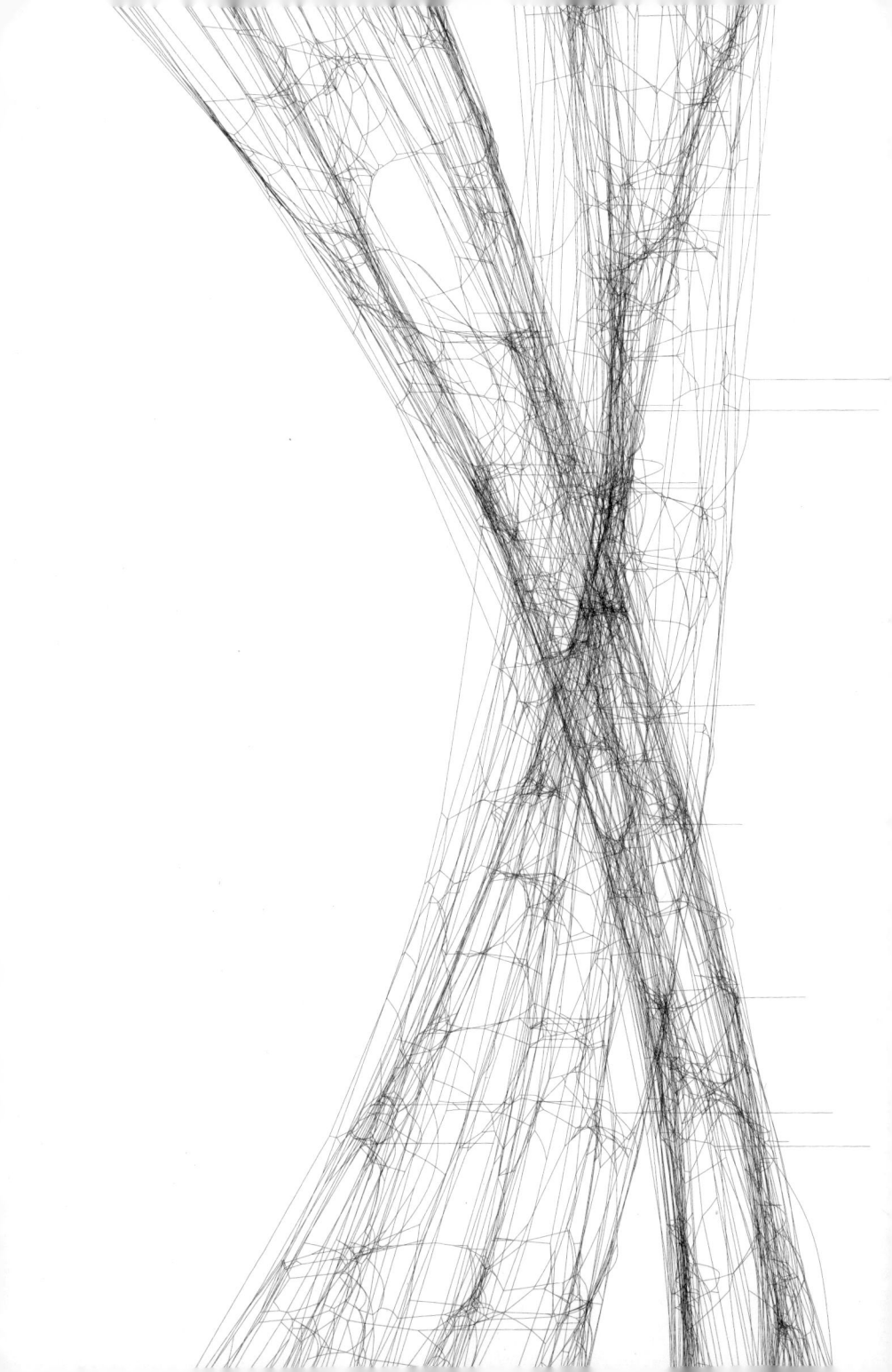

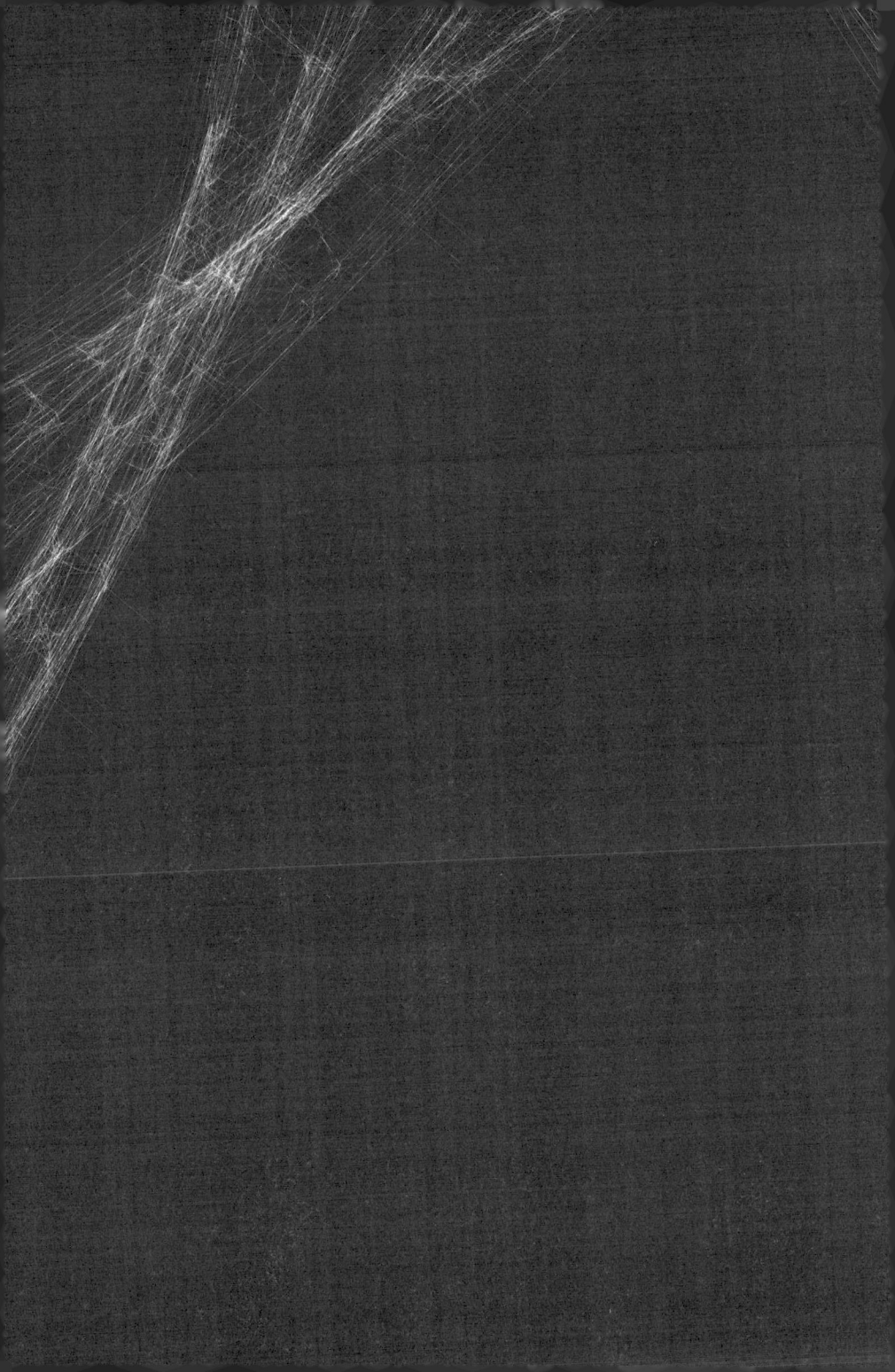

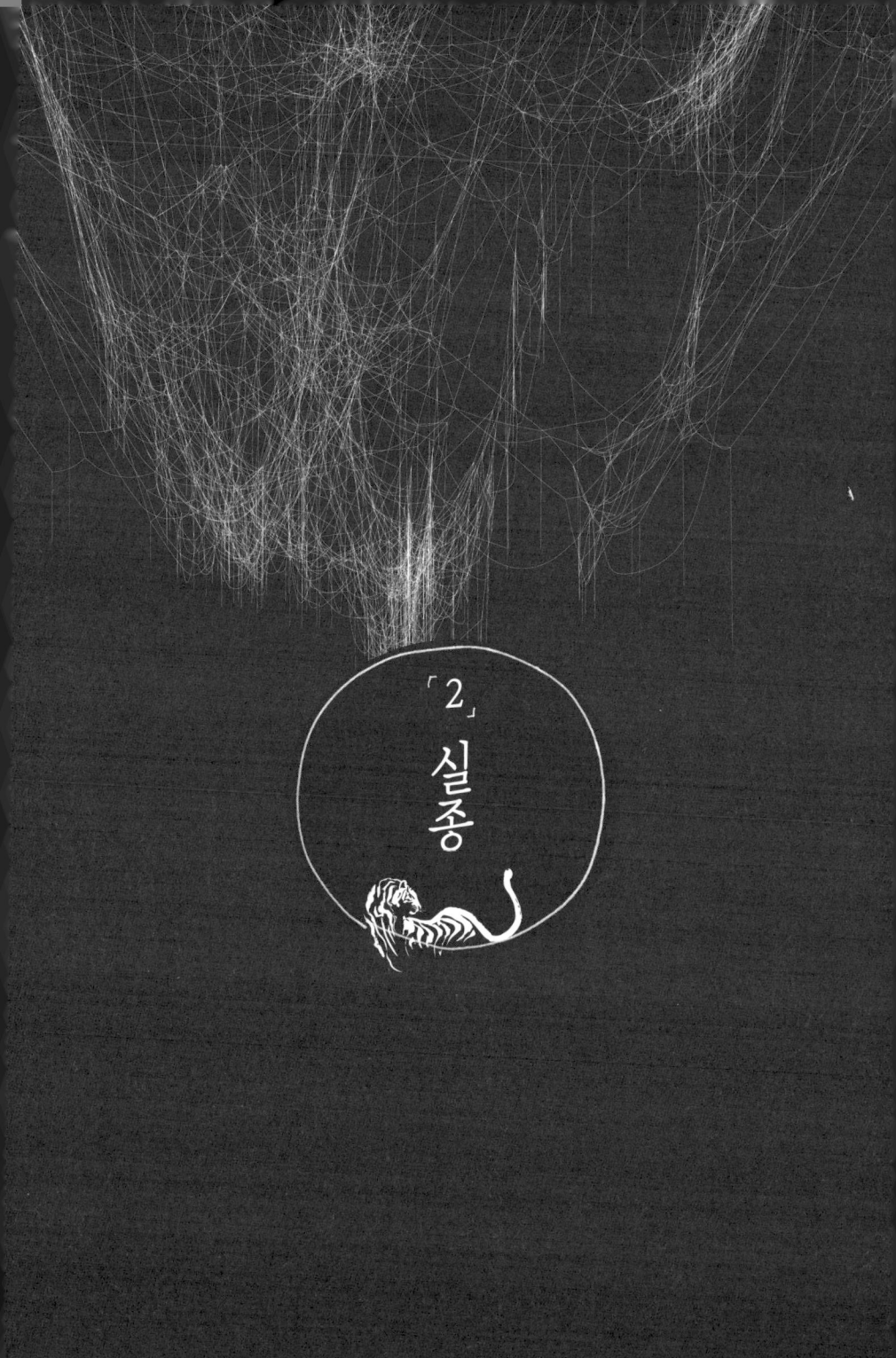

1999년 여름방학.

하루가 지옥 같았다. 그날 밤은 유독 힘들었다. 거실에서 술 따르는 소리가 날 때마다 용일의 심장이 요동쳤다. 아버지가 만취 상태로 들어올 것이라고 알았다. 술만 먹었으면 그랬으니까. 방문을 잠그고 이불 속에서 숨죽인 채 있었다. 아버지는 울부짖었다. 자신의 운명이 가혹하다는 이유였다.

아버지는 술만 마시면 모두 엄마 탓이라고 했다. 이유는 모른다. 과거에도 술에 취해 오는 날이면 엄마에게 물건을 집어 던졌고, 뺨을 때리는 날도 있었다. 엄마도 참기 힘들었던 것 같다. 어느 날, 회사에 다녀온다는 말만 남기고 집에 들어오지 않았다.

엄마는 냉각기 공장에 다니던 여공이었다. 직장인이지만 집안일 밖에 몰랐기에 엄마의 실종은 믿지 않았다. 누군가는 납치된 것이 아니냐고 했지만, 그조차 있을 수 없는 일이다. 집과 공장의 거리는 고작 스무 걸음이기 때문이다. 특히 공장 옆에는 파출소와 동사무소가 있고, 맞은편에는 초등학교로 가는 길이 있어서 순경들이 빈번하게 순찰하던 곳이었다.

엄마에겐 부모나 형제, 친척들이 없었다. 어릴 적부터 아버지와 같은 보육원에서 자랐다. 다시 말해서 엄마에게는 남편과 용일이 전부였다.

엄마의 실종에 많은 이들이 떠들었다. 남자랑 눈이 맞아 도망갔다고도 했고, 술만 마시면 손찌검하는 남편 때문에 가출한 것이라고도 했다. 경찰에 신고하고 전단지도 돌렸지만, 엄마에 대한 소식은 조금도 없었다. 어느덧 초등학교 4학년 때 나간 엄마는 중학교에 입학할 때까지도 돌아오지 않았다. 열네 살이 감당하기에 용일의 삶은 지옥이었다. 그날도 인사불성이 된 아버지는 광기 어린 혼잣말을 멈추지 않았다.

"흐흐흐…. 용일이 엄마야, 도대체 어디 간 거고? 우리 아들이 기다린다. 우리 아들 안 불쌍하나? 뭐라고? 안 불쌍하다고? 크흐흐…. 강명희 네년, 다른 놈 생겼나보네? 네년이 부모가 있나, 형제가 있나? 친정도 없는 썩을 년이 즈그 서방이랑 아들 두고 딴 놈이랑 뒹구니까 좋더나? 나쁜 년, 더러운 년! 으흐흐흐…."

자아가 분열되는 아버지 때문에 수천 번 가출을 결심했지만, 마땅히 갈 곳도 없어서 나가지 못했다. 할 수 있는 것이라고는 이불을 머리 위까지 덮고 술주정이 끝나기만을 기다리는 것이다. 귀를 쫑긋 세운 채 마음을 졸이고 있는데, 그날따라 아버지의 행동이 좀 괴상했다.

"거기 누굽니까? 뭐 구경났으요? 와 도둑놈처럼 남의 집 베란다에 매달려서 훔쳐보는 교?"

아버지가 베란다에서 누군가와 대화를 나누는 것이었다.

"뭐라고요? 장산에서 용일이 엄마를 봤다고요? 확실합니까? 거짓말하는 거 아니지요?"

용일은 한숨이 나왔다. 누가 아파트 2층 베란다에 매달려서 말을 걸겠나. 그것도 캄캄한 어두운 밤에 말이다. 최악의 술주정이었다. 엄마가 장산에 있다는 말도 믿을 수 없었다. 장산은 해운대 신시가지 아파트단지 뒤에 있는 조그마한 산이다. 해운대에서 학교를 나온 사람이라면 한 번쯤은 소풍으로 가는 곳이었다. 그곳에 엄마가 있을 확률은 없었다. 용일은 아버지의 광기가 나날이 심해지는 것 같아 불안했다.

"용일아, 용일아!"

아버지가 용일을 부르며 고함쳤다. 이윽고 비틀대는 발걸음 소리가 나더니, 방문 앞에서 멈췄다. 용일은 제발 들어오지 말라며 기도했지만, 문고리가 심하게 흔들렸다. 다행히도 잠긴 문은 열리지 않았다.

"이 새끼가…."

아버지는 방문을 부서질 듯 두드렸다.

"용일아, 지금 느그 엄마가 어디에 있는지 찾았다. 빨리 문 좀 열어봐라. 뭐 한다고 문을 잠갔노? 이 새끼가…."

문소리가 날 때마다 땀이 비 오듯 흘렀다. 제발 문이 열리지 않기를 기도했다.

"쾅!"

문고리가 부서졌다. 아버지는 거친 숨을 몰아쉬며 방으로 들어왔다. 그러곤 용일이 덮고 있던 이불을 들어 올렸다.

"야이 새끼야, 느그 애미가 어디 있는지 찾았다는데, 잠이 오나? 네가 아들놈 새끼가 맞나?"

아버지는 용일의 멱살을 잡고 현관까지 끌고 갔다.

"퍼떡 신발 신어라."

용일이 현관문 앞에서 서성이자 아버지가 주먹을 쥐었다. 두려운 마음에 재빨리 신발을 신었다. 아버지가 순식간에 용일의 목덜미를 잡더니, 집 앞에 있는 택시까지 끌고 갔다.

"장산으로 가주이소."

아버지는 머리에 이상이 있는 게 틀림없다. 택시기사도 술주정이 신경 쓰이는지 운전석 거울로 여러 번 훔쳐봤다.

"손님, 이 밤에 장산에는 무슨 일로 가십니까?"

"크흐흐…, 도망간 마누라 찾으러 간다 아입니까? 3년 전에 집을 나갔는데요. 어데 멀리라도 간 줄 알았는데, 장산에 있다 하데요?"

나이가 지긋한 택시기사는 미소를 지으며 고개를 끄덕였다. 잠시 후 장산 입구에 도착했고 아버지는 주머니에서 돈을 세지도 않고 기사에게 건넸다.

"용일아, 문 열어라!"

아버지는 막무가내로 용일의 팔을 잡고 산 입구로 향했다.

"아버지, 아파요. 제가 알아서 올라갈게요."

아버지가 뒤통수를 때렸다.

"이 새끼가 끝까지 토를 다네? 새끼야, 어디 도망가기만 해봐라. 그때는 니놈 죽고 내도 죽는 기다. 알았나? 빨리 앞장서라. <u>크흐흐흐흐…</u>"

정말 죽일 것처럼 노려보자, 용일은 조용히 산을 올랐다. 산 아래에 있는 아파트 불빛이 멀어질수록 심장이 빠르게 뛰었다. 산 위에서 끈끈하고 차가운 공기가 내려왔다. 숨을 쉴 때마다 정신이 몽롱했다. 기분도 나쁘고 무서운 마음을 숨길 수 없었다. 본능적으로 발이 움직이질 않았다.

"와 멈추노? 남자 새끼가 무섭나? 퍼떡 올라가라."

화가 났다. 이왕 이렇게 된 거 원하는 대로 해주고 싶어 힘껏 달렸다.

"그래 새끼야, 잘 뛰네. 더 빨리 뛰어라, 으흐흐흐…. 용일이 엄마, 느그 아들 용일이가 왔다. 숨지 말고 어서 나오소. 네년은 아들 새끼가 오는지도 모르고 어떤 새끼랑 붙어먹고 있노? 퍼떡 안 나오나?"

***

주위가 온통 어둠이었다. 정작 달렸지만, 겁이 났다. 정신을 차리고 주위를 보니 바로 옆이 절벽이었다. 한숨이 절로 나왔다. 아버지의 술주정이 들리지 않자 바위에 걸터앉았다. 언제까지 이런 짓을 되풀이해야 하는지 짜증이 났다. 아무리 생각해도 인생이 불행한 이유는 아버지다.

'아버지만 없으면, 아버지만 없었으면….'

자신도 모르게 나쁜 생각들이 떠올랐다.

'술주정뱅이가 산을 오르다가 절벽에서 떨어지면 사람들이 이상

하게 생각할까? 저 인간이 벼랑 끝을 지날 때 밀어버리면….'

술만 먹으면 손찌검하던 아버지로부터 해방될 기회였다. 아버지가 죽었단 소식을 들으면 엄마도 돌아올 것 같았다. 택시 기사도 봤으니 알리바이는 성립되었다. 하느님이 자신에게 패륜아라고 벌을 내릴지라도 매일 지옥처럼 사는 것보다 나았다.

지옥 같은 지난날이 떠올랐다. 지옥은 고통의 반복이라 했던가? 엄마가 나간 후에도 아버지는 달라지지 않았다. 술에 취해 들어올 때면 매번 잠을 깨웠다. 그만하라고 거부를 할 때면 주먹으로 때렸고, 때로는 칼을 들고 협박하기도 했다. 술에서 깬 아버지는 다시는 안 그러겠다고 사과했지만, 다음 날이면 또 술을 먹고 쑥대밭을 만들었다. 더 이상 고통의 반복에서 살 수 없었다. 반드시 지옥에서 탈출하겠다는 마음을 굳게 먹었다. 어둠 속으로 몸을 숨겼다. 자세를 웅크리고 아버지가 오기만을 기다렸다.

"으ㅎㅎㅎ…."

때마침 아버지가 비틀거리며 걸어왔다. 원하면 이루어진다고 했던가? 아슬아슬하게도 낭떠러지 근처에 멈췄다. 용일은 아비지가 자기 혼자 떨어져주길 바랐다. 하지만 쉽지 않았다. 술에 취한 아버지는 신기하게도 중심 하나는 잘 잡았다. 아쉬움에 한탄하고 있을 무렵, 아버지가 무언가에 홀린 사람처럼 멍하니 공중을 응시하고 있었다. 그러곤 잠시 후….

"아이고… 오줌보 터지겠다."

아버지는 지퍼를 내리고 소변을 누기 시작했다. 안타까운 마음을 뒤로하고 용일은 자신이 밀어버려야겠다고 다짐했다. 다시는 못 올 기회라 생각하며 고양이처럼 아버지 뒤로 다가갔다. 그런데 갑자기 환한 빛이 용일을 비추는 것이 아니겠는가.

"거기 누굽니까? 이렇게 늦은 시간에 무슨 일입니까?"

노인의 목소리에 용일은 몸이 굳어버렸다. 그가 모든 걸 지켜봤다고 생각하니 온몸이 떨렸다. 천천히 고개를 돌리니, 한 노인이 손전등을 자신에게 비췄다. 그의 모습은 요괴 같았다. 해골처럼 바싹 마른 몰골에 커다랗고 돌출된 눈을 야릇하게 움직였다. 그가 기이한 걸음으로 다가왔다.

"걱정 마이소. 수상한 사람이 아닙니다. 내는 이 근방에 기거하는 중이라예. 늦은 밤에 이상한 소리가 나서 올라왔습니다. 딱 보니까 부자지간인 것 같은데, 이 밤에는 무슨 일입니까?"

아버지는 바지를 주섬주섬 올렸다.

"스님이라고요? 내가 참말로 잘 찾아왔네. 한 가지 물어봐도 되겠습니까?"

"물어보소."

"이 근처에 30대 후반쯤으로 보이는 여자가 밤마다 산을 오른다고 들었는데요. 본 적 있습니까?"

"하모요."

아버지의 동공이 커졌다.

"정말입니까? 혹시 이 여자 아닙니까? 잘 좀 보이소."

아버지는 주머니에서 구겨진 사진을 꺼내어 노승에게 건넸다.

그는 손전등을 비추며 눈을 가늘게 떴다.

"맞습니다. 이 보살님이 밤마다 산에 올라 기도하지예. 혹시 보살님의 가족입니까?"

아버지가 용일을 보며 웃어댔다.

"너거 엄마 찾았다."

용일은 믿을 수 없었다. 아버지가 베란다에서 대화한 것이 술주정이 아니란 말인가? 멀쩡한 현관문을 두고 베란다에 매달려서 말을 건다는 건 상식적으로 이해할 수 없었다. 그가 도둑이라고 해도 엄마가 있는 위치를 알 리가 없다. 도대체 누구이기에 3년 동안 찾지 못한 엄마의 행방을 아는지 궁금했다.

"엄마가 여기 있다는 걸 누가 알려줬는데요?"

"그거? 너거 오촌 백부가 가르쳐줬다 아이가? 류종태라고 알제? 아버지 사촌 형 말이다."

'류종태'라는 말에 용일은 현기증이 났다. 그는 작년에 죽은 사람이었다. 아버지의 유일한 사촌이었기에 착각할 수도 없다. 용일이 아홉 살일 무렵, 백부가 먼저 아버지를 찾아왔었다. 백부 역시 아버지처럼 일가족이 모두 죽었고 이혼까지 한 상태라 외로웠다고 했다.

백부를 절대 잊을 수 없는 이유가 한 가지 더 있다. 그의 장례식에 이혼한 아내는 물론이고 아들인 류상중도 나타나지 않아 아버지가 상주가 되었다. 용일은 더 이상 술주정뱅이와 말을 섞고 싶지 않았다. 아버지로부터 엄마의 사진을 빼앗아 노승에게 다시 보여줬다.

"다시 사진 좀 봐주세요. 정말 이 사람 맞아요?"

노승이 얼굴을 들이밀었다.

"확실하다. 너희 엄마 이름이 강명희 맞제? 어제도 저어기 산꼭대기에 올라가서 기도하는 걸 봤다. 무슨 고민이 그리 많은지 눈물을 쏟으면서 기도하더라. 아마도 하나뿐인 아들 생각 아니겠나? 흐흐흐흐…."

노승이 엄마의 이름을 말하는 순간 확신이 들었다. 엄마를 찾았다는 생각에 날아갈 듯 기뻤다.

"나무아미타불, 나무아미타불…. 이 모든 게 부처님의 뜻 아니겠나? 내만 믿고 오소. 강명희 씨가 어디에 있는지 데려다줄 테니까. 아나 받아라, 내는 밤눈이 밝아서 괜찮다."

노승이 손전등을 용일에게 주며 앞장섰다.

"잘 따라오이소. 이 밤에 엄한 길로 가면 요상한 것에 홀립니데이. 이 산에는 사람 홀리는 범이 산다 아닙니까. 물소리를 내기도 하고, 사람 목소리를 따라 하기도 합니다. 사람 잡아 먹을라고 별 짓을 다한다 아입니까. 크흐흐흐…."

둘은 노승의 뒤를 따랐다. 노승의 걸음은 기이했다. 보폭을 좌우로 넓히며 걷는데, 순식간에 고개 하나를 넘었다. 거칠고 험한 산을 쉬지도 않고 올라도 지친 모습 하나 없었다. 용일도 엄마를 빨리 만나고 싶은 마음에 정신없이 뒤를 쫓았다.

"용일아, 잠깐만!"

갑자기 아버지가 옷을 당겼다.

"왜요?"

땀범벅인 아버지가 숨을 헐떡였다.

"헉, 헉…. 지금 우리가 어디로 가고 있는 거고? 이 밤에 산을 왜 오르는 거냐고?"

용일은 기가 찼다.

"아버지가 오자고 했잖아요. 베란다에서 오촌 백부가 여기에 엄마가 있다고 아버지한테 말했다면서요. 여기서 만난 스님도 엄마를 봤다고 해서 지금 찾으러 가는 거잖아요."

아버지의 표정이 얼어붙었다.

"용일아 잘 들어라. 3년 동안 코빼기도 안 보이던 너희 엄마다. 어떻게 여기에 있을 수 있냐. 미쳤다고 야밤에 이런 곳에 오나? 너희 엄마가 그렇게 생각 없는 사람이 아니다. 아무래도 술 먹고 뭔가에 홀린 듯하다. 빨리 여기서 내려가자."

용일은 분노가 치밀어 올랐다.

"장난쳐요? 안 오면 죽일 듯이 겁을 줘놓고 다시 내려가자고요? 싫어요. 내려가려면 아버지 혼자 내려가세요. 저는 엄마 찾으러 갈 겁니다."

하지만 아버지는 손을 잡고 놓아주지 않았다.

"용일아, 여기 엄마 없다. 아버지가 내려가서 설명해줄 테니까 빨리 내려가자."

노승의 말이 거짓말이라고 해도 더 이상 아버지의 말을 듣고 싶지 않았다. 용일은 아버지의 손을 뿌리쳤다. 때마침 위쪽에서 노승의 목소리가 들렸다.

"두 분, 빨리 안 올라오십니까? 꾸물거릴 시간이 없습니다. 퍼떡 올라오이소. 늦으면 강명희 씨랑 길이 어긋납니데이."

용일이 노인에게 가려고 하자, 아버지가 길을 막았다.

"내 말 좀 들어봐라. 갑자기 너희 할아버지가 해준 말이 떠올랐다. 누가 따라가자고 하면 절대 따라가지 말라고 했다. 우리 형도 그렇고, 삼촌도 그렇고, 사촌 형까지 이상한 거에 홀려서 전부 죽었다고…. 용일아, 여기에 너희 엄마는 없다. 아버지가 나중에 설명할 테니까 빨리 내려가자."

매번 이런 식으로 괴롭혔던 아버지였기에 동조할 수 없었다. 엄마를 찾으면 자신을 버릴 것 같은 불안함에 하는 거짓말이 틀림없다. 지금 장산에 내려가면 다시는 엄마를 만나지 못할 것 같았다. 용일은 아버지를 밀쳤다.

"저리 비켜라. 언제까지 아버지 말에 휘둘릴 거라고 착각하지 마라. 엄마 찾으면 당신이랑 살 일도 없다. 혼자 술 마시고 주정을 부리든, 집에 있는 물건 다 때려 부수든 혼자 살아라."

아버지가 애타게 이름을 불렀지만 용일은 뒤도 돌아보지 않았다.

***

　노승은 무협지에 나오는 도사 같은 것이 틀림없다. 가까워지면 멀어지고 다시 가까워지면 또 멀어졌다. 그리고 순식간에 모습을 감췄다.
　"스님, 스님!"
　불러도 대답하지 않았다. 용일은 길을 잃은 기분이 들었다. 손전등을 비추며 길이 보이는 곳으로 걷던 중 천진난만한 웃음소리가 들렸다. 야밤에 아이들이 산에 있을 리가 없지만, 호기심에 소리가 나는 곳으로 향했다. 커다란 바위 아래에서 시대극에서나 볼 법한 상복을 입은 두 아이가 등불을 들고 노닥이고 있었다. 한 아이는 왜소했고 한 아이는 체격이 컸는데, 왜소한 녀석이 눈을 찌푸리며 구시렁댔다.
　"이보게, 준태. 우리 산범님이 류인태와 류용일 부자(父子)만 보신하시면 이제 이 짓도 끝이겠지? 정말 우리도 극락에서 왕생을 누리게 될까?"
　덩치가 큰 아이가 방방 뛰었다.
　"하모요, 형님! 산범님은 거짓말 안 합니다. 그런데 작년에 산범님께서 류종태를 보신하시고 1년 동안 아무것도 못 드시지 않았습니까? 배를 쫄쫄 굶는 모습이 어찌나 안타까운지요. 이번에 두 놈이 한꺼번에 걸려들다니 매우 기쁩니다. 저도 빨리 극락으로 가고 싶습니다."

왜소한 아이가 마음에 들지 않는 듯 눈을 게슴츠레 뜨며 고개를 저었다.

"키히히히히, 정말 극락으로 갈 수 있는 거겠지? 아무리 생각해도 의심이 된단 말이야. 이유는 모르겠지만 왠지 불안하기도 해. 그자를 믿을 수가 없기 때문일까."

"형님, 괜한 걱정 아니십니까? 저는 그자가 참으로 믿음직스럽던데요? 허허…."

"내가 처음 창귀가 된 날, 그자가 그랬어. 육혼(鬻渾) 자리에서 물러나면 성불할 수 있다고 하더군. 그러기 위해서는 청강 류씨 놈들 셋을 홀리게 해서 산범님께 바치라는 거야. 니놈 류준태와 그 아비인 류덕삼, 그리고 류덕현이 사촌인 류덕진까지 산범님께 바치니 산범님 겨드랑이에 붙은 굴각(屈閣)이던 내가 말이야, 어느덧 광대뼈에 붙은 이올(彛兀)이 되었다가 나중에는 턱에 붙은 육혼(鬻渾)이 되더군. 그때 네놈도 있어봐서 알 것 아니냐? 내가 성불하는 줄 알고 좋아했던 거 말이야."

"암요, 형님!"

"그런데 결과는 어떻게 되었냐? 성불은커녕 청강 류씨 백 명을 잡아먹어야 한다고 말을 또 바꾸지 않았더냐? 청강 류씨 놈들 아흔여덟이 먹히는 동안 우리가 이득 본 것이 뭐가 있냐는 말이야. 청강 류씨 백 명을 잡아먹어도 극락 간다는 말이 거짓말일까 두렵구나. 나는 그자가 거짓말을 잘한다는 걸 안다. 산범님은 믿지만 그자는 못 믿어."

"형님, 걱정하지 마세요. 옛말에도 구미호가 사람의 간 백 개를 먹으면 사람이 된다는 말이 있잖아요. 산범님도 류씨 놈들 백 명을 잡아먹으면 반드시 산신이 될 겁니다. 그자도 산범님의 힘이 필요하니까 거짓말은 아닐 거예요. 그나저나 궁금한 점이 있어요."

"뭔데?"

"류종태의 아들인 류상중을 두고 사촌인 류인태를 왜 노리는 겁니까? 바로 아들놈 잡아먹으면 나머지 한 놈만 잡아먹으면 되잖아요?"

"키히히히…, 어차피 류인태랑 류용일이 찾았으니까 된 거야. 모로 가도 서울만 가면 되는 거 아니겠냐. 무슨 이유인지 모르겠지만 두 놈을 찾기가 참으로 어려웠어. 하지만 누군가가 산범님께 제사를 지내준 덕분에 숨어 있는 청강 류씨 놈들을 잡아먹었지 않았냐? 크흐흐흐…."

"이제 산범님께서 두 놈만 잡아먹으면, 우리도 지긋지긋한 창귀 짓거리 그만두고 극락에 가서 편하게 지낼 수 있는 겁니까?"

"그렇지. 그나저나 산범님께서는 언제 오시려나?"

용일은 그들이 자신과 아버지를 노리는 위험한 존재라는 걸 알았다. 당장 빠져나오기 위해 뒤를 돌아보는 순간이었다. 노승이 누런 이를 드러낸 채 웃고 있었다. 그가 길게 목을 빼 얼굴을 들이밀었다. 놀란 용일이 비명을 질렀다. 그러곤 잡히지 않으려고 산 아래로 몸을 날렸다. 하지만 단숨에 노승에게 목덜미를 잡혔다.

"어디를 그렇게 가려고 하노? 느그 애비는 어디에 있노? 주정뱅이라서 여기까지 못 올라왔나? 크흐흐흐….”

노승의 힘은 괴물이었다. 대응 한번 못 해보고 순식간에 손전등도 뺏겼다. 살려달라고 소리를 지르니, 두 아이가 나무 사이로 고개를 내밀었다.

“어이, 요봉사 주지인 땡중 오법이 아닌가? 왜 이렇게 소란스러워?”

노승이 고개를 숙였다.

“도련님들 죄송합니다. 참으로 경박했지요. 류용일이가 도망가려고 해서 잡았습니다. 키히히히….”

왜소한 녀석이 뒷짐을 쥐며 걸어왔다. 그러고는 용일을 위아래로 훑었다.

“네 이름이 류용일이가? 피는 못 속인다고 어째 느그 할배를 그리 빼닮았노? 뭘 그렇게 보고만 있노? 집안 어른을 봤으면 인사를 해야지. 나는 네 큰아버지 류영태다. 너도 큰아버지 따라서 산범님 만나러 가자. 그래야 우리 청강 류씨 집안사람들이 극락에 가서 천년만년을 산다.”

자신보다 어린 녀석이 집안 어른이라며 훈계하는 것이 당황스러웠지만, 녀석이 큰아버지라고 해도 조카를 죽이려는 자가 어디에 있겠는가.

“용일아, 용일아!”

어느 틈에 사색이 된 아버지가 나타나 노승을 밀쳤다.

“빨리 집에 가자.”

이번에는 덩치가 큰 녀석이 길을 막았다.

"인태 아이가? 내 기억하겠나? 네가 요만할 때 봤는데, 내가 느그 형보다 예뻐했다 아이가. 그건 그렇고 이 길은 비켜줄 수가 없네. 크흐흐흐…."

아버지는 대꾸하지 않고, 아들의 손을 잡은 채 무작정 산 아래로 내려갔다.

"용일아, 정신 똑바로 차려라. 아무래도 우리가 귀신한테 홀린 것 같다. 이게 전부 못난 아버지 탓이다. 너한테는 미안하게 생각한다. 일단 살아서 나가자. 살아서 나가면 아버지가 술도 끊고, 앞으로 네 마음 상하게 하는 일은 없을 거다."

용일은 믿지 않았다. 한 번도 약속을 지킨 적이 없었다. 또 술을 마시면 언제 야차로 변할지 모른다. 이런 이상한 일을 겪게 된 것도 아버지의 술주정 때문이 아닌가.

"곳곳에 나무뿌리가 튀어나왔다. 헛디디지 않게 조심해라."

용일은 산을 오게 된 원흉이 걱정스러운 척하는 게 마음에 들지 않았다.

"내 알아서 할게요."

둘은 한참 동안 말없이 걷기만 했다. 그런데 아버지가 갑자기 걸음을 멈췄다.

"이상하다…. 여기가 아닌가? 1시간 동안 내려가기만 했는데도 끝이 안 보인다. 장산이 높은 산도 아닌데…."

용일은 의지할 수 있는 게 아버지뿐이라는 상황이 싫었다. 아무리 생각해도 화가 났다.

"속에서 천불이 나서 나도 못 참겠다. 이제 그만해라! 이 모든 게 아버지 때문이다. 아버지가 술만 마시면 난리를 치니까 엄마가 집을 나간 거고, 내까지 불행하게 만든 거다. 당신이 무슨 아버지고? 전부 당신 잘못이다. 지금 와서 아버지인 척하면 누가 좋다나? 길도 잃어버리고 이게 뭔데?"

아버지가 미안한 듯 손을 잡으려 했지만 용일이 뿌리쳤다.

"용일아, 아버지가 사과한다. 아버지가 너랑 엄마에게 손찌검했던 걸 후회한다. 아버지가 매일 술을 마셨던 이유는…."

더 이상 듣고 싶지 않았다. 용일은 아버지를 밀치고 어둠 속으로 몸을 숨겼다. 아버지는 아들의 이름을 수십 번 불렀지만, 캄캄한 메아리만 울렸다.

***

'이상하다….'

1시간을 내려가도 다시 그 자리였다. 다리가 아프고 목도 말랐다. 자리에 주저앉아 날이 밝을 때까지 기다려야 하나 고민하고 있을 무렵, 점점 오싹해졌다. 뒤를 돌아보니 산 위에서 한기가 일렁이며 내려왔다. 잠시 후, 저 멀리서 괴상한 노랫소리가 들렸다.

"아이고, 아이고…. 우리 조카 청강 류씨 33대손 하나밖에 없는 장손…. 류용일이 불쌍해서 어떡하노. 애비 잘못 만나서 호강 한번 못 하고 아등바등 힘들게 사는 게 무슨 의미가 있노. 고마 산범님의 제물이 되어서 극락을 함께 꿈꿔보자. 류씨 일가친척 함께 모여 극락에서 평생 살아보세…. 어이야, 어이야…."

기분 나쁜 노랫소리가 점점 가까워졌다. 본능적으로 그들이라는 걸 직감했다. 멀리서 흐릿한 빛이 어느 틈에 가까이 왔다. 새하얀 얼굴에 갈라진 피부, 삼베옷을 입은 자들이 상여를 들었다. 맨 앞에는 좀 전에 봤던 왜소한 녀석과 덩치가 큰 녀석이 장구와 징을 쳤다. 누가 봐도 귀신이었다. 도망치려 했지만, 구슬픈 노랫소리 때문에 몸이 절로 들썩였다. 문제는 북소리가 날 때마다 발걸음이 그들에게 향했다. 발버둥 쳐도 소용없었다. 그러던 중 무리 중에서 낯익은 자가 보였다. 작년에 죽은 류종태였다. 그는 상여를 끌며 머리를 앞뒤로 마구 흔들었다. 용일은 당장 도망쳤다.

"어이 조카야, 어디를 그렇게 가노? 가봐야 캄캄한 어둠뿐이다. 크히히히하하…."

큰아버지인 류영태를 비롯한 귀신들이 괴이하게 웃으며 쫓아왔다. 용일은 어떻게든 아래로 내려가려 애썼다.

"아이고, 용일아…. 어린놈이 그렇게 아등바등 살지 마라. 사는 거 별거 없다. 살면 뭐하겠노? 우리 집안은 틀렸다. 네가 산다고 해도 어차피 인생이 꼬이고 꼬여서 살맛도 안 날 거다. 그러지 말고 너도 산범님한테 가자. 산범님이 우리를 극락의 문으로 인도해주실 거다. 참말이다."

용일이 뒤를 돌았다. 어느새 귀신들이 바짝 쫓아왔다. 속력을 낼

수록 숨이 차고 다리가 움직이지 않았다. 포기하고 싶었다. 왠지 그들이 말한 대로 앞으로도 비참한 인생만 겪을 것 같았다. 만약 신이 있다면 정말 불공평한 존재다. 유복하게 살게 해달라는 것도 아니고, 무언가가 되게 해달라는 것도 아니었다. 그저 남들처럼 행복한 가정에서 살고 싶다는 바람뿐이었는데, 절대 이루어주지 않을 것이라는 확신이 들었다. 14년을 사는 동안 괴로웠었다. 이대로 살아서 집에 돌아가더라도 지옥 같은 삶이 반복될 것이다. 집 나간 엄마가 돌아온다는 보장도 없다. 아버지는 매일 술을 마신 후 미치광이처럼 집을 들쑤실 것이 틀림없다. 만에 하나 저들이 아버지를 데려간다고 해도 스스로 살아갈 수 있을지도 의문이었다.

용일은 발걸음을 멈췄다.

"키히히히히…. 그래, 잘 생각했다. 사는 게 얼마나 힘든지 다 안다. 사는 게 지옥이고 고통이다 아이가. 용일아, 겁먹지 마라. 여기 있는 사람들이 다 너거 집안사람들이다. 우리가 너를 산신님이 있는 곳까지 데려다줄꾸마."

류영태가 손짓하자, 귀신들이 상여를 내려 관을 열었다. 용일은 그곳으로 들어가야겠다고 마음을 먹었다. 한 걸음, 한 걸음 걸어가던 중 누군가의 목소리가 들렸다.

"용일아, 안 된다."

아버지였다. 아버지는 용일의 팔을 끌어당겼다. 행여 그들이 데려갈까 부둥켜안고 놓아주지 않았다. 귀신들과 마주친 아버지는 믿을 수 없다는 표정을 지었다. 꿈에서도 보고 싶었던 어머니도 있었기 때문이었다.

"이게 누구고? 우리 막둥이 아니가?"

"어, 어무이…? 어무이는 제가 어릴 때 돌아가셨잖아요. 어, 어떻게…."

아버지는 눈물을 흘렸다.

"그래 막둥아, 내다. 내가 네 어무이다. 그러니 그 아이를 내게 다오."

아버지의 표정이 굳어졌다.

"안 됩니다. 하나밖에 없는 제 아들입니다. 제발 살려만 주이소. 이렇게 부탁드립니다."

용일은 겁이 났다. 할머니의 눈빛이 순식간에 먹이를 노리는 여우처럼 변했기 때문이었다. 할머니는 단숨에 손톱을 세워 부자에게 달려들었다. 아버지는 용일을 끌어안고 도망쳤다. 그곳에 있던 자들도 신이 나는지 교활하게 웃으며 쫓아왔.

"끼히히히히…. 인태야, 그만 포기해라. 사는 게 지옥인데 살아서 뭐하노? 너하고 아들내미만 있으면 극락의 문이 열린다."

그들은 단번에 주위를 포위했다. 아버지는 이대로 죽을 수 없다고 생각한 듯 커다란 돌을 들어 던질 준비를 했다.

"인태야, 우리한테 총을 쏴봐라. 어림도 없지. 그걸로 뭘 할 수가 있겠노?"

귀신들이 점점 다가오자, 아버지는 용일을 등 뒤로 감췄다.

"산범님께서 행차하십니다!"

2. 실종   79

저 멀리서 노승의 목소리가 들렸다. 귀신들은 일제히 무릎을 꿇은 뒤 땅을 마구 때렸다.

"아이고…, 아이고…. 산범님이 직접 이곳까지 행차하시니, 류인태와 류용일은 살아서 장산 밖을 못 나겠구나."

미세하게 땅이 흔들렸고 저 멀리서 거대한 짐승 한 마리가 걸어왔다.

"용일아, 정신 바싹 차려야 한다."

아버지의 말과는 다르게 용일은 정신이 혼미했다.

짐승은 거대한 머리를 좌우로 흔들며 여의주같이 붉은 눈을 깜박였다. 부자는 주저앉았다. 귀신들이 말했던 산범은 호랑이였기 때문이다. 산범이 나타나니 귀신들이 엎드려 절을 올렸다.

"산범님이시여, 산범님이시여."

류영태가 부자(父子)를 가리켰다.

"청강 류씨의 아흔아홉 번째 제물과 백 번째 제물을 데리고 왔습니다. 비로소 청강 류씨 인간 백 명을 드시게 되니, 천하를 호령하는 산신이 되어 저희를 극락으로 인도해주소서."

산범이 부자를 보자 걸쭉한 침을 흘렸다. 어느 틈에 덩치가 큰 녀석이 용일과 아버지 사이로 가 어깨동무를 했다.

"산범님, 주정뱅이인 애비부터 드시겠습니까?"

짐승이 거친 콧바람을 뿜더니 고개를 저었다.

"그렇다면 신선한 아들놈부터 드시겠습니까?"

그것이 엉큼한 미소를 지으며 고개를 끄덕였다. 귀신들 여럿이 용일을 끌어내렸다.

"안 된다."

아버지가 막았으나 귀신들의 힘을 당해내질 못했다. 산범이 용일에게 커다란 머리를 내밀어 입을 크게 벌렸다. 용일은 자포자기의 심정으로 눈을 감았다. 막상 죽는다고 생각하니, 생전에 하고 싶은 것 못 해보고 먹고 싶은 것 먹지 못한 게 억울했다.

용일의 머리가 산범의 목구멍까지 들어가는 순간이었다. 갑자기 산범이 고개를 젓더니 날뛰었다.

"크르릉아아앙!"

용일이 눈을 떴다. 짐승의 등에 커다란 작살 하나가 꽂혀 있었다. 거대한 몸을 마구 비틀어도 빠지지 않았다. 그 사이 공중에서 구슬 같은 것이 쏟아졌는데, 귀신들이 개처럼 그것을 쫓아갔다.

"이거 매실 아니야? 군침이 싹 돈다."

귀신도 정신이 팔려있을 무렵, 복면을 쓴 남자가 나타나 부자에게 손전등을 건네었다.

"지금부터는 절대 뒤를 돌아보면 안 됩니다. 무조건 제 뒤만 따라와요."

부자는 살고 보자는 마음에 복면을 따랐다. 그걸 본 산범이 고함을 질러댔다. 그제야 귀신들이 매실 쫓는 일을 멈추고 부자를 쫓았다.

신기하게도 복면의 뒤를 따르니, 귀신에게 홀렸던 길이 나왔고 가로등 불이 환한 출구도 찾았다. 몇 발만 가면 귀신으로부터 해방

될 수 있을 것 같았다. 복면은 빠르게 손짓했다.

"조금만 더 힘을 내세요. 놈들은 가로등이 밝은 곳까지 오지 못할 겁니다. 저 아래에 제 차가 있습니다."

용일도 모든 힘을 다해 달렸다. 복면의 말처럼 밝은 가로등이 있는 지점부터는 귀신들이 쫓아오지 못하고 머뭇거릴 뿐이었다. 조금만 더 가면 복면의 차가 있는 곳에 도착할 무렵, 뒤에서 애타는 목소리가 들렸다.

"용일아…."

엄마였다.

"용일아, 엄마야. 엄마, 여기 있어. 그러니까 가지 마."

3년 만에 듣는 목소리였지만 엄마가 틀림없었다. 용일은 엄마의 목소리를 따라 다시 어둠 속으로 몸을 던졌다.

"어… 엄마? 엄마 어디에 있어?"

"그래, 엄마 여기 있어. 우리 아들 보고 싶었어."

목소리만 들릴 뿐 아무것도 보이지 않았다. 손전등을 켜 엄마의 목소리가 들리는 곳을 비췄다. 그런데 류영태가 고양이처럼 바위에 앉아서 미친 듯 웃고 있는 것이 아닌가. 녀석은 눈을 동그랗게 뜨며 엄마의 목소리를 흉내 냈다.

"용일아, 엄마야! 엄마! 이히히히히…."

용일은 경악했다. 귀신들에게도 포위됐다. 설상가상 산범의 거친 숨소리도 들렸다. 도망치려고 했지만 발이 떨어지지 않았다. 손전등을 들어 짐승의 소리가 나는 곳을 비췄다. 역시나 거대한 머리가 침을 흘리며 코앞까지 다가왔다. 이번에는 놓치지 않겠다는 일념으로 순식간에 입을 벌렸다. 용일은 망연자실했다. 그때였다. 누군가가 용일을 세게 밀었다.

"으아아아악!"

이윽고 짐승의 입에서 얼음이 부서지는 소리가 났고 용일은 천천히 손전등을 들었다. 산범이 아버지의 어깨를 물고 있었다. 아버지는 일그러진 표정으로 말했다.

"용일아, 어서 도망가라."

그 와중에도 아버지는 주먹으로 짐승의 머리를 내려쳤다. 하지만 짐승이 턱을 움직일 때마다 살이 찢어지고 뼈가 으스러졌다. 아버지가 자신을 구했다는 사실이 믿기지 않았다. 아버지를 낭떠러지에 밀어버리려고 했던 행동이 떠올랐다. 누구보다 싫은 사람이었지만 자신 때문에 죽는다고 생각하니 혼란스러웠다.

"씨발…."

말로 표현할 수 없는 분노가 폭발했다. 용일이 돌을 들어 짐승에게 뛰어들 찰나, 복면이 앞을 막았다.

"감정에 휩싸이지 마라. 이러다가는 다 죽는다. 아버지의 희생을 헛되게 하지 마라. 창귀들이 쫓아오면 그때는 너 포함 나까지도 죽는다."

복면이 주머니에서 매실 한 움큼을 허공에 던지자, 용일을 잡으려던 귀신들이 일제히 방향을 바꿨다. 아버지는 소리쳤다.

"용일아, 빨리 도망가라. 어떻게 해서든 반드시 살아야 한다. 그리고 미안하다. 용서해달라는 말은 안 할게. 제발 살아서 나처럼은 살지 마."

복면은 얼이 빠진 용일의 손목을 잡고 달렸다. 용일은 복잡한 심경이었다. 도망갈 수밖에 없는 운명이 싫었다. 장산 아래에 택시 한 대가 보였다. 복면은 용일을 앞자리로 밀어 넣은 뒤 시동을 걸었다.

"용일아, 정신 차려라. 지금 넋 놓고 있을 때가 아니다. 저기 뒤를 봐라. 저들의 실체다."

용일은 눈을 의심했다. 좀 전까지만 해도 가로등 불빛으로 나오지 못한 것들이 모습을 드러낸 채 쫓아왔다. 그들은 하나 같이 몸은 없고 머리만 허공에 둥둥 떠 있었다.

"우리 아버지 어떻게 해요. 모두 저 때문이에요. 제가 바보처럼 귀신들에게 속아서 아버지가 당했어요. 그 짐승 놈이 아버지를…. 지금이라도 아버지를 구해야 해요."

용일이 차 문을 열려고 했지만 소용없었다. 이미 문이 잠겨 있었다. 복면에게는 그곳을 빠져나가기 급급할 뿐이다. 시동을 걸고 나가도 귀신들이 끈질기게 쫓아왔다. 급기야 이마로 차를 마구 두드렸다. 유리창에는 피가 튀었고 부서질 수도 있었다. 복면이 외쳤다.

"용일아, 울고만 있을 때가 아니다. 뒷좌석에 매실 박스가 있다. 그걸 한 움큼 집어서 밖에 뿌려라. 창문은 조금만 열고!"

그가 어떻게 자신의 이름을 알고 있는지 묻고 싶었지만, 일단 귀신부터 쫓는 게 우선이었다. 복면이 시키는 대로 창문 틈으로 매실을 떨어트렸다. 차를 덮고 있던 귀신들이 군침을 흘리며 바닥으로 향했다.

"저것들이 단단히 미쳤구나. 본 모습을 드러낸 거는 이번이 처음이다. 아무래도 용일이 너를 놓치고 싶지 않았나 보다. 청강 류씨 사람들이 무섭긴 무섭네."

용일도 귀신들이 친족이란 사실이 믿기지 않았다. 경찰에 알린다고 해도 이 상황을 이해시킬 자신이 없다. 엄마가 실종돼도 심드렁했던 그들 아니었나. 용일은 앞으로 어떻게 해야 할지 막막했다.

"이 상황이 믿어지지 않지? 이해한다. 어른인 나도 모르겠는데, 너라고 별수 있겠냐. 그래도 분명한 것은 일단 살고 봐야 한다. 살아야 복수를 하고, 살아야 소망을 이룰 수 있다."

남자는 복면을 벗어 뒷자리에 던졌다. 그의 정체는 부자를 장산까지 태워준 택시 기사였다. 용일은 어떻게 된 영문인지 몰랐다. 그러고 보니, 처음 본 사이인데 자신의 이름도 알고 있었다. 그가 구해줬다는 사실은 고마운 일이지만 의심이 가는 것은 어쩔 수 없었다.

"너희 아버지를 구하지 못한 건 미안하다. 하지만 그곳으로 다시 돌아갈 수는 없다. 솔직한 마음으로 운이 좋아서 너 하나만 살린 거라도 감사하게 생각한단다. 일단은 우리 집으로 가자."

"죄송한데요. 집에 가고 싶어요."

택시 기사는 고개를 끄덕였다.

"삼공아파트 29동 앞에 세워주면 되니?"

소름이 돋았다. 집 주소까지 알고 있었다. 용일은 택시 기사가 낯선 곳으로 데려갈지도 모른다는 생각에 밖을 주시했다. 여차하면 차 문을 열고 뛰어내릴 준비도 했다. 다행히도 차는 용일이 사는 아파트 앞에 섰다. 갑자기 택시 기사가 용일의 집 베란다를 가리켰다. 좀 전에 본 귀신들이 머리만 허공에 뜬 채로 기웃거렸다. 그들은 하나 같이 기이하게 웃으며 용일을 불렀고 이마로 창을 두드렸다.

"아무래도 우리 집으로 가는 게 좋겠지?"

용일이 고개를 끄덕이자, 택시 기사는 차를 뺐다.

"믿을 수 없겠지. 나도 처음에 그랬으니까…. 소개가 늦었다. 나는 너희 아버지의 고향인 곡동에서 온 오창석이다."

용일은 '곡동'이란 말에 어지러웠다. 아버지는 텔레비전에서 고향이 나올 때면 경기를 일으켰다. 아름답고 따뜻한 마을로 소개됐지만 언제 저주가 자신을 덮칠지 모른다며 광기 어린 눈으로 말했다. 정신 나간 술주정뱅이의 말이 지겨웠지만 결국 아버지가 말한 대로 저주가 찾아오고 말았다.

"아저씨…, 아버지는 죽었겠죠."

"놈들이 살려둘 리 없다. 너한테는 마음 아픈 일이겠지만 이미 죽었을 거야. 하지만 그럼에도 정신을 차려야 해. 놈들이 너도 가만두지 않을 거니까."

용일은 크게 한숨을 쉰 후 말을 이었다.

"아버지는 왜 저를 구했을까요? 매일 술에 취해서 욕하고 때릴 때는 언제고 저를 왜 구했을까요?"

그는 대답하지 않고 라디오를 크게 틀었다. 클래식 프로그램에서 드뷔시의 '달빛'이란 클래식이 나왔지만 용일이 알 리 없었다.

'같은 반 녀석들은 여름방학이라 부모랑 좋은 곳에도 가고 맛있는 것도 먹고 행복하게 지내는데, 나는 왜 이렇게 불행하게 살까? 아무리 노력해도 행복할 수는 없는 걸까? 아버지가 죽었다는 걸 엄마에게 어떻게 알려야 하나…. 아니, 엄마랑은 같이 살 수 있을까?'

지금 생각하면 엄마가 집에 있던 시절에도 행복하지 않았다. 동전 몇 개가 부족해서 집구석을 뒤지던 날이 떠올랐다. 차라리 짐승의 먹이가 되어 죽는 게 편했을지도 모른다.

차는 송정 바닷가를 오랫동안 지나 사람이 다니지 않는 외진 길로 들어섰다. 정확히 알 수 없지만 언덕 하나를 넘는 순간부터는 포장되지 않은 거친 길만 나왔다. 수많은 빈 건물을 지나고 낡은 공장 앞에 차가 섰다. 주위에는 무성한 풀과 칠이 벗겨진 건물 때문에 흉가처럼 버려진 정신병원을 연상하게 했다.

"내리자."

용일은 조심스럽게 내린 후 주위를 살폈다. 사람뿐만 아니라 생명 비슷한 존재도 없었다. 남자는 손전등을 켜자마자 구석마다 둔 매실 그릇을 확인했다. 별문제가 없다는 것을 확인하자 따라오라고 손짓했다. 남자가 셔터를 올리자 조그마한 창고가 나왔다. 그곳에 있는 조그마한 철문을 여니, 지하로 내려가는 통로가 나왔다. 아래로 내려갈수록 강력한 방화문이 나왔는데, 어느 지점에서는 오창석이 성모 마리아와 십자가에 기도 같은 것을 했다. 그리고 다시 아래로 내려가 문을 열었다.

"빨리 내려와라."

용일의 눈이 휘둥그레졌다. 지하 끝에 가정집이 있을 줄은 상상하지 못했다. 누가 뭐래도 말끔한 가정집이었다. 아저씨는 냉장고에서 사과주스를 꺼내어 용일에게 건넸다.

"거기 소파에 앉아라. 내 집이라 생각해. 너무 신기하게 보지 마라. 나도 햇볕 드는 곳에 살고 싶지만 나 역시 창귀에게 정체가 노출된 몸이라서 이렇게 숨어 지낸다."

"귀신들을 창귀라 부르나요?"

오창석이 고개를 끄덕였다.

"괴이에게 죽임을 당하면 창귀가 된다. 참고로 괴이는 산에서 본 범을 말하는데, 곡동에 살던 포수 출신이 괴이라고 부르더라. 안타깝게도 괴이에게 죽은 사람들은 전부 너의 친척들이다. 너도 봤겠지만 작고 왜소한 아이가 너의 큰아버지 류영태고, 덩치 좋은 소년이 류…, 아무튼 너랑 오촌쯤 될 거다."

용일은 그제야 헛웃음이 나왔다. 조금 전까지 귀신과 호랑이를 봤지만 누가 믿겠나?

"그런데 괴이는 왜 우리 집안사람만 잡아먹는 겁니까?"

"글쎄?"

오창석은 서랍에서 포장도 뜯지 않은 속옷과 트레이닝복을 건넸다. 이런 상황에 좋아할 일은 아니지만 평소 입고 싶었던 브랜드였다. 엄마가 사라지기 하루 전날, 사달라고 떼를 쓰던 시절이 떠올랐다. 옷은 마치 용일을 위해 준비한 것처럼 몸에 꼭 맞았다.

"일단 좀 쉬자. 너도 많이 지쳤을 거다. 지금 내가 모든 걸 설명한다고 해도 이해하지 못할 거야. 저곳이 욕실이야. 일단 씻어라."

용일은 궁금한 것이 많았다.

"아저씨 도대체 누구예요? 누구시길래 갑자기 나타나서 저를 구해주신 거예요?"

오창석은 묘한 미소를 지었다.

"나…? 이 시대 마지막 착호갑사라고 할까."

***

"쓰르륵, 쓰르륵…. 쓰르르륵, 쓰르르륵…."

용일이 풀벌레 소리와 물 흐르는 소리에 눈을 떴다. 주위를 둘러보니 장산이었다. 한숨 자고 일어난 듯 피로가 풀리는 기분이었다.

"용일아, 용일아…."

아버지의 목소리였다. 과거에는 듣기 싫던 목소리였지만 반가웠다. 그동안 일어났던 일들이 모든 게 꿈이었나 보다. 세상에 귀신이니 호랑이니 그런 게 있을 리 없다. 용일은 가벼운 마음으로 아버지를 찾아다녔다.

"아버지 어디에 있어요?"

"용일아, 여기다 여기…. 다리가 부러진 것 같은데, 일어날 수가 없다. 네가 와서 부축 좀 해야겠다."

절벽 아래에 아버지가 웅크린 채로 누워있었다.

"얼마나 다쳤는지 한번 봐요."

용일이 환부를 보려고 다리를 잡으려는데, 아버지가 벌컥 화를 냈다.

"이거 놔라. 아파 죽겠다."

컴컴한 산속에 다친 아버지와 있으려니 막막했다. 도대체 이곳까지 어떻게 왔던 걸까? 문득 술에 취한 아버지가 엄마를 찾는다며 장산까지 끌고 온 일이 떠올랐다. 아무리 생각해도 엄마가 이런 산속에 있을 리 없었다. 더욱이 이런 상황을 겪어본 기분이 들었다. 아버지를 부축하려는데 이상했다. 목부터 등까지 산짐승처럼 털이 돋아나 있었다. 놀란 용일이 뒷걸음질 쳤다. 갑자기 무서운 생각이 스쳤다. 눈앞에 있는 사람이 아버지가 아닌 것 같았다.

"크흐흐흐…. 어디에 가려고 슬금슬금 발을 빼노? 퍼떡 일로 와서 아버지 부축 안하나?"

가까이 갈 수 없었다.

"빨리 와서 부축 좀 해라. 니놈 때문에 이렇게 됐다 아이가?"

자신 때문이라는 말에 용일이 조심스레 물었다.

"저 때문에 아버지가 그렇게 됐다고요?"

"하모, 너 때문이지. 크ㅎㅎㅎㅎ…."

"제, 제가 뭘 어떻게 했는데요?"

"네가 한 짓을 모르겠나? 네가 절벽에서 밀었다 아이가?"

아버지가 서서히 고개를 들었다. 용일은 심장이 멎는 줄 알았다. 왜냐하면 류영태였기 때문이다. 그는 광기 어린 표정으로 용일에게 기어왔다. 겁에 질린 조카의 모습이 흥미롭다는 듯 더욱 괴상한 표정을 지었다. 용일은 그제야 모든 일들이 떠올랐다. 도망쳤다. 창귀의 요란한 웃음소리가 가까워졌다. 어떻게든 그들을 따돌리려고 했지만 소용없었다. 끝내 벼랑 끝으로 몰렸다. 방법이 없다. 절벽 아래로 몸을 날리는 수밖에….

도움닫기를 하려는 찰나, 아래에서 머리 하나가 튀어나왔다. 아버지였다. 아버지는 피를 토하며 용일에게 뛰어들었다.

"으아아아악!"

꿈이었다. 온몸이 땀으로 흥건했다. 정신이 없었다. 아직도 아버지의 죽음이 믿기지 않았다. 엄마는 어떻게 생각할까? 주먹이나 휘두르는 주정뱅이 남편이 사라지니 좋아할까? 아니면 슬퍼할까?

"똑똑똑…."

잠시 후 오창석이 문을 열었다.

"일어났냐? 잠시 나와봐라."

오창석이 텔레비전을 가리켰다. 뉴스에서 지난밤에 있었던 일을 전하고 있었다.

"부산 해운대구 장산에서 사람의 머리가 발견되어 경찰이 수사 중입니다. 오늘 오전 7시경, 등산객 마 씨가 발견한 머리의 신원은 해운대구 중2동에 사는 36세 류 모씨로 밝혀졌습니다. 또 다른 목격자에 따르면 류 모씨의 아들도 함께 산을 올랐다고 했으며, 현재 실종된 상태입니다. 경찰은 14세 류 군도 찾는 중이며, 오늘부터 장산을 전면 통제하기로 했습니다."

알고는 있었으나, 아버지가 죽었다는 소식은 용일을 힘들게 했다.

"진정해라. 죽은 아버지가 살아 돌아오지는 않는다."

"그래도 아버지가 죽었다는 사실이 믿기지 않아요. 너무 슬퍼요. 살아 있을 때는 술주정하고 괴롭히던 아버지였는데, 아버지가 왜 불쌍해지는지 모르겠어요."

오창석은 덤덤했다.

"아무래도 뉴스를 보고 이상한 점을 알아채지 못한 것 같구나. 어제 너희 부자가 산에 올랐다는 것을 아는 사람은 나와 늙은 중놈, 두 명뿐이야. 중놈은 그 몰골로 사람들에게 모습을 함부로 드러낼 수 없을 거다. 그 말은 창귀들 말고도 너를 찾는 이가 있다는 말이지."

"혹시 엄마가 아닐까요?"

"그럴 리 없다! 너희 엄마라면 텔레비전에 나와서 인터뷰라도 했을 거야. 정체를 숨길 이유가 없어. 이것은 내 생각이지만, 괴이를 신봉하는 무리 중 한 명일 것이다."

오창석이 밀봉된 비닐에 있던 종이봉투를 건넸다.

"너희 할아버지 류덕현 선생이 생전에 남긴 편지다."

용일은 편지를 펼쳤으나 도무지 내용을 이해할 수 없었다. 한글보다 한자들로 많았고, 곳곳에는 검은 얼룩이 묻어서 읽을 수도 없었다.

"무슨 내용인가요?"

"너희 청강 류씨 일가에 일어난 비극이지. 괴이가 청강 류씨 사람들만 노릴 거라는 내용과 괴이를 잡을 방법이다. 하지만 편지를 전달하러 온 친구도 공격받았던 터라 편지에 피가 묻었어. 염병할…, 죽은 친구한테는 미안하지만 괴이를 잡을 방법에만 묻어 있을 게 뭐냐?"

용일이 편지를 뚫어져라 봤지만 편지 아래에 적힌 추신만 읽을 수 있었다. "지금 당장 곡동을 떠나시오"라는 말에서 다급함이 느껴졌다.

"저희 할아버지는 창귀가 되지 않았나봐요?"

"류 선생이 창귀가 되지 않은 것은 다행이지만 마을에 사는 누군가에게 살해당했어. 누군지는 알 수가 없다. 선생이 죽던 날, 나도 곡동을 떠났고 한 번도 찾은 적이 없기 때문이지."

"괴이는 왜 청강 류씨 사람만 해치는 거예요?"

"처음 맛본 인간이 청강 류씨 사람이기 때문이야. 아무래도 녀석은 청강 류씨 사람만 먹을 수밖에 없는 상황에 놓인 것 같다. 녀석에 대해 공부 중이지만 아직은 시원하게 정답을 내놓을 수가 없어. 언젠가는 알게 되겠지."

"얼핏 창귀들의 대화를 들었어요. 저와 아버지가 제물이 되면 모두 끝난다고요. 산범이 산신이 되면 극락왕생할 수 있다고 했어요."

오창석의 미간이 한껏 찌푸려졌다.

"역시 그랬군. 청강 류씨 집안사람 백 명을 먹으면 신(神) 같은 것이 되는 건가? 벌써 아흔여덟…, 아니 아흔아홉 명이 괴이 녀석에게 당했구나."

용일은 꿈에 창귀가 된 아버지의 모습이 떠올랐다.

"괴이에게 잡아먹히면 창귀가 되는 것이죠? 그렇다면 저희 아버지도 창귀가…."

"앞으로 너에게 무서운 일이 많이 일어날 거다. 정신 똑바로 차려야 한다. 일단 놈을 잡을 방법은 내가 찾을 테니, 너는 이곳에 얌전히 숨어 있어라. 이제 녀석들이 찾는 제물은 너뿐이다. 다시 말해서 청강 류씨 명문공파 사람은 너 하나란 말이다."

용일은 비참했다. 눈물이 뿜어져 나오는 걸 참을 수 없었다.

"어릴 적부터 늘 의문이었어요. 우리 집은 남들처럼 왜 행복하지 못한 걸까, 우리 아버지는 왜 매일 술에 찌들어 살까…. 이 모두가 무능한 아버지 탓이라고 생각했어요. 그런데 조금은 이해할 것 같아요. 아버지는 알고 있었던 거예요. 언젠가는 자신을 비롯한 가족이 청강 류씨 사람들처럼 죽게 될 거라고요."

오창석이 한숨을 내쉬며 고쳐 앉았다.

"그렇겠지. 아무리 생각해도 환경이 인간을 만드는 법이니까."

"저도 언제 죽을지 모르는 공포 속에서 살아야 할까요? 너무 무서워요. 도대체 어떻게 해야 할까요?"

"글쎄…. 나 역시 정답을 모르겠다. 다만…, 일단은 살아라. 녀석들이 찾을 수 없게 이곳에서 꼭꼭 숨어 있어라."

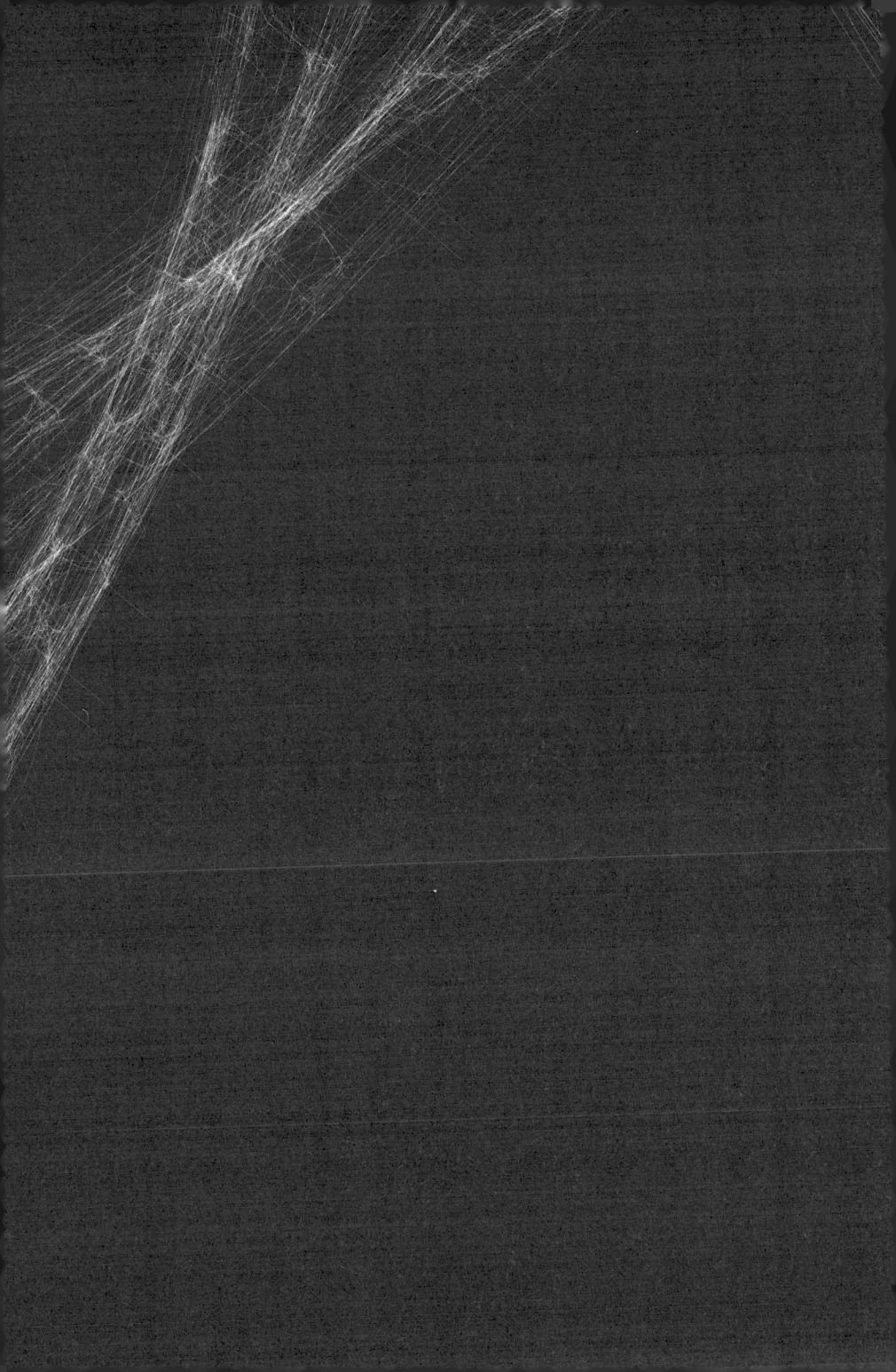

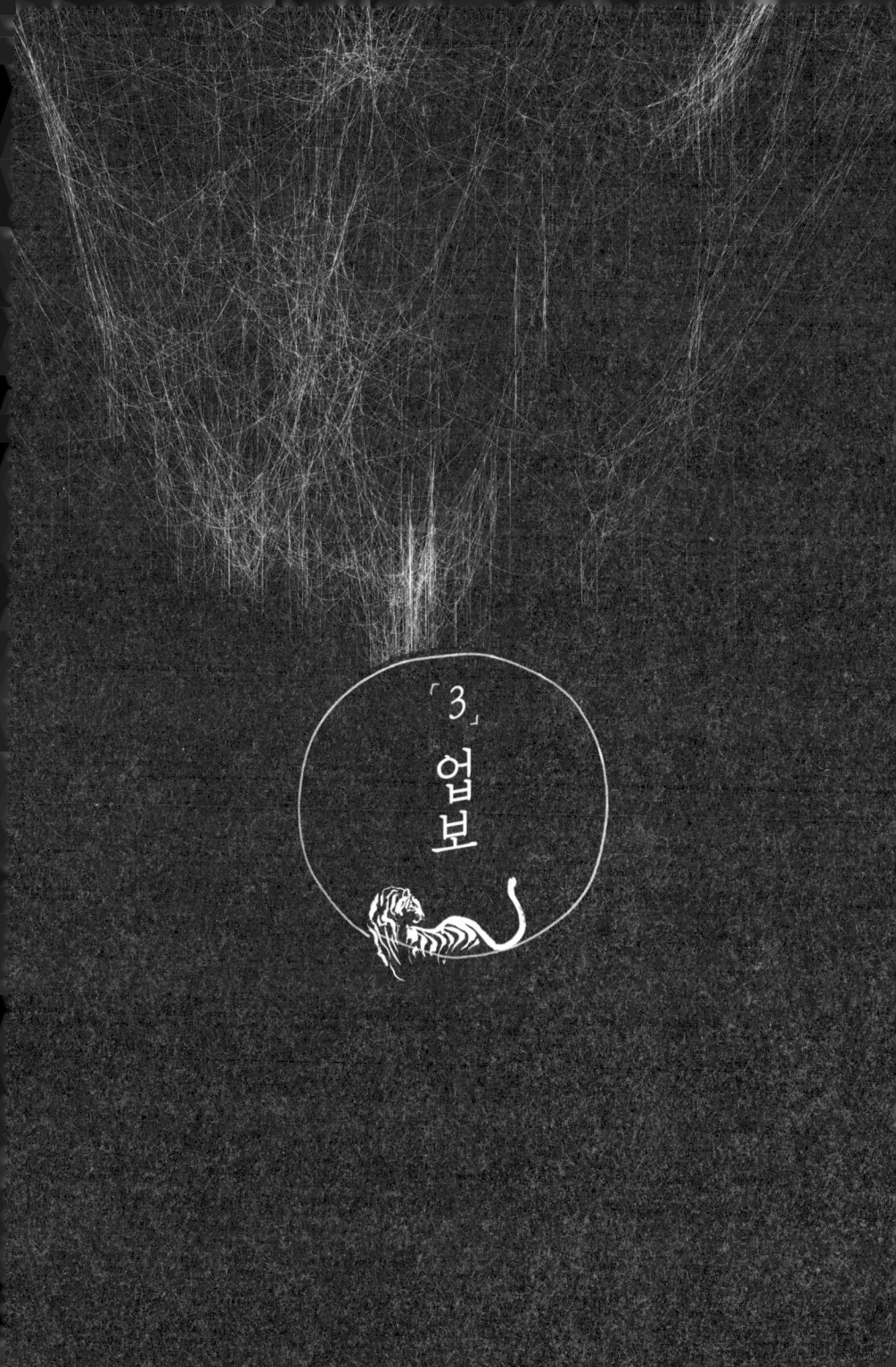

1971년 12월 31일 새벽.

지난밤, 벌겋게 타버린 연탄재를 삽으로 으깨어 빙판길에 뿌리던 박 씨가 길 한복판에서 무언가를 발견했다. 거리가 꽤 멀어 알 수 없었지만, 아마도 누군가가 대충 버린 연탄이라고 생각했다.

"씨부럴거, 누가 연탄을 길에 저리 둔 거고? 지나다니다 넘어지면 우짤라고…."

길 한복판으로 걸음을 옮기는 순간, 묘한 두려운 감정이 드는 것은 왜일까? 이상하게도 멀쩡하던 가로등이 깜박였다. 박 씨는 눈을 뗄 수 없었다. 아무래도 연탄재가 아닌 것 같았다. 천천히 다가가 절반쯤 도착했을 무렵, 주저앉고 말았다. 사람의 머리였기 때문이다. 덥수룩한 머리카락이 덮인 뒤통수를 떨리는 마음으로 삽으로 슬쩍 건드리니, 맥없이 쓰러진 채 바닥을 굴렀다.

"으아아아악!"

비명이 퍼졌다. 머리의 주인은 류덕삼이었다. 류씨 일가에서 나온 세 번째 희생이었다. 경찰도 난리였다. 송수복이 범인이라 자백했던 터라 혼란스러웠다. 구치소에 들어가 있는 사람이 탈출해서 사람을 죽일 리 없다. 엄 반장도 막막한지 잔뜩 인상을 구긴 채 담배만 피워댔다.

오창석 역시 머리가 복잡했다. 아이들만 죽는다고 생각했으나 아니었다. 더욱이 키 크고 덩치 좋은 류덕삼이 죽을 줄은 꿈에도 생각한 적 없다. 그렇다면 자신이 범인이라고 자백한 송수복은 무엇인가? 공권력에 대항했던 것일까? 솔직한 마음으로 그를 이해할 수밖에 없었다. 아무리 생각해도 송수복은 범인이 아니었다. 오창석은 엄 반장에 갔다.

"반장님, 류덕삼 씨도 아이들이 발견된 모습과 흡사합니다. 분명 아이들을 죽인 놈이 류덕삼 씨를 살해했을 겁니다. 송수복은 범인이 아닙니다. 송수복을 풀어줘야 합니다. 진범은 따로 있습니다."

엄 반장은 아무 말 없이 류덕삼의 머리만 보고 있었다.

"반장님, 처음부터 수사해야 합니다. 이러다가 또 다른 희생자가 나올 겁니다. 서울에 있는 유능한 경찰들도 부르고, 청와대에 연락도 하고 범인을 잡아야 합니다."

류덕현이 담벼락에 숨어 그 광경을 지켜보고 있었다. 복잡한 감정에 당장이라도 속이 터질 것 같았다. 덫에 걸린 기분을 말로 표현할 수 없었다. 슬픔보다 두려움이란 감정이 크게 느껴졌다. 동생이 사라진 날이 떠올랐다. 연기를 보고 요봉사로 달려갔을 적이었다.

이미 장례가 끝난 후였다. 아이들이 죽은 이유도 찾지 못한 마당에 마음대로 장례를 지러서 화가 났다. 동생에게 따지려던 찰나, 녀석이 넋 나간 표정으로 자신을 지나쳤다. 정신을 놓은 동생이라 따질 수도 없었다. 눈앞에 있는 형도 알아보지 못한 채 힘없이 걸어가는 모습이 안타까웠다. 한참을 동생의 뒷모습만 봤다. 그 역시 아들을 잃은 처지였기에 이해가 됐다. 생각은 다르지만 가족을 위해 내린 결정이니 묻어두기로 했다. 다만 술독에 빠져 지낼 동생을 생각하니 걱정이 되어 뒤를 따랐다. 뜨문뜨문 걸어간 발자국을 따라가는데, 걸음이 점차 어지러워지는 듯했다. 불길한 예감에 속도를 냈다. 대문이 활짝 열려 있었다. 다급하게 소리쳤다.

"덕삼아!"

거실에는 불만 켜져 있고, 바닥에는 술병이 널브러져 있었다. 아무리 찾아도 동생은 없었다. 소파에는 동생이 입은 옷이 놓여 있었고, 현관에는 구두가 그대로였다. 옷에 온기를 보니 벗은 지 얼마 되지 않았다. 어디로 나간 것일까? 짧은 사이에 외출이라도 한 것일까? 동생을 찾던 중 제수씨와 조카들이 들어왔다.

"아주버님이 웬일이세요?"

"제수씨, 덕삼이가 없어졌습니다."

초췌한 얼굴의 그녀가 힘없이 대답했다.

"그냥 두세요…. 괴로워서 혼자 울고 있겠지요. 아주버님도 영태가 그렇게 되던 날 겪어보셨잖아요."

류덕현은 더 이상 동생을 찾지 않은 일이 후회됐다. 동생이 죽을 거라고는 생각지도 못했다. 꼭 지옥에 사는 기분이었다. 남은 가족들도 죽음을 맞이할 것 같았다. 제수씨에게 남편의 부고를 또 어떻게 전해야 하나, 그녀를 볼 면목이 없었다. 동생의 집으로 가면서 지금까지의 일들을 곱씹었다.

처음에는 마을에서 일어난 아이들의 실종 사건과 연관이 있을지도 모른다고 생각했다. 하지만 류덕삼의 죽음으로 청강 류씨 사람만 노린 살인사건이라는 확신이 들었다. 다음은 자신일지도 모르는 일이며, 죽더라도 끝나지 않을 것 같았다. 죽은 이들의 행적을 다시 생각했다. 아무래도 조카의 행적이 가장 명확했다. 종태의 말이 머릿속을 스쳤다.

"용태 형이 불러서 형이 나갔어요."

류덕현은 망령이 된 용태와 준태가 류덕삼을 부르는 장면을 떠올렸다. 그럴 리 없다고 생각하며 떨쳐내려던 사이, 어느덧 동생의 집에 도착했다.

"제수씨, 제수씨! 저 류덕현입니다."

대문을 열었으나 아무도 없었다. 이미 동생의 부고 소식을 듣고 제수씨가 조카들을 데리고 나갔다고 생각했다. 경찰서로 발걸음을 돌리려는 순간, 전화벨이 울렸다.

"여보세요?"

"저…, 곡동 파출소입니다. 실례지만 류덕삼 씨 댁이죠?"

"네…."

"이런 말을 전하게 되어 송구합니다만, 오늘 새벽에 류덕삼 씨께서 사망하신 채로 발견됐습니다."

제수씨와 조카들은 동생이 죽었다는 사실을 아직 알지 못하는 듯했다. 시간이 지날수록 어떻게 부고를 전해야 할지 눈앞이 캄캄했다.

***

사람이 셋이나 죽었지만 진실은 하나도 밝혀지지 않았다. 경찰은 류덕삼의 죽음도 조사가 끝나지 않았다는 말만 되풀이했다. 동생이 죽은 지도 벌써 일주일이 지났다. 하지만 류덕현을 더욱 힘들게 하는 것은 형수와 조카들의 실종이었다. 그녀의 지인에게 연락도 하고 찾아다녔지만, 소용없는 짓이었다.

동생이 죽은 후 많은 것이 변했다. 류덕현은 아내와 막내아들도 집 밖을 못 나가게 했다. 친척들에게도 전했지만, 모두가 정신 나간 사람 취급을 했다. 그날도 류덕현은 모든 문을 잠근 채 집에서 보초를 섰다. 그러던 중 대문 밖에서 낯익은 사람이 고개를 내밀고 있는 것을 목격했다. 단숨에 집을 뛰쳐나갔다.

"제수씨, 어떻게 된 일입니까?"

류덕삼의 처가 대문 밖에서 어색한 미소를 지으며 고개를 숙였다.

"어디 좀 다녀왔어요."

"애들은요?"

"친척 집에 맡겨 놓고 왔어요."

류덕현의 눈시울이 붉어졌다.

"아이들이 무사하다니, 다행입니다. 하지만 덕삼이가…."

동생이 죽었다는 사실을 말하려고 했지만, 목구멍에 걸려 나오지 않았다. 류덕현의 눈시울이 붉어졌다.

"애들 아빠가 죽었다는 걸 알고 있어요. 그래서 아주버님께 상의드리려고 찾아왔어요. 일단 들어가서 이야기 좀 해도 될까요?"

제수씨가 평소와 달랐다. 평소 연약하던 모습이었지만 평소보다 침착했다.

"네…, 일단 들어오시죠."

그녀는 긴 한숨을 쉬며 앉았다.

"아주버님, 준태 아버지가 집을 나가던 날에 주지 스님이 찾아왔어요. 준태 아버지 부탁으로 선녀님을 만났다고요. 스님은 다음 저주가 준태 아버지가 될 거라고 선녀님께 들었다며, 저에게 아이들을 데리고 친정으로 가라고 하더군요. 스님은 걱정하지 말라고 하셨고요. 왜냐하면 선녀님께서 저주를 막을 방법은 물론이고, 준태 아버지와 아이들을 되살릴 수 있는 방법을 찾았대요. 아주버님은 선녀님이 싫으시겠지만, 제 생각은 선녀님의 힘이 절대적으로 필요하다고 생각해요."

류덕현의 표정이 굳어졌다. 요봉사의 주지가 그런 말을 했다는 사실을 믿을 수 없었다. 아버지의 병문안을 왔을 때 한 말과 달랐다. 죽음이란 세상만사의 이치이기에 두려워하지 말라고 했고, 영원한 젊음으로 산다는 선녀의 존재가 우주의 가르침에 반한다며 의심해야 한다고 하지 않았던가?

"그, 그게…."

류덕삼의 아내는 답답했다.

"아주버님, 정신 좀 차리세요. 선녀님을 아직도 의심하세요? 그런 고집 때문에 사람들 다 죽어요. 영태 안 살리고 싶으세요? 남은 인태는요? 혹시 아주버님에게는 방법이 있으세요?"

류덕현은 방법이 없었지만 용납할 수도 없었다.

"제수씨, 미안하지만 그 사람에게 찾아간다고 해서 일이 해결되지 않습니다. 죽은 사람이 어떻게 되살아납니까?"

"마을 사람들이 그러는데요. 아주버님께서 진작 선녀님을 찾아 갔더라면 적어도 준태랑 남편은 죽지 않았을 거래요. 그러니 저희에게 미안해서라도 눈 딱 감고 한 번만 찾아가 주세요."

지푸라기라도 잡고 싶은 심정을 이해했기에 류덕현은 강하게 몰아붙이지 못했다.

"그렇게 가고 싶으시다면 제수씨 혼자서 가십시오."

그녀의 입이 파르르 떨렸다.

"역시 아주버님은 사람의 목숨보다 신념이 중요하시군요? 좋아요. 저 혼자 갈 테니까, 돈 좀 주세요. 스님이 그러는데, 선녀님을 만나려면 큰돈이 필요하대요."

류덕현은 냉큼 일어나 다락에서 통장을 꺼냈다.

"이건 아버지께서 덕삼이 몰래 남겨주신 통장입니다. 덕삼이가 씀씀이가 크다며 돈이 필요할 때 주라고 하셨습니다. 아버지께서 지금까지 물려준 재산과는 별개로 남겨주신 것이니, 제수씨께서 가져다 쓰십시오."

류덕삼의 아내가 통장에 적힌 숫자들을 확인했다. 그녀의 눈이 점점 커졌다. 통장에는 시아버지가 남긴 편지도 있었지만, 눈에 들어오지 않았다.

"이렇게 많은 돈을 아버님께서 주셨다고요? 아무리 준태 아버지가 씀씀이가 커도 이걸 왜 아주버님한테…. 혹시 또 물려주시려는 것들이 있을까요?"

"없습니다."

"이걸로 제가 선녀님을 찾아뵐게요. 그리고 어떻게든 제가 류씨 집안사람들을 구해볼 거예요."

그녀가 일어나 문을 여는 순간, 류덕현이 막아섰다.

"제수씨, 선녀가 비극을 해결해 준다면 저 역시 뭐라도 하겠습니다. 하지만 억만금을 줘도 해결하지 못할 겁니다. 이 비극은 우리가 아니면 해결할 수 없습니다. 다음에 누가 죽을지 모릅니다. 우리는 선녀 따위의 말을 듣는 것이 아니라, 우리에게 비극이 왜 일어났는지, 원인을 찾고 다시는 일어나지 않도록 노력하는 것입니다."

류덕삼의 아내는 못마땅한 표정을 지었다.

"아주버님, 그러는 거 아니에요. 자꾸만 저를 가르치려고 하는데요. 저도 다 알아요. 진짜 모르는 사람은 아주버님이라고요. 선녀님 덕분에 홍수며, 가뭄이며 피해 간 것도 모르시잖아요. 돈이 아까우면 아깝다고 하세요. 나중에 죽은 사람들이 돌아오고, 류씨 사람들을 구하면 고맙다고나 하세요."

"제수씨, 왜 아깝겠습니까? 제수씨께서 무엇을 하시든 상관하지 않겠습니다. 다만 제가 하는 이야기도 들어주세요. 해가 지면 아이들을 비롯해서 제수씨도 집 밖을 나오지 마세요. 그리고 누가 불러도 절대 나가지 마십시오. 이것만 지켜주시면 됩니다. 그리고 덕삼이의 장례는 육신을 찾으면 치릅시다."

그녀는 듣는 둥 마는 둥 뛰쳐나갔다.

※ ※ ※

매섭게 칼바람이 부는 밤, 사당에 켜놓은 전구들이 심하게 깜박였다. 선녀는 재앙의 기운이 찾아왔다며 초조했다.

"큰일이다. 뭔가 잘못된 것이 틀림없어. 이러다가 더러운 기운 때문에 모두 죽을 거야. 죄를 저지른 인간 주제에 신의 힘에 대항하려 하다니, 어리석고 어리석도다. 부디 운명의 신이시여. 저에게 힘을 주시길…."

선녀가 벽을 매운 탱화를 보며 기도를 올렸다. 재앙의 기운을 몰아내기 위해 정신을 집중하고 또 집중했다. 잠시 후, 바람이 멈추고 깜박이던 전구도 멈췄다. 선녀는 자리에 주저앉았다. 그때 아낙이 문을 두드렸다.

"선녀님, 류덕삼 씨의 부인이 찾아왔습니다. 약속을 잡지 않았는데 돌려보낼까요?"

"아닙니다, 자매님. 큰일을 겪으시고 마음이 심란하실 텐데, 제가 직접 모시겠습니다."

"네, 선녀님."

멀리 류덕삼의 처가 애처롭게 걸어오고 있었다. 선녀는 버선발로 달려가 그녀의 손을 꼭 잡았다.

"자매님, 엄동설한 야밤에 힘든 발걸음 하셨습니다. 기다리고 있었습니다."

"서…, 선녀님이시죠?"

류덕삼의 아내가 눈물을 쏟았다. 이런 상황이 오기까지 무서웠다. 장남과 남편을 잃었고, 이젠 남은 가족마저 잃을지도 모른다. 사람이 셋이나 죽었지만 경찰은 단서 하나 찾지 못했다. 가장 화나는 것은 고지식한 아주버님이 모든 것을 혼자서 결정했다는 점이다. 더 이상 보고만 있을 수 없었다. 주지의 말대로 남편을 비롯한 아이들을 살리고, 집안에 내린 저주를 없앨 수 있는 사람은 자신뿐이었다.

"어서 들어가셔요."

아낙들이 류덕삼의 아내를 방으로 안내했다.

"자매님, 이곳에 앉으세요."

처음 본 그녀는 무척이나 고왔고 맑은 눈빛으로 사람을 매료시켰다. 특히 분홍빛 선녀의 날개옷은 누가 봐도 선녀였다.

"아드님과 남편분의 소식은 안타깝습니다. 마음이 성하지 않으시겠어요. 잘 찾아오셨어요."

"네, 선녀님…."

"자매님을 기다리고 있었습니다. 요봉사의 주지 스님께 들으셨지요? 오래전부터 자매님 집안에 우환이 일어날 것을 알고 있었습니다. 하지만 산신의 힘이 무척이나 강해서 아드님과 남편분을 구하는 일은 제 능력밖이었어요. 같은 마을에 사는 사람으로서 어떻게 사죄를 드려야 할지 모르겠습니다만 다행히도 죽은 사람들을 되살리고, 류씨 집안의 저주를 막을 방법을 찾았습니다."

류덕삼의 아내 눈에 눈물이 가득했다.

"참말이죠? 우리 준태랑 준태 아버지가 살아 돌아온다는 말씀이…?"

선녀가 따뜻하게 미소 지었다.

"걱정하지 마세요. 자매님께서 도와주시면 산신님도 저희 편에 서서 도와줄 겁니다. 제가 반드시 돌아가신 가족들을 살리겠어요."

"아이고, 선녀님…. 우리 아들을 구할 수 있다면 뭐든지 할게요. 이거 드릴 테니, 제발 우리 아이들을 구해주세요."

선녀에게 통장을 내밀었다.

"자매님, 이러지 마세요. 이곳은 신성한 곳입니다. 사람 구하는 일에 돈은 필요하지 않습니다. 부디 마음만 추스르세요."

선녀는 한사코 돈을 거절했다. 그녀는 감정이 북받쳐 당장이라도 울 것 같았다.

"그런데, 선녀님…. 궁금한 점이 있습니다. 도대체 류씨 집안에 무슨 망조가 들었기에 우리 아들과 남편이 죽은 걸까요?"

평온하게 웃던 선녀의 표정이 갑자기 굳어졌다.

"류씨 집안사람 하나가 씻을 수 없는 죄를 짓는 바람에 곡동을 수호하는 산신께서 노하셨습니다. 오래전부터 곡동은 산신이 수호하는 곳으로 죄인은 벌을 받아왔지요. 이런 말씀을 드리기 조심스럽지만 자매님께서 오시지 않았으면 류씨 일가 사람들이 또 죽었을 겁니다."

류덕삼의 처가 깜짝 놀라며 소리쳤다.

"도대체 그 죄인이 누구란 말이에요?"

"차차 알게 되실 겁니다. 일단 비극부터 막는 것이 우선입니다. 류씨 일가 사람들이 필요합니다. 그들을 최대한 많이 모아서 산신님과 이야기를 해야 해요."

"일가 사람들을요?"

"최대한 많이 모으셔야 해요. 아이부터 어른까지 전부요. 사람이 많으면 많을수록 산신님의 분노가 풀리실 테니…."

＊＊＊

경찰들은 미칠 노릇이었다. 수사했던 것이 모두 물거품이 됐다. 아이들의 실종과 연관 지어도 보고 피부병 환자들을 조사했지만, 실마리조차 찾을 수 없었다. 나름 과학수사를 지향했던 오창석도 넋이 나간 채 창밖만 보고 있었다.

"오 형사님, 저 류덕현입니다."

오창석이 벌떡 일어났다. 조사해도 증거 하나 나오지 않는 마당에 피해자를 만난다는 것은 송구한 감정보다 죄책감이었다. 다른 경찰은 몰라도 오창석만큼은 류덕현에게 부끄러웠다. 자신도 모르게 얼굴이 상한 류덕현의 모습에 눈이 갔다.

"류 선생님, 죄송합니다. 면목이 없습니다. 어떻게 말씀을 드려야 할지 모르겠습니다만 조속히…."

"부탁이 있습니다."

"부탁이요? 무, 무엇인지요?"

"부검의를 만나고 싶습니다. 부검의를 만나려면 담당 수사관의 동의가 필요하다고 해서요. 동생이 어떻게 죽었는지, 의사의 말을 듣고 싶습니다."

오창석은 눈앞이 어질어질 했다.

"서, 선생님…. 저희를 못 믿으시는 건 이해합니다만 수사는 저희들이…."

"이젠 누구도 믿을 수 없습니다."

"선생님, 조금만 기다려주세요. 경찰들이 백방으로 찾고 있습니다."

"다음에는 누가 당할지 모릅니다. 형사님, 형사님에게도 어린 딸이 있지요? 만약 형사님 집안에도 이런 비극이 생기면 어떻게 하겠습니까? 어느 날 갑자기 누군가가 형사님의 아내나 따님을 노린다면 가만히 있겠습니까?"

오창석은 말을 잇지 못했다. 담담하게 찾아왔던 류덕현의 눈빛이 어느새 슬픔, 두려움, 원망, 분노 등 온갖 감정들로 변해 있었다.

"가시지요. 시장 앞에 있는 병원입니다. 제가 안내하겠습니다."

병원에 가는 내내 류덕현은 말 한마디 없었다. 오로지 아들을 비롯한 동생과 조카를 죽음으로 몰고 간 원인을 찾겠다는 마음뿐이었다. 오창석이 조심스레 입을 뗐다.

"부검은 곡동제일병원의 최명종 선생이 하셨습니다. 원래 부검의가 아니라 외과의사인데요. 아무래도 곡동이 시골이다 보니 어쩔 수 없습니다. 서울이나 부산에 계시는 실력 좋은 부검의를 모시고 싶지만 거기도 바쁘고 비용도 많이 들기 때문에 안타까울 따름입니다. 그래서 최 선생 말은 걸러서 듣는 것이 좋습니다. 그 양반 괴짜라고 소문이 났습니다. 수사에 도움이 안 되는 말만 하더라고요. 나잇값 못하게 말도 많고요. 무엇보다 최 선생이 추측성으로 말하다 보니…."

류덕현이 헛기침을 몇 번 하자, 오창석이 재빨리 입을 닫았다. 침묵의 시간이 지나자, 병원에 도착했다.

"선생님, 안녕하세요. 사망자의 형님이신 류덕현 씨가 찾아왔습니다. 류덕삼 씨의 머리를 보고 싶답니다."

최 선생이 영안실 문을 당겼다. 차가운 철판 위의 동생은 겁에 질린 표정이었다. 류덕현은 참았던 눈물이 쏟았다.

"동생이 왜 죽었는지 알고 싶어서 왔습니다."

최 선생이 측은한 표정으로 말했다.

"잘 오셨습니다. 이런 말씀이 실례겠지만 류덕삼 씨를 부검하며 그동안 몰랐던 사실들을 알아낼 수 있었습니다. 가장 먼저 류덕삼 씨의 일그러진 표정으로 보아 생전(生前)에 목이 잘린 것으로 추정됩니다. 두 번째는 절단면에 짐승이 물어뜯은 흔적을 찾았습니다. 지금은 류영태 군과 류준태 군의 시신이 없어서 대조할 수 없지만, 제 기억으로는 절단면이 류덕삼 씨와 비슷해서 알 수 있었습니다. 그러니까 인위적인 훼손이 아니라, 사망자 모두가 거대한 고양이종(種)에게 당했다고 봅니다. 차이점이 있다면 류덕삼 씨는 성체

(成體)에게 당했고, 아이들은 아직 어린 놈에게 당했습니다. 하지만 의문점이 남는데요. 아무리 생각해도 사람 목을 물어뜯을 만한 짐승을 떠올린다는 건 상식 밖이지요. 호랑이가 아직 지리산 근처에 살아 있다는 가설을 세워보면 또 모르겠지만요."

오창석은 못마땅했다.

"최 선생님, 그 이야기는 그만하라고 했잖아요? 아무리 수색해도 짐승의 털이며, 발자국이며 하나도 나오지 않았어요. 그리고 호랑이는 왜놈들이 전부 총으로 쏴 죽였다고 본인 입으로 이야기까지 했잖아요."

최 선생도 언성을 높였다.

"오 형사, 그나마 가능성이 높은 이야기야. 만약 짐승의 털이 나오더라도 어떤 짐승인지 알 방법은 있어? 매번 수박 겉핥기 방식의 수사로 될 것 같냐고? 데모하는 사람들이나 잡을 줄 알지 뭐 했냐? 하긴 너희가 무슨 죄냐? 까라면 까는 거지…. 너희는 범인을 만들 수는 있어도 잡지 못해."

오창석이 팔을 걷었다.

"최 선생님, 말을 함부로 하시는데요. 지금 하신 말씀이 국가에 반기를 드는 거예요. 그리고 상식적으로 생각해보세요. 짐승 짓이라면 류씨 일가 사람들만 셋이나 왜 죽였을까요? 딱 봐도 사람의 짓이에요. 류씨 일가에 해를 입히려는 놈의 짓이라고요."

순간, 류덕현의 머릿속에 스치는 사람이 하나 있었다. 젊은 시절 포수였다던 신 씨였다.

"잠시만 기다려주시겠습니까? 다녀올 곳이 있습니다."

류덕현이 급하게 영안실을 나가자, 오창석이 뒤를 쫓았다.

"선생님, 선생님! 어디 가시는 거예요?"

"최 선생님 말씀을 들으니, 생각나는 사람이 있어서요."

"아니, 최 선생 말을 들을 필요가 없다니까요. 이럴 것 같아서 데려오기 싫었는데…."

"최 선생님이랑 똑같은 말씀을 하신 분이 계십니다. 신 선생님이라고…."

"혹시 신억관 씨?"

오창석은 뜯어말리고 싶었으나, 어쩔 수 없었다. 도돌이표처럼 맴도는 수사를 할 바에는 차라리 피해자의 한이라도 풀어주고 싶었다.

"그분 걷지도 못하는 노인 아닙니까? 도대체 뭐라고 하셨기에…."

"범의 짓일지도 모른다고 했습니다."

오창석은 헛웃음이 나왔다.

"범이요? 선생님, 상식적으로 생각하셔야 제가 도와드릴 수 있어요."

"저도 형사님처럼 말이 되지 않는다고 생각했습니다. 하지만 최 선생님의 소견과 지금까지의 일을 정리하니 틀린 말은 아니라고 생각합니다."

오창석에게는 터무니없는 소리였다.

"어디가 일리 있다고 생각하세요? 선생님, 그분께 가시는 건 좋은데요. 호랑이가 범인이라는 가능성은 좀 지우자고요. 선생님 집안에 사람이 셋이나 사망했습니다. 이 사건은 의도된 범죄입니다. 다시 말해서 누군가가 선생님 가족에게 앙심을 품고 저질렀다고요."

류덕현은 담담했다.

"저도 그렇게 생각했습니다. 하지만 가능성이 없는 건 아니지 않습니까? 1970년, 강원도 설악산 대청봉에서 호랑이를 보았다는 사람들이 있었습니다. 그곳에 있는 산장 주인과 훈련 중인 군인들이 봤다며 기사에도 나왔었죠. 저도 기사의 모든 내용을 신뢰하지 않지만, 많은 이들이 헛것을 봤다고 하기에는 걸리는 것이 많습니다."

오창석은 더 이상 말을 이어가면 열불이 날 것 같았다.

"좋습니다. 그것이 호랑이면 참 좋겠네요. 군인이며, 경찰이며 모두 출동시켜 총으로 잡으면 그만이니까요."

환자의 집에 도착할 때까지 어색한 침묵만 흘렀다.

오창석이 피부병 환자들 집을 찾은 건 두 번째였다. 그가 들어서니 불을 때고 있던 강명구가 뒷걸음질 쳤다.

"혀, 형사님…. 저, 저희는 아무 죄가 없습니다. 류 선생님 조카분이 왜 집 뒤에 있었는지 아직도 모릅니다. 사, 살려주세요."

오창석이 고개를 숙였다.

"그때 일은 정말 죄송합니다. 저는 여러분께서 아무 죄가 없다는 거 알고 있었어요. 그리고 송수복 씨는 곧 풀려나실 거예요. 조금만 기다려주세요."

강명구는 아직도 오창석이 두려운 듯 가지 못했으나, 류덕현을 발견하고는 표정이 밝아졌다.

"류, 류 선생님…!"

"심 선생님을 만나러 왔습니다."

"어르신이요? 방에 계십니다. 어르신, 선생님 오셨어요."

창호지 문이 활짝 열리며, 신 씨가 얼굴을 내밀었다.

"류 선생, 오셨습니까? 어서 들어오십쇼."

신 씨는 이불로 온몸을 감은 채 오창석을 보며 미소 지었다.

"흉하지요? 나이 먹으니까, 온몸이 춥고 시립니다. 이해 좀 해주이소."

오창석은 고개만 끄덕였다. 신 씨는 주전자에서 물을 따라 마신 후 류덕현을 봤다.

"류 선생님께서 무슨 일로 찾아오셨습니까?"

"저번에 말씀하셨던 범 이야기를 듣고 싶어서요. 얼마 전에 저의 동생도 죽었습니다. 부검의를 만나니 신 선생님과 비슷한 이야기를 해서 찾아왔습니다."

노인의 눈이 커졌다.

"뭐, 뭐라고예? 동생분도요?"

"아들과 조카처럼 머리만 발견됐습니다. 이번 달에만 혈육 셋이 죽었습니다. 더 이상 가족을 잃을 수 없다는 생각에 사건을 직접 조사 중입니다."

신 씨는 묵념했다. 류덕삼이 모질게 대했지만, 자신들을 도와준 류덕현의 아우가 아니겠는가. 안타까운 일이라 생각했다.

"나이가 일흔이 넘었어도 이런 일에 뭐라고 위로를 드려야 할지 모르겠습니다. 더 이상 이런 일이 일어나지 않아야 할 텐데요."

류덕현의 목소리가 약간 커졌다.

"또 일어날 수도 있습니다."

"또 일어나다니요…."

"저번에 범이 내려왔었다고 하셨지요?"

신 씨의 눈이 번쩍였다. 놋쇠로 된 주전자를 들어 단숨에 물을 마셨다.

"하아…. 그렇습니다. 제가 그런 말을 했었지요. 부검의가 뭐라고 하던가요?"

"동생의 목 절단면에 짐승이 물어뜯은 자국이 있다고 했습니다."

"부검의가 짐승한테 물린 이빨 자국을 구분을 했다고요? 실례지만 제가 동생분을 봐도 되겠습니까?"

오창석은 내키지 않았지만, 류덕현이 하고 싶은 대로 둬야 뒷말이 나오지 않을 것 같았다.

"왜 안 되겠습니까? 지금 가서 보시죠."

노인이 이불을 걷었다.

"내 다리 상태가 이렇습니다. 살이 썩어 들어가는 병에 걸려 다리를 절단하고 말았지요. 물론 류 선생 덕분에 더 이상 썩어 들어가지는 않지만 걸어갈 수는 없습니다. 허허허…."

류덕현이 등을 내주었으나, 노인은 오창석의 등에 업히겠다고 했다. 셋은 다시 곡동제일병원으로 갔다.

최 선생이 류덕삼의 머리를 꺼내자, 노인이 절단면을 보기 시작했다.

"최 선생이라고 했소?"

"네…."

"이 절단면이 짐승의 이빨 자국이라는 걸 어떻게 알았습니까?"

"대학 시절 친한 친구가 수의학을 전공했습니다. 우연으로 고양이 관련 책을 읽었는데, 흥미로웠습니다. 그때부터 삵이나 스라소니 같은 녀석들이 먹이를 물어뜯은 단면을 봤는데요. 이번 사건에 목이 잘린 자국과 비슷하단 생각이 들었습니다. 실제로 본 것은 처음이지만 짐승의 이빨 자국이 맞습니까?"

모두가 신 씨를 보고만 있었다.

"의사는 아무나 하는 게 아니네요. 확실합니다. 범의 이빨 자국이 맞습니다. 하지만 호랑이는 아닌 것 같은데…. 크기는 상당할 것 같습니다. 류 선생님, 미안하지만 아드님이 발견된 장소로 갑시다. 확인할 게 있습니다."

오창석은 동의할 수 없었다. 소싯적에 포수라고 할지라도 신빙성 없는 이야기를 하는 것 같아 어이가 없었다. 범이라니, 어림도 없는 소리였다.

"이렇게 막무가내로 진행하시면 안 됩니다. 지금까지는 측은한 마음이 들어 류 선생께서 원하시는 대로 뒀지만, 수사의 방향이 이상하게 흘러가는 것 같아 말씀드립니다. 집안사람이 셋이나 살해당한 사건입니다. 짐승의 짓이었다면 다른 피해자도 나왔을 겁니다. 이대로 계속 진행하신다면 저는 빠지겠습니다."

오창석이 영안실을 나가려 하자, 류덕현이 잡았다.

"형사님, 도와주십시오. 사람의 짓이든 동물의 짓이든 진실을 밝히는 것이 중요하다고 생각합니다. 저는 어떻게 해서라도 진실에 가까이 가고 싶습니다."

※ ※ ※

류덕현의 장남이 발견된 곳에 도착하자, 신 씨가 이곳저곳을 살폈다.

"류 선생님, 잠시만 멈춰주십시오. 미안하지만 오 형사님요. 돌멩이 하나 주워주실랍니까?"

오창석이 알이 단단한 돌 하나를 주워 건넸다. 신 씨가 팔을 번쩍 들은 후 집들을 둘러싼 탱자나무 울타리 쪽으로 던졌다. 돌이 가시밭 사이로 들어가자, 온갖 새들이 튀어나왔고, 집에 있던 개들까지 시끄럽게 짖어댔다. 오창석이 어처구니가 없는 표정으로 물었다.

"어르신 뭐 하시는 거세요? 사람이라도 맞으면 어쩌려고요."

"이상한 것 못 느꼈능교?"

탱자나무를 보던 류덕현의 눈이 서서히 커졌다.

"그때… 여러 사람이 영태를 불렀는데, 개가 짖지 않았습니다."

"개들은 자기보다 사나운 짐승의 냄새를 맡게 되면 조용해집니다. 만약 낯선 사람이었다면 짖었겠지요. 소리를 들어보니 개들 덩치가 꽤 큰 것 같습니다만 그날 짖지 않았다는 것은… 아마도 아드님이 발견될 때까지 범이 이 근처에서 지켜보고 있었던 것으로 예상합니다. 일단 저기 나무가 우거진 쪽으로 가봅시다."

노인이 커다란 나무 하나를 가리켰다. 가지를 길게 뻗은 참나무에 움푹 파인 자국들이 있었다. 신 씨는 그곳의 냄새를 맡았다. 그러곤 류덕현 등에서 내려와 나무를 탔다.

"틀림없습니다. 범입니다! 그날 밤, 범이 이곳에 올라가 모든 걸 지켜보고 있었습니다."

오창석도 나무에 난 자국들을 둘러봤다. 거대한 짐승이 지나간 자국과 곳곳에 짐승의 털이 묻어 있었다. 호랑이 털인지는 알 수 없었지만 나무를 압박한 흔적이 무척이나 선명했다. 오창석이 떨면서 이야기했다.

"어, 어르신…. 이 자국이 호랑이가 나무를 올라탄 흔적이라고요? 요즘 세상에도 호랑이가 있나요?"

"저는 호랑이라고 하지 않았습니다. 범이라고 했지…."

"그게 그거 아닙니까? 호랑이나 범이나…."

"다릅니다."

"뭐가 다른데요?"

"흔히들 호랑이를 범으로 알고 있지만, 범은 호랑이를 포함한 괴이새끼들을 말합니다. 표범도 범이고, 스라소니도 범이고, 삵도 범이지요. 발톱의 크기를 보아 젊은 호랑이 크기인 것 같으나 어떤 종류의 범인지 잘 모르겠습니다. 다만 아주 영악하고 위험한 놈인 건 틀림없습니다. 류 선생님 가족분들은 범에게 당한 것이 확실합니다."

류덕현도 놀나무를 여러 번 훑어봤다.

"신 선생님, 확실하신 거지요."

"믿는 사람이 없어서 입 다물고 있었지만, 머리가 발견되었을 때 예상은 했었습니다. 범은 몸통까지 씹어 먹고 머리만 남기는 습성이 있거든요. 꽤 골치 아픈 일이 생긴 것 같습니다."

오창석의 얼굴이 굳어졌다.

"류 선생님, 어르신 말씀이 맞으면 당장 경찰과 군인을 풀어서 범인지 호랑이지 총으로 잡으면 되는 것 아닙니까?"

신 씨가 고개를 저었다.

"부질없을 겁니다…. 범이 류 선생님 가족만 공격했다지요? 그렇다면 그냥 범이 아닐 겁니다."

오창석이 듣기 거북하다는 듯 표정을 지었다.

"어르신 그냥 범이 아니면 무슨 범입니까? 류씨 집안 사람만 잡아먹는 범이라도 있습니까?"

"그렇소. 그놈은 류 선생 집안의 사람만 노릴 것이오."

류덕현이 물었다.

"왜 그런 것입니까? 저의 아들이며, 조카며, 동생이 왜 그것에게 당한 것입니까?"

신 씨는 길게 한숨을 쉬었다.

"후…. 이런 말을 하면 미안하지만 내가 포수였을 무렵 이곳 사람들이 말하더이다. 업보라고…."

"어, 업보요?"

류덕현은 억울했다. 누구보다 바르게 살려고 노력했고, 어려운 사람들을 도우려고 했다. 하늘도 무심하다는 생각이 들었다. 그때였다. 오창석이 신 씨의 멱살을 잡았다.

"업보? 당신 지금 업보라고 했어?"

"혀, 형사님…. 왜, 왜 이러십니까?"

"몰라서 그래? 당신이 지금 입고 있는 옷, 살고 있는 집, 매일 먹는 삼시 세끼까지 류 선생이 해준 거 아니야? 내가 곡동으로 온 지 얼마 안 돼서 잘 모르지만, 저 양반이 무슨 업보가 있는지 말해보라고!"

류덕현이 둘 사이를 떨어트려 놓았다.

"형사님, 그만하세요."

오창석이 한 걸음 물러섰다.

"이만 들어가겠습니다. 일단 들어가서 부산이나 경남에서 수의사 섭외해서 감식한 후에 범을 잡든 호랑이를 잡든 하죠."

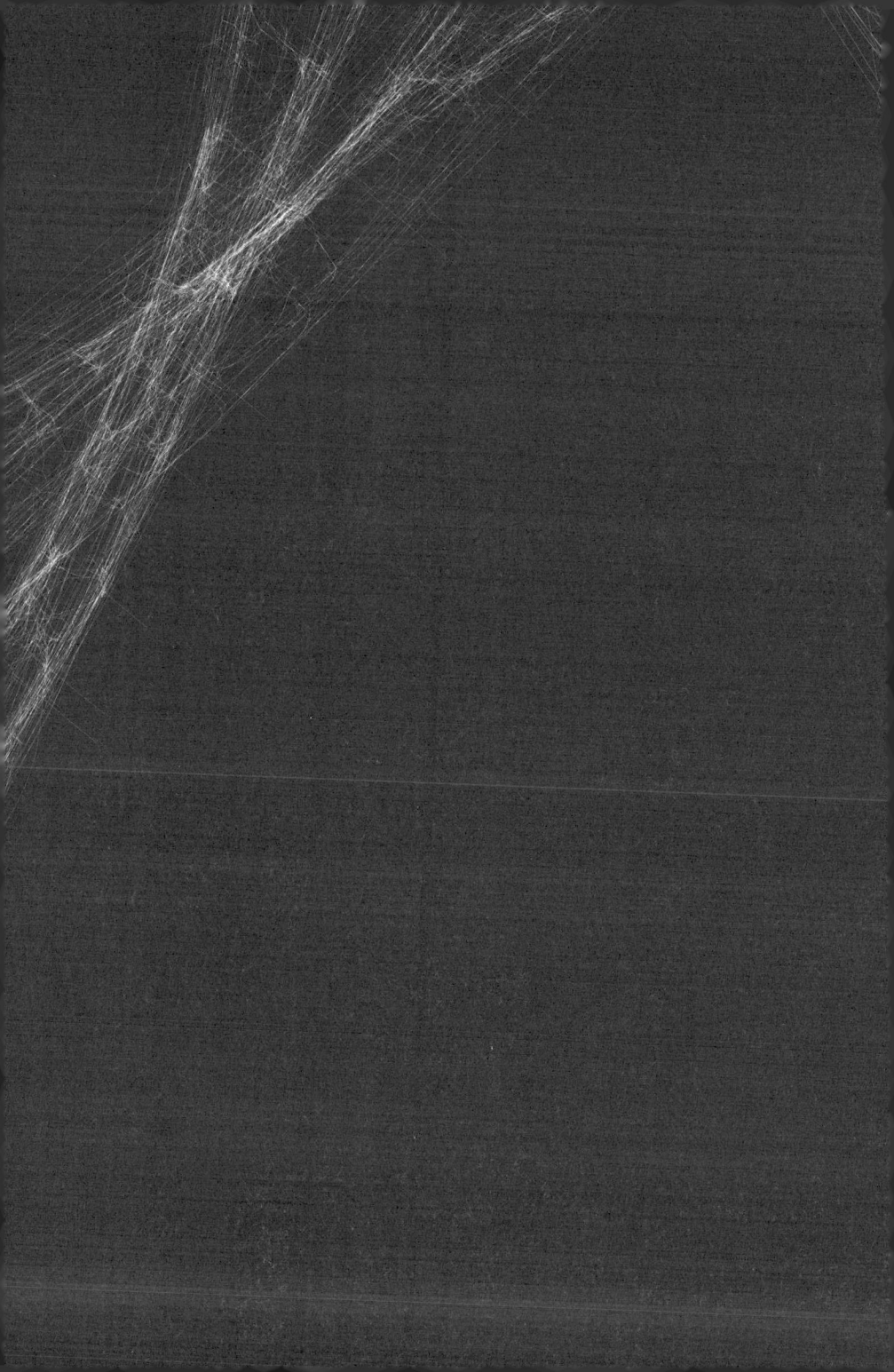

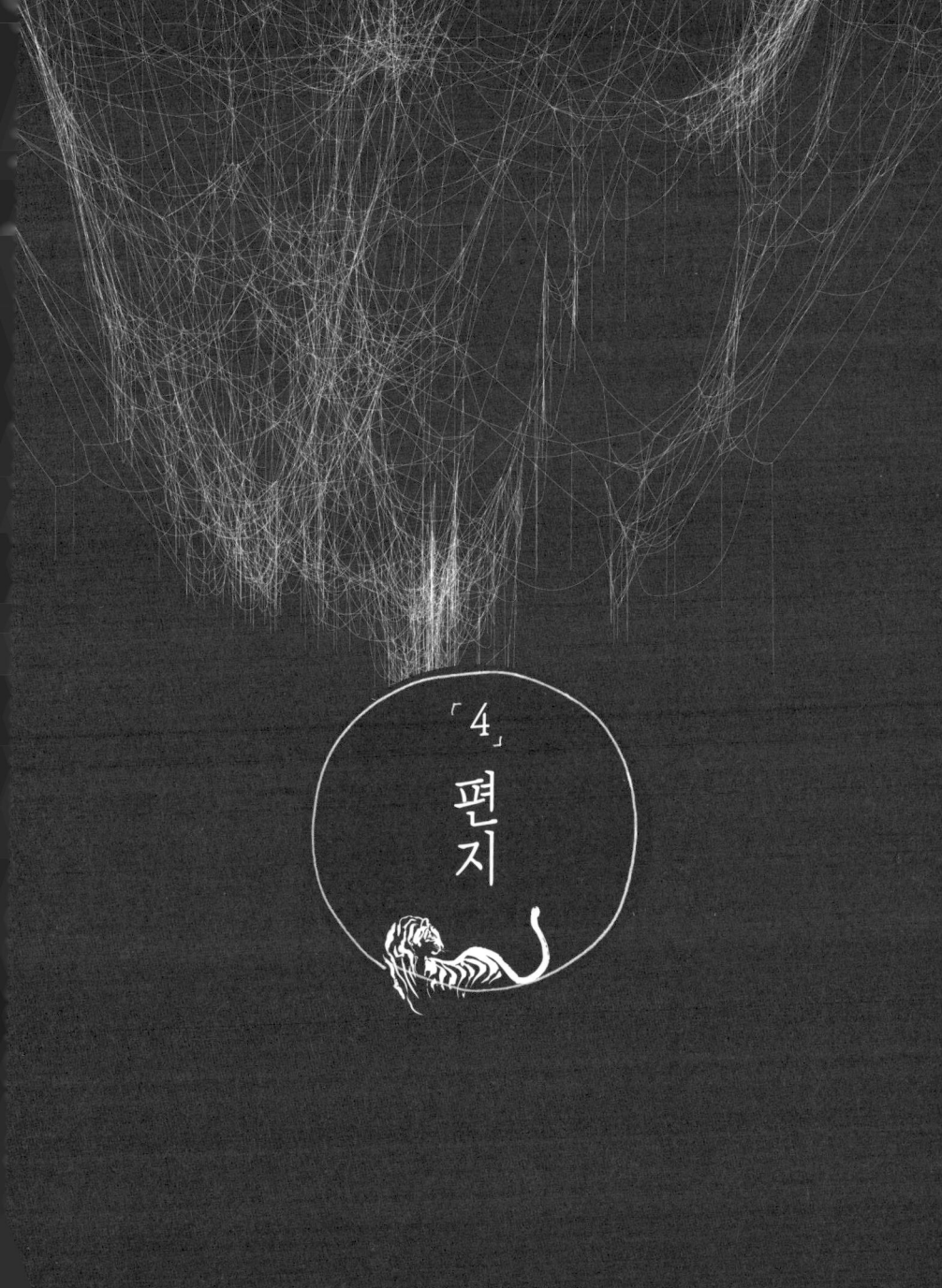

괴이와 창귀의 눈을 피해 지낸 지도 5년이 흘렀다. 용일은 외부와 차단된 채 오창석과 숨어 지냈다. 괴이와 창귀가 호시탐탐 용일을 노린다고는 하지만, 날이 갈수록 답답함은 갈수록 커졌다. 엄마가 걱정됐다. 단지 무사하다는 소식만 듣게 된다면 버틸 수 있을 것 같은데, 생사도 알 수 없었다. 매번 탈출을 생각했으나, 오창석의 눈을 벗어나는 일은 쉽지 않았다.

"아저씨, 꼭 이렇게까지 해야 합니까? 괴이랑 창귀들은 밤이나 비 오는 날에만 나타난다고 했잖아요. 오늘처럼 햇볕이 쨍쨍한 날은 밖에 좀 돌아다녀도 괜찮지 않아요?"

용일의 말이 하찮다는 듯 오창석이 코웃음을 쳤다.

"창귀가 귀신이라고만 생각하는 것은 오산이다. 사람도 창귀가 될 수 있어. 산에서 본 노승을 잊은 건 아니겠지? 마음속 부처를 깨우는 일을 포기하고 괴이의 하수인 노릇만 하고 있지 않느냐? 그런 녀석들이 과연 노승 하나뿐일까? 지금도 너를 찾기 위해 수단과 방법을 가리지 않을 거다. 누구든 쉽게 믿지 마라. 뭐가 진짜이고 가짜인지 구분 좀 할 줄 알아라."

용일이 오창석을 빤히 봤다.

"뭘 그렇게 쳐다봐?"

"아저씨가 진짜와 가짜를 구분하라면서요? 진짜인지 봤어요."

"이 자식이 매번 이런 식이네? 살려주고 먹여줬더니, 의심을 해?"

"그러지 말고 아저씨, 밖으로 한 번만 나가요. 이러다가 사회부

적응자 되겠어요. 세상 돌아가는 거는 봐야 나중에 뭐라도 하죠."

"텔레비전으로 봐."

"정말 너무하네…. 채널도 네 개밖에 안 나오잖아요."

오창석은 단호했다. 전쟁 중인 군인처럼 병적으로 주위를 경계했다. 이곳저곳에 둔 매실이 담긴 그릇을 매일 확인했는데, 창귀들이 근처에 있는지 알려주는 용도였다. 신 열매를 좋아하는 창귀가 매실에 손을 대는 순간, 불에 탄 것처럼 검게 변하기 때문이다. 다행히도 검게 변한 열매는 한 개도 없었다.

"너도 그릇이 있는 위치를 항상 확인해. 검게 변하는 순간 모든 걸 버리고 다른 곳으로 떠나야 한다."

"아저씨, 저도 5년 동안 놀고먹은 건 아니잖아요. 이제는 요런 돌멩이로 날아가는 새 정도는 맞추는데요. 그냥 괴이랑 창귀들 불러서 한 판 붙어버리면 안 되나요?"

오창석이 혀끝을 찼다.

"쯧쯧쯧…. 어째서 류씨 인간들은 너희 할아버지를 제외하고 전부 거만하냐? 고작 그 정도 실력으로 괴이를 때려잡겠다고? 그놈이 앞발을 휘두르면 네놈은 형체도 없어져. 아직은 아니야. 아무리 강한 무기를 가져가도 창귀를 상대할 수 없다. 강한 육체만큼 강한 정신도 필요한 법! 잔말 말고 뛰기나 해. 집 근처에 있는 산이라도 오르는 걸 감사하게 여겨야지."

용일은 기장에 있는 '달음산'에서 지옥 같은 훈련을 견뎠다. 매일 두 다리에 모래주머니를 차고 산을 오르내렸고, 무게나 횟수는 점점 늘어났다. 하루 중 유일하게 바깥 공기를 마실 수 있지만, 사람을 만나거나 세상 밖을 보는 일은 거의 없었다. 무엇보다 죽기 살기로 오창석의 공격에 맞서야 했다. 어느 시점부터는 오창석의 손에만 칼이나 낫 같은 흉기가 있었는데, 이날만큼은 기다란 창이었다.

"아저씨, 그런 걸로 찌르면 저 죽어요⋯."

"인생은 실전이야. 괴이에 비하면 이 정도는 아무것도 아니지."

순식간에 오창석의 눈에 살기가 느껴졌다. 용일은 재빨리 몸을 움직였다. 창은 인정사정없이 용일의 머리와 배로 향했다. 그때마다 나무 위를 오르고, 바위 위를 올라 피했다.

"아저씨도 많이 늙으셨네요. 손이 많이 느려요."

용일은 단숨에 솔방울을 주워 오창석에게 던졌다. 오창석 역시 창으로 그것들을 쳐냈다.

"이놈이?"

오창석이 창을 던졌다. 용일에게는 그것조차 계산되었던 터라 날아가는 창을 곡예사처럼 밟고 땅으로 착지했다. 하지만 어느 틈에 쫓아온 오창석이 용일의 엉덩이를 걷어찼다.

"아얏!"

"이런 실력으로 괴이는커녕 집고양이도 못 잡겠다. 그저 쥐 죽은 듯이 집에서 살면 될 것을 훈련은 무슨 훈련이냐? 너한테는 아직도 두려움이 가득해. 공포를 이겨내야 해. 육체와 정신을 단련해야 비로소 공포를 이겨낼 수 있다."

용일은 기진맥진한 상태로 뻗어버렸다.

"더 이상은 안 되겠어요. 왜 계속 훈련이 힘들어지는 거예요? 이럴 바에 차라리 그놈의 먹이가 되는 게…."

오창석이 언성을 높였다.

"말도 안 되는 소리! 그게 너만의 일이라면 상관없어. 괴이 놈이 널 잡아먹으면 무슨 일이 일어날 것 같냐? 사람들은 생각할 수 없는 재앙이 생길 거야. 그날 두 꼬마가 하는 이야기를 너도 들었다면서? 괴이 놈이 청강 류씨 백 명을 잡아먹는 순간 산신이 된다고…. 그놈이 정말 산신이 될 것 같아? 사람 해치는 놈 중에 좋은 놈을 못 봤다. 어리석은 사람들…."

용일도 언성을 높였다.

"내가 죽는 마당에 그게 무슨 소용이에요? 이왕 이렇게 된 거, 더럽고 치사한 세상 망해버려야지!"

오창석이 혀끝을 차며 말했다.

"그만 일어나자. 구름이 몰려온다. 날씨가 흐려지면 놈들의 기운이 강해져서 우리를 찾을지도 몰라. 오늘은 너 먼저 들어가라. 장을 좀 봐야겠다."

오창석이 분기마다 시장에 가는 날이었다. 용일은 매일 자신과 붙어있는 처지에 어디에서 돈이 생기는지 궁금했다. 그러고 보면 오창석과 6년을 살았지만, 아는 것이 거의 없다. 개인적인 정보뿐만 아니라, 앞으로 어떻게 살 생각인지도 가르쳐주지 않았다. 그는 무조건 강도 높은 훈련으로 몸을 피곤하게 했다. 더욱 화가 나는 것은 날이 갈수록 자신에게 엄격하고 집착했다. 오창석은 숨기는 게 많았다. 자신의 방에 들어가려고 할 때면 불같이 화를 냈다.

과거에는 괴이와 창귀가 무서워서 그가 시키는 대로 했지만, 언젠가부터는 그에게 억압받고 있다는 생각을 지을 수 없었다. 무엇보다 엄마를 찾고 싶었다. 6년이 지나도록 엄마를 잊은 적이 없었다. 오창석은 엄마가 돌아오지 않는다고 확신했지만 아무리 용납할 수 없었다. 아니, 해가 갈수록 일부러 엄마를 포기하게 만들려는 것 같았다. 오창석이 자리를 비운 지금이 절호의 기회라는 생각이 들었다. 언제나 그랬듯 용일이 지하로 내려가 문을 열 때까지 오창석은 출발하지 않았다.

"영감쟁이, 의심은 많아가지고…."

문을 닫고 나서야, 오창석의 차가 출발했다. 용일도 서둘렀다. 그러나 수중에 땡전 한 푼 없었기에 택시라도 타려면 돈이 필요했다. 거실부터 부엌까지 샅샅이 뒤졌지만, 10원짜리 하나 나오지 않았다. 오창석의 방이 눈에 들어왔다. 영감은 불같이 화를 내며 얼씬도 하지 말라 했지만 어쩔 수 없다.

"이왕 이렇게 된 거…."

오창석의 방문을 열었다. 방은 책장으로 가득했다. 절반은 호랑이나 고양이 관련 내용이었고, 절반은 민속학이나 무속 관련 책이었다. 책상에는 온갖 호랑이와 삵, 그 비슷한 짐승의 사진들이 널브러져 있었고, 벽에는 그들이 사는 위치나 습성이 적혀 있었다.

"경상북도… 송포시 우암리 1247번지에 사는 류강태? 이게 뭐고?"

범들의 습성 옆에는 청강 류씨 사람으로 보이는 목록이 있었다. 가장 아래에는 아버지인 류인태와 자신의 이름이 있었고 주소도 있었다. 용일은 소름이 돋았다. 자신을 제외한 사람들의 이름에 'x' 표가 있었기 때문이다. 자신을 제외한 사람들은 모두 죽었다는 의미였다. 갑자기 비 오듯 땀이 났다. 류씨 사람들이 적힌 목록 아래에는 괴이에게 위치를 알려주는 방법이 적혀 있었다. 창귀에게 제사를 지내며 주소를 태우는 행동이었다.

용일은 머리를 세게 맞은 기분이었다. 아무리 생각해도 오창석이 괴이에게 청강 류씨가 사는 주소들을 알려준 것이 틀림없다. 자신을 살려둔 이유는 알 수 없지만, 결국 영감이 창귀가 집안 사람 아흔아홉 명을 잡아먹게 한 파렴치한처럼 느껴졌다.

당장 떠나야겠다고 마음을 먹었다. 책상 서랍을 손에 집히는 대로 열었다.

"이럴 수가…"

만 원짜리 한 무더기가 나왔다.

"이 영감쟁이, 일도 안 하는데 어디서 생긴 돈이야? 매일 돈 없다고 반찬도 부실하게 차려주면서 말이지."

그때 색깔이 다른 책장 하나가 보였다. 천천히 다가가 흔들었다. 다른 책장과 다르게 묵직했고 손으로 잡은 흔적처럼 색이 바랬다. 용일은 자기도 모르게 책을 당겼다. 그런데 책에서 '딸각' 소리가 나며, 거대한 책장이 앞으로 튀어나오더니 옆으로 움직였다.

"뭐, 뭐야?"

영화나 만화에서 본 비밀의 문처럼 보였다. 호기심에 문고리를 돌렸지만, 잠겨 있었다. 오창석은 무슨 용도로 이런 문을 설치한 걸까? 귀를 기울였다. 기이한 소리가 들렸다. 한 많은 여자의 울음소리 같기도 하고, 바람 소리 같기도 했다. 문을 세게 두드리기도 하고 소리도 쳤다.

"저기요, 누가 있어요? 있으면 말 좀 해봐요."

아무런 반응이 없었다. 용일은 애써 문을 열지 않았다. 더 이상 오창석과 함께 있고 싶지 않았다. 더욱이 엄마를 찾는 게 우선이다. 가방에 옷이며 신발이며 손에 닿는 대로 넣고 무아지경으로 빠져나왔다. 용일은 앞만 보고 달렸다. 지옥 훈련 덕분인지 일지매처럼 담을 뛰어올랐다. 순식간에 몇 개의 좁은 길을 건너 아래로 내려가니 도로가 나왔다.

차를 얻어 타기 위해 손을 흔들었지만, 멈추는 이 하나 없었다. 용일은 포기할 수 없었다. 저 멀리 거대한 트럭 하나가 느릿하게 오고 있었다. 필사적으로 도로 정중앙에 서서 팔을 흔들었다. 트럭이 멈췄다. 운전자가 창을 내렸다.

"도로 한복판에서 뭐 하는 겁니까? 죽고 싶은교?"

용일이 다급한 표정을 지었다.

"해운대로 가고 싶은데요. 태워주시면 안 될까요?"

"이게 뭐 택시인 줄 아는교? 나오이소."

"제가 진짜 급한 일이 있어서 그래요. 너무 죄송한데요. 수중에 이것밖에 없습니다만 제발 부탁드립니다."

용일이 미리 빼놓은 3만 원을 주머니에서 꺼내어 보여주자, 사내의 표정이 달라졌다.

"타이소. 해운대까지는 못 가더라도 송정 버스 정류소 앞에서 내려다줄게요. 다음은 알아서 하이소."

그가 마음이 바뀔까 냉큼 차에 탔다. 사내는 운전하는 내내 용일을 곁눈질로 쳐다봤다.

"보아하니 급하신 것 같은데, 무슨 일이 있습니까?"

"집에 일이 생겨서요."

초조한 말투로 대답했지만, 벅찬 감정을 숨길 수 없었다. 이유는 모르겠지만 집에 가면 엄마가 기다리고 있을 것 같았다. 엄마를 보면 무슨 말을 해야 할까? 아버지의 죽음은 또 어떻게 설명해야 하나? 그동안 잘 지냈는지부터 물어봐야 하는지 고민했다. 복잡하고도 설레는 마음에 평정심을 유지하기 어려웠다. 온갖 기대들이 위장을 자극했는지 울렁증이 났다.

차오르는 구역질을 참으며 밖을 보고 있을 무렵, 거대한 호랑이 한 마리가 가로수 사이로 쫓아오고 있는 걸 봤다. 눈을 의심했다. 화들짝 놀란 용일이 기사에게 재촉했다.

"아저씨, 속도 좀 높여주세요."

"네? 여기서 과속하면 안 됩니다."

용일이 다시 창을 봤다. 호랑이는 없었다. 잠깐 모습을 감춘 것일까? 아니면 오래전부터 용일을 지배했던 공포가 만들어 낸 허상이었을까? 탈출하자마자 두려움이 엄습했다. 지금이라도 오창석

4. 편지

의 집으로 돌아가야 하는지 고민이었다. 하지만 오늘이 아니면 엄마를 찾을 기회는 없었다. 엄마만 찾는다면 평생 놈들에게 쫓긴 채 살아도 괜찮다.

✱ ✱ ✱

오랜만에 돌아온 삼공 아파트는 여전했다. 비록 엄마가 다녔던 냉각기 공장은 문을 닫았지만…. 6년 전 아버지의 손에 이끌려 나온 집을 보니 기분이 묘했다. 조심스레 아파트 입구로 들어갔다. 우편함은 텅 비어있었다. 천천히 계단을 올라 떨리는 마음으로 현관 문고리를 잡아당겼다.

"열릴 리가 없지…."

벨을 눌러도 소용없었다. 화가 치밀어 올랐다.

"문 열어, 문 열라고, 문 좀 열어 달라고!"

용일이 지난날에 대한 하소연을 하던 중, 갑자기 옆집 현관문이 열렸다. 문틈으로 매서운 눈빛이 용일을 노려봤다.

"보소, 누군데 시끄럽게 합니까?"

옆집 할머니였다. 그녀와 눈이 마주치자 서로 놀랐다.

"니, 니는…. 요, 용일이 아니가? 살아있었나? 용일아, 어째 살았노? 잘 지냈나? 몇 년 전에 너거 엄마가 찾아왔었는데, 엄마는 만났나?"

용일의 눈이 커졌다.

"할머니, 엄마가 왔었다고요? 엄마가 언제 왔었어요?"

"한 3년 전인 것 같다. 남자랑 같이 왔더라."

"그, 그게 무슨 말이에요? 남자요? 그 남자가 누군데요?"

"내야 모르지…."

용일은 묘하게 엄마에게 배신감이 들었다.

"자세히 좀 말해봐요."

"내는 잘 모른다. 너거 엄마가 만약에 니가 찾아오면 더 이상 자기를 찾지 말라고 하더라. 너희 집은 싹 비웠다. 집 문제 때문에 온 것 같더라. 2년 뒤에 재개발 한다 아이가? 우리도 곧 이사 간다."

용일의 눈이 붉어졌다. 차라리 잘된 일이라 생각했다. 어차피 괴이가 가만히 둘 리가 없다. 엄마도 지난날을 잊고 행복하게 살면 되는 것 아닌가?

"할머니…. 엄마는 건강하던가요?"

"아주 건강하게 잘 있더라. 느그 아버지랑 살 때보다 얼굴이 훨씬 좋더라…."

"할머니, 만약에 엄마를 만나게 된다면 제가 여기에 왔다는 걸 비밀로 해주시면 안 될까요?"

할머니는 고개를 끄덕였다.

"그래, 그래…. 모르는 게 속 편한 거지. 그런데 얼마 전에 집배원이 너거 집에 편지를 넣고 가기에 내가 보관하고 있었다. 보낸 사람도 류씨더만…. 너거 친척 아니가? 잠시만 기다려봐라."

할머니가 문을 연 채 거실로 들어갔다. 서랍 여는 소리가 들리더니 서류들이 부딪히는 소리가 났다.

"여기 있네…."

할머니가 우편물을 용일에게 건넸다. 보낸 이는 '류상중'이었다. 류상중은 아버지의 사촌 형인 류종태의 아들로, 용일을 제외한 또 다른 청강 류씨 사람이다. 육촌이 살아있다는 사실에 반가움이 북받쳤다. 재빨리 편지 봉투를 열었다.

유일한 혈육 용일에게.

용일아, 너의 육촌 형인 류상중이란다. 어린 시절에 잠깐 본 일이 전부지만 아직도 생생하게 너를 기억한다. 잘 지내는지 묻지 않겠다. 나와 비슷한 상황이라고 생각되니까. 나는 저주로 인해 꽤 오랜 시간을 숨어 지내는 중이다. 우연히 뉴스를 통해 너의 소식을 봤다. 뉴스를 보고 우리 집안일이라는 걸 알 수 있었다. 삼촌께서 돌아가셨다는 소식은 비통했지만, 왠지 너는 살아 있을 것 같아 이렇게 펜을 잡는다. 오래전부터 우리 아버지는 류씨 집에 내린 저주를 조심하라고 당부했다. 그런 이유로 어머니와 이혼까지 한 후 나도 서울로 보내셨다. 아버지는 자신에게 무슨 일이 생겨도 내려오지도 말고, 연락도 하지 말라 하셨다. 그놈들이 나를 찾아낼까, 걱정했기에 아버지가 돌아가셨다는 사실을 알고도 가지 못했다. 처음에는 믿지 못했지만, 이 저주로 인해 할아버지부터 삼촌, 고모 등 모든 친척이 사망했다는 사실과 사람의 힘으로는 막을 수 없다는 사실에 삶을 포기할까도 생각했다. 나 역시 그들을 마주하고 말았으니까….

어느 날, 아파트 복도에서 돌아가신 아버지를 보았다. 아버지를 따라가니 거대한 짐승과 귀신이 된 일가친척들을 만났다. 그들은 나에게 산신의 제물이 되라고 강요했다. 짐승이 커다란 입을 벌리며 다가오는데, 이대로 죽겠구나 생각했다. 하지만 운이 좋게도 선녀님이 구해주셨다. 그분의 도움으로 거대한 짐승과 귀신들이 물러났고, 우리 집안사람들이 죽을 수밖에 없는 이유도 듣게 됐다.

지금은 선녀님의 도움으로 곡동에 내려와 신세를 지고 있다. 이렇게 편지를 보내는 이유는 만나서 할 말이 있기 때문이다. 최근 선녀님으로부터 류씨 가문에게 내린 저주를 끝낼 방법을 알게 됐다. 절대적으로 네가 있어야만 한다. 너와 내가 힘을 모아야만 수십 년간 지속된 비극을 끝낼 수 있다는 의미다.

용일아, 이 편지를 본다면 제발 곡동에 있는 선녀궁으로 와다오. 나는 유일한 혈육인 용일이가 반드시 이 편지를 보고 올 거라고 믿는다. 너와 함께 지긋지긋한 저주를 끝내고 자유롭게 사는 날을 꿈꾼다.

— 너의 유일한 혈육 류상중으로부터

***

"곡동입니다. 내리세요."

버스 기사가 문을 여니, 잠이 덜 깬 용일이 엉거주춤 내렸다. 그곳은 붉은 벽돌로 만든 오래된 버스정류장이었다. 주위에는 산과 우거진 나무들만 있을 뿐 사람 하나 없었다. 무엇을 어떻게 해야 할지 대책이 서지 않았지만, 실낱같은 희망인 선녀가 곡동으로 오게 했다. 처음 느끼는 기이한 감정이 들었다. 불안하면서도 희망이 뒤섞인 기분….

길이 보이는 대로 걸었다. 길마다 커다란 나무가 뻗어 있었는데, 햇볕이 나뭇가지 틈을 비집고 들어왔다. 하지만 오랫동안 걸어도 사람 하나 없었다. 깊이 들어갈수록 거대한 나무들이 하늘을 가렸고, 사방에서 울리는 매미 소리 때문에 어지러웠다. 작은 고개를 두어 번 넘고 나서야 '곡동리'라고 적힌 바위가 보였다.

"후…, 여기인가?"

마을이 한눈에 들어왔다. 어디를 봐서 지옥 같은 곳이라는 걸까? 오창석이 말한 곡동과 용일이 본 광경은 달랐다. 류상중의 말대로 선녀가 곡동을 지켜주었기 때문일까? 이토록 아름다운 동네는 처음이었다. 예스러움과 평온함이 느껴졌으며, 마을 한 가운데에는 거대한 한옥이 있었다. 다만 곡동은 문명이나 과학기술이 미치지 않은 것 같았다. 지난 6년간 세상과 단절된 용일이었지만 과거로 시간여행을 온 기분이었다. 마을 중심의 한옥은 선녀궁이 틀림없다. 다만 그곳까지 걸어서 갈 용기가 나지 않았다. 버스정류장에서부터 1시간 넘게 걸었던 터라 목도 마르고 지쳤다.

"앗?!"

용일이 슈퍼마켓이라도 찾기 위해 주위를 둘러보던 중 소스라치게 놀랐다. 호랑이 한 마리가 나무에 올라가 자신을 노려보고 있었다. 괴이와 창귀는 음기가 강한 밤이나 비가 오는 흐린 날에만 나타난다고 하지 않았던가. 용일은 긴장한 눈으로 한참 동안 응시했다. 아무리 봐도 괴이는 아니었다. 괴이보다는 크기가 작았고, 눈동자가 푸른색이었다. 그렇다면 호랑이라도 산단 말인가? 그것 역시 미동도 없이 용일을 보고 있었다. 용일이 여차하면 언덕 아래로 몸을 던지려던 순간이었다.

"빵!"

뒤에서 경적 소리가 났다. 순식간에 그것이 산속으로 들어갔고 누런 트럭 하나가 서 있었다. 40대 초반 정도로 보이는 사내가 머리를 내밀었다.

"여기 사람이 아닌 것 같은데, 무슨 일입니까?"

괴이 보고 놀란 가슴 호랑이 보고 놀란다고 했던가. 그제야 사람을 보니 안도의 한숨이 나왔다. 용일은 재빨리 차로 향했다.

"저는 부산에서 왔는데요. 죄송하지만 저기 아래에 있는 곳까지 태워다주실 수 있을까요?"

사내가 고개를 끄덕였다.

"타이소."

그의 마음이 변할까 재빨리 차에 탔다. 그가 시동을 걸며 물었다.

"곡동에는 무슨 일로 왔습니까?"

용일은 어떻게 말해야 할지 몰라서 한참 머뭇거렸다.

"깊은 사정이 있는 것 같은데, 말 안 해도 됩니다. 그런데 어디 가는데요? 어차피 나도 아래로 가는 길이라서요."

"저, 저기 보이는 커다란 한옥까지 갑니다만….."

사내의 눈이 커졌다.

"선녀궁이요? 거기는 뭐 하려고 갑니까?"

용일이 곤란한 표정을 지었다.

"개인적인 일이라 말씀드리긴 어렵습니다만 선녀님을 반드시 만나야 합니다."

"선녀님이요? 젊은 양반이 무슨 일로 선녀님을 만나러 왔을까? 그런데 지금은 선녀님 만나기가 좀 그런데요. 꽤 오래전에 이 마을에 살던 병자들이 죽어서요. 그 혼들을 달래주러 군수님이랑 천도재(薦度齋)를 올리러 갔습니다. 아마도 하루나 이틀 뒤에 오실 겁니다. 어차피 이틀 뒤에는 우리 곡동을 지켜주는 산신께 재(齋)를 올리는 날이니까요. 그날 선녀님을 만날 수 있을 겁니다."

산신이라는 말에 용일의 눈이 커졌다.

"산신이요?"

"예로부터 우리 곡동은 지리산 정기를 받은 산신님이 지켜주던 곳입니다. 제가 어릴 적에는 마귀가 살았지요. 그 마귀 때문에 이 마을이 쑥대밭이 될 뻔했다 아입니까. 때마침 산신님이 나타나서 마귀들을 해치우고, 선녀님이 봉인했지요. 저기 저 집 보이십니까?"

사내가 차를 세워 창밖으로 어딘가를 가리켰다. 커다란 나무 아래에 음산해 보이는 오래된 집이 한 채 보였다.

"저기에 선녀님이 봉인한 마귀가 삽니다."

"마귀가 산다고요?"

"하모요. 정말 못된 마귀입니다. 선녀님께서 힘들게 봉인했지요. 참말로 희한한 기라예. 재수 없어서 철거하려고 할 때마다 사람이 다치고 죽고 했다 아입니까. 지금은 들어가지도 못한다니까요? 옛날 생각이 나네요. 우리 군수님이 소싯적에 경찰이었는데요. 안에 들어가서 마귀가 살아있는지 확인하려고 하니까 문이 안 열리는 겁니다. 그때 저 집을 허물려고 들어갔는데 경찰이고 뭐고 갑자기 발작하고 거품 물고 난리 났지요. 선녀님께서도 근처에 가지 말라 했습니다. 살 맞는다고요."

용일은 집을 볼 때마다 음산한 기운이 느껴졌다. 세상에는 자신이 모르는 기이한 일들이 일어나고 있다는 사실이 무서웠다. 그러면서도 도대체 어떤 마귀이기에 마을 사람들이 두려워하는지 호기심도 들었다. 사내는 다시 시동을 걸었다.

"그나저나 이곳에는 숙박시설이 없습니다. 선녀님께서 귀신들이 꼬인다며 숙박시설, 술집, 병원, 학교 등 짓지 말라고 했습니다. 지금 읍내에 간다고 해도 아무것도 없을 겁니다. 총각이 불편하지만 않으면, 이틀 정도 우리 집에서 지내실랍니까?"

순간, 누구도 믿지 말라는 오창석의 말이 떠올랐다. 용일도 모르게 사내를 봤다.

"저 이상한 사람이 아닙니다. 소개가 늦었네요. 저는 황춘효입니다. 평범하게 농사짓는 사람입니다. 우리 집 옆에 경찰도 삽니다. 그러니까 염려 마이소."

황춘효는 나쁜 사람 같지 않았다.

"의심하는 건 아니고요. 괜히 저 때문에 불편하실 것 같아 죄송해서요. 아무튼 감사합니다. 그러면 신세 좀 지겠습니다."

아쉬운 대로 류상중이라도 만나고 싶었지만, 연락할 방법도 없었기에 황춘효의 제의가 고마웠다. 한참 굽은 길을 내려가니, 드넓은 논에서 마을 사람들이 일하는 모습이 보였다. 그중 몇몇이 트럭을 보며 손을 흔들었다. 사내도 창을 열어 손을 흔들었다. 정겨워 보이는 마을 사람들을 보니 그제야 마음이 놓였다. 커다랗고 웅장한 선녀궁이 한껏 가까이 보였다.

"어마어마하지요? 이틀 뒤에 선녀궁에서 산신을 모시는 재를 보면 놀랄 겁니다. 그날 같이 가서 선녀님을 만나시지요."

***

황춘효의 차가 훤히 열린 대문 안으로 들어가자, 'ㄱ'자 구조의 슬레이트집이 나왔다. 상당히 낡은 집이었는데, 창호지마다 구멍이 뚫렸고 곳곳에 거미줄이 엉켜있었다. 마귀의 집만큼 스산한 분위기였다. 황춘효는 마루에 놓인 냉장고를 열어 샛노란 보리차를 컵에 따라 주었다.

"한잔 하이소. 시원할 깁니다."

용일은 단숨에 보리차를 들이켰고 다시 잔을 내밀었다.

"한 잔만 더 주시겠어요?"

"하모요."

황춘효는 그런 용일을 보며 미소를 지었다.

"식사는 했습니까? 안 했지요?"

"네…."

"그라믄 조금만 기다리소. 우리도 해 지기 전에 저녁을 먹어야 하니까…."

한 여름이었지만 덥지 않았다. 벽에 기대어 앉으니 시원한 바람이 불어왔다.

저절로 눈이 감길 무렵, 기이한 기분이 드는 건 왜일까? 귀 근처에서 따뜻한 바람이 느껴졌다. 용일이 천천히 고개를 돌렸다. 창호지 문이 반쯤 열린 채, 웬 노인이 얼굴을 내밀고 있었다.

"으아아아악!"

바싹 마른 몰골에 숱이 듬성듬성 나 있는 모습이 귀신처럼 보였다. 그가 쉰 목소리로 말했다.

"누구 왔나?"

뒤늦게 사람인 걸 인지한 용일이 냉큼 인사를 했다.

"안녕하세요. 저는 잠시 이곳에서 지내기로 한 사람입니다."

노인은 불청객을 대하듯 눈을 흘겼다.

"누구 마음대로? 여기는 내 집이다. 당장 나가라!"

용일이 당황스러워 어정쩡하게 서 있었는데, 때마침 황춘효가 부엌에서 나왔다.

"총각, 무슨 일입니까?"

"저기 할아버지께서….”

황춘효가 웃었다.

"많이 놀라셨지요? 저희 아버지입니다. 지금은 연세도 많으시고 몸도 편찮으셔서 이렇게 지냅니다. 그래도 제가 어릴 적에는 곡동에서 대단하셨습니다. 청년회장도 하고요, 선녀님을 도와서 마을 정화에 힘을 아주 많이 쓰셨지요. 저도 선녀님이 오시면 아버지를 데리고 한번 찾아뵐 생각입니다."

소리를 지르던 노인은 기력이 다했는지 문틀에 기대었다. 초점 없는 눈이 스르륵 감겼다. 천천히 입이 열리며 걸쭉한 침이 흘러나왔다. 그걸 본 황춘효가 빨랫줄에 걸린 수건 하나를 걷어 닦아주었다. 용일은 평상에 앉아 두 부자를 바라봤다. 아버지가 생각났다. 아버지를 언덕에서 밀어버리려고 했던 지난날이 후회스러웠다. 과거를 생각하면 지옥 같은 삶이었지만, 시간이 지나니 술 한 잔 따라주지 못해 안타까웠다. 처음에는 모든 일이 아버지 잘못인 줄 알았다. 하지만 자신 역시 쫓기는 신세가 되면서 아버지의 마음을 알 것만 같았다. 막연한 두려움과 개인이 발버둥 쳐도 어찌할 수 없는 한계는 사람을 미치게 한다는 것을….

※ ※ ※

황춘효가 차린 저녁은 오창석 집에서 먹던 것보다 부실했다. 시장이 반찬이라지만 황춘효의 음식은 입에 맞지 않았다. 김치는 군내가 요동쳤고, 된장국은 싱겁고 텁텁했다. 용일이 먹을 수 있는 것들은 없었으나 차려준 성의가 있어 군말 없이 숟가락을 떴다.

황춘효는 노인을 챙겼다. 노인은 얼이 빠진 채 입을 벌렸고, 숟가락이 들어가자 천천히 음식물을 씹어댔다. 머리 위에 있는 백열등 탓일까? 그 모습이 기이하고 묘했다. 더욱이 전구에 온갖 벌레들이 부딪히는 소리가 거슬렸다. 용일도 대충 밥을 입 안에 구겨 넣고 물과 함께 식도로 넘기듯 했다. 노인은 입맛이 없는지 밥이 한참이나 남았는데도 숟가락을 피했다.

"아버지 다 드셨어요? 그래도 물은 좀 드시지요."

물을 몇 모금을 마신 후 다시 퀭한 눈으로 허공을 응시했다. 황춘효는 상을 들어 부엌으로 가져갔다. 용일은 노인에게 눈을 뗄 수 없었다. 그때였다. 전구에 몸을 부딪치던 커다란 나방이 노인 앞으로 떨어졌다. 기력조차 없던 노인은 단숨에 그것을 잡아 입 안으로 넣었다.

"찍!"

누렇고 걸쭉한 액체가 노인의 입가를 타고 흘렀다. 용일은 당황스러웠다.

"저, 저기…."

황춘효에게 말하려는 순간, 노인이 검지를 펴 입술에 댄 채 웃었다. 희한하게도 황춘효가 부엌에서 나오자, 다시 퀭한 눈으로 허공만 봤다. 한여름의 무더위보다 찝찝했다.

"다 드셨습니까? 다 드셨으면 저기 끝에 있는 방에서 쉬이소."

방문을 열자, 쿰쿰한 냄새가 났다. 용일은 머리가 어질했다. 천장에는 거미줄이 일렁였고, 방구석에는 개 사료와 잡동사니들이 아무렇게나 놓여 있었다. 누울 자리만 하나 있는 바닥에는 온전한 알이 없는 목침과 습기 가득 먹은 담요가 놓여 있었다. 이것저것 따질 처지가 아니었다. 몸이 천근만근이었다. 당장 누워버렸다. 눈만 감으면 잠들 것 같았다. 전구를 끄기 위해 일어나려 했지만, 신기하게도 저절로 꺼졌다.

"당장 일어나라. 빨리 일어나야 한다. 지금 이러고 있으면 안 된다."

아버지의 목소리에 눈을 떴다. 캄캄한 어둠이었다. 꿈을 꿨다는 생각에 다시 눈을 감는 순간, 전구가 갑자기 켜졌다. 불을 끄려고 일어나려는데, 구멍 난 창호지에서 눈동자가 보였다. 용일이 목침을 들었다.

"누, 누구세요?"

기분 나쁜 웃음소리가 들렸다. 여차하면 문을 부수고 도망칠 생각이었다. 문이 서서히 열렸다. 낫이 든 손부터 보였다. 황춘효의 아버지였다.

"이 마귀놈, 네놈이 나를 찾아올 줄 알았어. 네놈 같은 마귀가 그렇게 쉽게 죽을 리가 없지."

노인이 낫을 높이 들어 달려들었다. 용일은 순식간에 그의 팔목을 잡아 꺾었다.

"동네 사람들, 살려주이소! 류덕현이가 내를 죽이려고 합니데이. 춘효야, 마귀 류덕현이가 이 애비를 죽이려고 한다."

어느 틈에 황춘효가 뛰쳐나왔다.

"무, 무슨 일입니까?"

황춘효가 도끼눈을 하고 용일을 노려봤다. 그제야 용일은 노인을 놓아줬다. 황춘효가 미간을 찌푸리며 노인을 데리고 나갔다.

"하아, 아버지…. 도대체 손님한테 왜 그러십니까? 보는 사람마다 류덕현이라고 하면 어쩌자는 겁니까?"

노인은 고개를 마구 저었다.

"아니다. 이번에는 진짜다. 저, 저기 류덕현이 이 아비를 죽이려고…."

"아버지, 제발 그만 좀 하이소. 선녀님이 집에 가둔 마귀가 무슨 방법으로 밖으로 나올 수 있단 말입니까?"

"니는 모른다. 류덕현 그놈이라면…."

황춘효는 노인을 급히 끌어내렸다. 용일은 당황스러웠다. 황춘효가 언급한 마귀가 할아버지였다니 믿을 수 없었다. 오창석의 말에 의하면 할아버지는 곡동에서 존경을 받던 인물이 아니었던가? 어쨌거나 류덕현의 손자라는 사실을 마을 사람들이 알게 된다면 목숨이 위험했다. 당장 황춘효의 집을 나가야겠다고 마음을 먹었다. 문을 여니 앞에 황춘효의 얼굴이 보였다. 용일은 아무 말도 못했다. 한동안 침묵이 흐른 뒤, 황춘효가 고개를 푹 숙였다.

"죄송합니다. 저희 아버지께서 정신이 오락가락합니다. 집에 오는 사람마다 류덕현이라고 그러십니다. 참고로 류덕현은 낮에 알려드린 마귀입니다."

"그 사람은 어떤 사람입니까?"

황춘효는 주머니에서 담배 한 개비를 꺼내어 물었다.

"총각은 담배를 핍니까?"

"아니요…."

그는 담배에 불을 붙인 후 크게 한 모금 들이마셨다.

"류…덕현이요. 곡동을 위험에 빠트렸던 마귀입니다. 사람 좋은 척하면서 잔인한 짓은 다 했던 정신 이상자지요. 곡동에 숨어든 공비들한테 쌀이며 돈을 주기도 했고요. 마을 아이들을 납치해서 북으로 보냈습니다. 진짜 무서운 건 간첩들의 식량이 떨어졌을 때 아이들을 데려가 먹으라고 한 적도 있었죠. 그래서 산신님이 노하신 겁니다. 그래도 선녀님은 류덕현을 구하겠다며 노력하셨는데요. 그런데 그놈이 결국 악마한테 영혼을 팔고 마귀가 되었다 아닙니까."

할아버지가 창귀들에게 친척들의 주소를 넘긴 오창석과 막역한 사이라면 일리가 있는 말일지도 모른다.

"그래서 류덕현은 선녀님으로부터 봉인이 된 것이로군요."

"류씨 집안사람들만 불쌍하죠. 류덕현 때문에 집안사람들 전부가 벌을 받았지 않았습니까?"

"벌이요?"

"옛날부터 우리 마을은 산신님이 마을을 지켜준다고 했지요? 류덕현이 마을을 어지럽히니 산신님이 나타나 류덕현에게 벌을 내렸죠. 류씨 일가 사람들을 잡아먹는 벌을요."

용일의 눈이 커졌다.

"사, 산신님이요? 실례지만 산신님이라는 게 산신령을 말하는 건가요?"

"어데요. 호랭이를 말하는 겁니다."

"호, 호랑이요?"

"못 믿는 표정이네요? 설마 총각도 호랑이가 멸종했다고 믿는 거 아닙니까?"

황춘효의 말대로라면 괴이가 집안사람에게 벌을 내리기 위해 잡아먹은 것이다. 하지만 어째서 괴이가 수호령 대우를 받고 있는지 이해가 되지 않았다. 더욱이 할아버지의 잘못이라면 당사자에게 벌을 내리지 않고 가문 사람에게 내리는 이유는 뭘까? 갑자기 믿음이 가지 않았다. 직접 눈으로 확인해야겠다는 생각이 들었다. 황춘효는 슬리퍼 바닥에 담배를 비비며 웃었다.

"다 옛날 이야기입니다. 궁금하시면 선녀님에게 물어보세요. 밤이 많이 늦었습니다. 주무이소."

용일은 오창석이 알고 있는 사실과 곡동의 현실이 달라서 혼란스러웠다. 진정 할아버지가 간첩과 내통하고 아이들을 북에 보냈을까? 또한 오창석은 창귀들에게 다른 친척들의 주소를 알려준 이유는 무엇이고, 자신은 왜 살렸을까? 생각의 꼬리를 물다가 잠이 들었다.

눈을 떴다. 아침이었다. 할아버지의 집, 아니 마귀의 집으로 가서 확인하고 싶었다. 밖으로 나오니 평상에 식사가 차려져 있고, 오색 수가 놓인 식탁보로 덮여 있었다. 그 위에 빨래집게로 고정된 종이가 보였다.

주무시라고 깨우지 않았습니다.
저는 아버지를 씻기러 목욕탕에 갔다가 돌아오겠습니다.
천천히 쉬세요.

식탁보를 들어올리니 계란후라이, 간장, 참기름이 있었고 전날 먹던 국도 있었다. 나름 황춘효의 배려가 느껴졌다.

✳ ✳ ✳

언덕을 올라가는 내내 많은 집을 지나쳤다. 사람이 살지 않는 빈집들이었다. 마귀의 집이 가까워질수록 음산하고 서늘한 기운이 느껴졌다. 담벼락 넘어 아무렇게 자란 나무들 때문에 한낮에도 흥

흉한 기분이 들었다. 어떻게든 안을 보고 싶었다. 잽싸게 뛰어올라 담을 넘었다.

"으ㅎㅎㅎㅎ…, 으ㅎㅎㅎㅎㅎ…"

괴상한 소리가 났다. 용일이 한 손에 돌멩이를 잡았다. 마당을 지나 집으로 향했다. 기이한 소리는 점점 커졌다. 마루와 연결된 문고리를 잡고 돌렸지만 꿈쩍도 하지 않았다. 유리창마다 신문지가 붙어 안을 볼 수도 없었다. 어떻게든 집 안으로 들어가기 위해 둘러보던 중 뒤편에 창이 반쯤 열려있는 걸 발견했다. 용일이 빠르게 달려가 벽을 세게 밟은 후 창틀을 잡았다. 가까스로 매달린 상태에서 집 안으로 들어가려는 순간, 온몸이 시커먼 사내가 칼을 들고 서 있는 것이 아닌가? 사내는 입에서 검은 피를 쏟아냈다.

"으ㅎㅎㅎㅎ…, 으ㅎㅎㅎㅎㅎ…"

사내가 괴상한 소리를 내며 쫓아왔다. 용일이 창틀에 떨어져도 그가 끝까지 쫓아왔다. 온 힘을 다해 담벼락을 넘어 탈출했지만, 금방이라도 그가 쫓아올 것 같았다. 자기도 모르는 새 어딘가에 이마가 긁혀 피가 흘렀다. 상처를 대충 닦고 한참 동안 집을 주시하고 있는데, 누군가가 어깨를 잡았다.

"으아아아악!"

제복을 입은 경찰이었다. 뒤에는 많은 이들이 얼굴을 찌푸린 채 있었고, 손에는 낫이며 호미를 쥐고 있었다. 경찰이 말했다.

"당신 누굽니까? 여기는 무슨 일로 왔습니까?"

용일은 당황했다.

"저곳에 들어갔는데요. 온몸이 시커먼 남자가 저를 쫓아와서…."
한 노인이 용일의 코앞까지 호미를 들이밀었다.
"네놈 정체가 뭐고? 뭔데 저 집에 들어간 기고? 저곳이 어떤 곳인지 아나? 마귀가 사는 곳이다. 지금까지 누구도 못 들어갔다 이 말이다."
노인은 눈을 찌푸리며 용일의 얼굴을 빤히 보더니, 몇 번이나 눈을 비볐다.
"니는 류덕현이 아이가?"
사람들이 단숨에 용일을 에워쌌다. 이번에는 다른 노인이 용일을 보며 소리쳤다.
"진짜 류덕현이다. 이 마귀 놈을 어떻게 해야 하노? 경찰 양반들, 선녀님께 말씀드려야 하는 것 아닙니까? 큰일이다. 이놈이 마을을 쑥대밭으로 만들려고 마귀의 집에서 나왔다."
용일은 그들을 밀치고 도망치고 싶었으나, 어느 틈에 경찰들의 손에 총이 쥐어져 있었다.
"저는 류덕현이 아닙니다…."
그때 한 사내가 용일의 목에 낫을 겨누었다.
"류덕현이 아니면 누고?"
류덕현의 손자라고 말하면 큰일이 날 것 같았지만 거짓말을 해도 통하지 않을 것 같았다. 아니, 거짓말을 한다고 해도 딱히 떠오르지 않았다.
"저는 류… 류용일이라고 합니다…. 류덕현 씨는 저희 할아버지입니다."

모두 눈이 커졌다.

"류덕현의 손자라고? 류씨 놈이 곡동에 오다니…. 큰일 났다, 큰일 났어. 지금 저놈을 죽이지 않으면 곡동이 또 저주에 걸린다. 지금 죽여야 한다."

순식간에 사람들이 용일의 팔과 다리를 잡았다. 사내는 낫을 번쩍 들었다. 용을 써보려 했지만 소용없었다.

"지금 뭐 하시는 거예요!"

여자의 목소리에 마을 사람들 모두가 동작을 멈췄다. 한 여인이 다가오자, 홍해처럼 양쪽으로 갈라졌다.

"일어나세요."

세상에서 그토록 아름다운 여자는 처음이었다. 신화에 나오는 여신이라고 할까? 맑은 눈에 투명한 피부, 따뜻한 미소에 넋을 잃을 지경이었다. 용일의 이마에서 흐르는 피를 보고 여인이 닦았다.

"얼굴에 상처가 생겼네요. 용일 군이죠? 기다렸어요."

용일은 단번에 알 수 있었다.

"서, 선녀님?"

그녀가 고개를 끄덕였다.

"상중 군의 6촌 동생인 용일 군, 당신이 올 줄 알고 있었어요. 일단 한시가 급하니, 자세한 이야기는 궁으로 가서 해요. 상중 군도 그곳에서 기다리고 있습니다."

그녀가 용일을 데려가려고 하자, 마을 사람들이 막아섰다.

"안 됩니다, 선녀님. 그놈은 마을을 쑥대밭으로 만든 류덕현의 손자입니다. 류씨 놈들이 언제 곡동을 다시 망쳐놓을지 모릅니다. 지금이라도 당장 싹을 잘라야 합니다."

선녀가 고개를 저었다.

"천궁에 있을 적에 저희 아버지께서 하시던 말씀이 떠오르네요. 죄는 미워해도 사람은 미워하지 말라. 여기 있는 용일 군은 할아버지와 다른 사람이고, 할아버지 때문에 힘들게 살아온 피해자입니다. 저는 용일 군을 구해야 할 의무가 있어요."

선녀가 용일의 손을 잡자, 마을 사람들이 막았던 길을 내주었다. 눈앞에는 고급 세단이 있었는데, 기사가 문을 열어줬다.

"타시지요."

용일은 선녀를 만나서 다행이었지만, 마음 한구석에는 불안함이 자리 잡았다. 할아버지는 어떤 인생을 살았던 걸까? 오창석의 거짓말 때문에 혼란스러웠다.

"용일 군, 산신을 만나셨지요?"

선녀의 물음에 용일이 고개를 끄덕이고 대답했다.

"6년 전 늦은 밤이었어요. 술에 취한 아버지와 산에 갔습니다. 그곳에서 괴이와 창귀를 만났어요. 창귀들은 저희 집안사람들인데, 저와 아버지를 괴이에게 바치려고 했어요. 그때 어떤 아저씨가 나타나 도와줘서 피할 수 있었는데, 제가 멍청한 짓을 하는 탓에 아버지가 창귀들에게 잡혀 버렸어요. 아버지는 그런 저를 구하려다…."

✳ ✳ ✳

선녀궁에 도착한 용일은 눈을 의심했다. 한국에도 이런 곳이 있었나? 거대하고 웅장한 한옥으로 성을 지었고, 그곳 사람들은 선녀처럼 날개옷을 입고 있었다. 용일은 마치 천궁에 온 기분이었다. 여러 개의 문을 통과하자, 누군가 빠르게 달려왔다.

"용일아!"

류상중이었다. 삶과 죽음이 오가는 위기 속에 핏줄을 보니 반가움과 서러움이 교차했다. 둘은 부둥켜안았다.

"무사해서 다행이다. 정말 다행이야."

용일이 눈물을 쏟았다.

"형님, 이제 청강 류씨는 우리 둘밖에 없어요. 아버지가 돌아가셨어요."

"안다. 내가 다 알아…."

선녀가 온화한 미소를 지었다.

"두 형제의 만남이 감동이네요. 하지만 지금부터라도 마음을 단단히 먹어야 합니다. 이제부터 시작이에요. 자세한 이야기는 들어가서 하시죠."

용일과 류상중이 선녀를 따라 궁 뒤에 있는 암자로 가니, 네 명의 아낙이 마중을 나와 있었다.

"이분들과 긴히 주요한 이야기를 할 예정이니, 다른 분은 오지 못하도록 해주세요."

선녀의 말에 그녀들이 고개를 숙였다. 암자는 회의실처럼 원탁에 의자 네 개가 놓여있었다. 용일이 혼자 앉았고, 선녀와 류상중이 맞은편에 앉았다. 선녀는 찻잔에 차를 따라 용일에게 건넸다.

"드세요. 버섯을 우렸어요. 불안한 마음을 편안하게 해줄 거예요."

류상중은 그윽한 눈으로 용일을 바라봤다.

"우리 아버지가 돌아가셨다고 연락을 받은 게 벌써 7년 전이구나. 생전에 아버지께서 남기신 말씀이, 당신의 장례식에도 오지 말라고 하셨어. 외가 친척들은 어떻게 알았는지 나를 장례식에 못 가게 말리더라. 하지만 얼마 안 돼서 아버지의 목소리에 이끌려 따라가게 됐는데, 산신님과 산신의 사자가 된 아버지를 만나고 말았어. 아버지는 나를 산신의 제물이 되길 바라셨지. 그게 운명이라고 생각할 무렵, 다행히도 선녀님께서 나를 구해주셨어. 그리고 이런 일이 왜 일어났는지, 모두 듣게 됐지."

마을 사람들이 모두 할아버지 때문이라고 했던 말이 떠올랐다.

"할아버지가 마을에서 지은 죄 때문인가요? 선녀님, 도대체 할아버지께서는 무슨 죄를 지었던 거예요? 할아버지가 정말 북한 놈들과 내통하던 사람이었나요?"

선녀의 눈빛이 쓸쓸하게 변했다.

"안타까워요. 행여 용일 군이 할아버지의 정체를 알고도 실망하지 않았으면 해요. 할아버지는 할아버지고, 용일 군은 용일 군이니까요. 류덕현 씨는 선인의 가면을 쓴 악인이었어요. 오래전, 곡동에서는 아이들이 연쇄적으로 실종되는 사건이 일어났어요. 가엽게도 부모가 없는 떠돌이들이었죠. 제가 가진 모든 능력을 써서 범인을 찾으려고 했지만, 이상하게도 사악한 힘이 방해해서 범인을 찾을 수 없었어요. 저는 마지막 방법을 썼어요. 예로부터 곡동은 마을에 근심과 우환이 있을 때면 산신이 나타나 악인으로부터 구해 주었죠. 그래서 산신께 기도했어요. 곡동에 사는 악인에게 저주가 내려지기를…."

용일의 눈이 커졌다.

"그, 그래서 저희 집안에 저주가 내려진 건가요?"

선녀는 고개를 끄덕였다.

"산신님께서도 노하셨어요. 류덕현 씨의 죄는 한둘이 아니었거든요."

류상중은 한숨을 쉬었다.

"용일아, 믿을 수 없겠지만 선녀님께서 하신 말은 모두 사실이다. 이걸 한 번 봐라. 곡동에 오기 전 도서관에서 수집한 거야."

노트에는 신문과 자료들이 가득했다.

곡동일보 : 197X, 1.26

「실종된 아이의 가방에서 중학교 사회교사 지문 발견」

곡동파출소는 '곡동어린이연쇄실종사건' 조사 중 피해자 강현숙 양(만 10세)의 가방을 요봉사 근처에서 발견했다. 강 양의 가방 다섯

곳에서 지문이 나왔으며, 경찰이 대조 결과 곡동중학교 사회과목 교사 류덕현 씨(만 37세)와 일치했다. 현재 류씨는 "어려운 환경에서 공부하는 것이 가여워 가방과 필통, 공책 등을 사주었다"고 진술했으나, 경찰은 신빙성이 떨어진다고 판단 중이다.

경남신일신문 : 197X. 2.1

「곡동중학교 교사, 간첩과 내통?」

곡동파출소는 곡동면 성범산 인근에서 산삼을 캐던 약초꾼들이 류덕현 씨(만 37세)와 인민복을 입은 사내들이 밀담을 나누는 것을 목격했다고 밝혔다. 약초꾼 최 씨는 "류씨만 알아볼 수 있었고 나머지는 처음 보는 자들이며, 황해도 말투를 썼다"고 진술했다.

우경신문 : 197X. 2.20

「아이들 북으로 보낸 중학교 교사, 변호사 선임」

곡동서 서장은 '곡동어린이연쇄실종사건'과 '간첩내통사건'이 유착되어 있다고 밝혔다. 그러나 용의자 류덕현(만 37세)의 변호사 송시원은 두 사건 모두 류씨와 무관하다고 주장 중이며, 류씨는 현재 불구속 상태로 조사를 받는 중이다.

곡동일보 : 197X. 2.28

「어린이연쇄실종사건 용의자 류덕현 자살」

'어린이 연쇄실종사건' 용의자 류덕현이 자택에서 스스로 목숨을 거뒀다. 금일 19시 45분 이웃의 신고로 출동한 경찰이 도착했을 때, 이미 숨을 거둔 상태였다. '어린이 연쇄실종사건'과 '간첩내통사건'을 조사 중인 경찰은 류씨가 사망해도 계속 조사할 의지를 밝혔다.

태산신문 : 197X. 3.02

「악인과 손잡은 형사,
알고 보니 간첩. 현재 도주 중」

곡동 경찰서는 '곡동어린이연쇄실종사건' 및 '간첩내통사건'의 주범 류덕현과 금전적 거래를 한 사실이 알려진 오창석 형사(27세)가 북한에서 보낸 간첩이란 사실이 드러났다. 오 형사는 류덕현의 변호사와 결탁 후 불구속수사를 진행했고, 여러 사건의 증거인멸을 시도한 점이 발각된 후 도주했다. 한편 류덕현의 시신은 일주일째 옮기지 못했으며 가택에 출입하는 사람마다 크게 다쳐 기이한 일을 겪는 중이다.

용일은 한숨이 나왔다. 할아버지가 파렴치한 인간이었고, 오창석은 할아버지를 도운 악인이란 사실에 넋이 나갈 지경이었다. 기사가 거짓말을 할 리가 없다. 어쩐지 그 나이에도 곡예사처럼 나무와 바위를 뛰어넘는 오창석을 생각하니 간첩이란 말이 일리가 있었다. 다시 생각해도 오창석은 이상하다. 괴이를 잡지도 못하면서 자신에게 무술은 왜 가르친 걸까? 그리고 다른 류씨들이 사는 곳을 창귀들에게 왜 넘긴 걸까? 생각할수록 앞이 캄캄해질 때 류상중이 손을 잡았다.

"안타깝게도 이 모든 일이 너희 할아버지, 류덕현 때문이야. 너희 할아버지 때문에 우리 아버지도, 다른 친척들도 비극을 피할 수 없었어."

할아버지는 왜 그런 선택을 한 것일까? 겉으로는 좋은 사람인 척 다니면서, 뒤로는 온갖 만행을 저지르는 악인…. 할아버지 때문에 북으로 간 아이들을 생각하니 치가 떨렸다. 다른 친척들도, 아버지도, 자신까지도 저주의 늪에 빠진 원흉이었다.

"선녀님, 이 비극을 끝내고 싶습니다. 어떻게 해야 할까요?"

선녀는 걱정되는 눈으로 용일을 쓰다듬었다.

"방법은 간단해요. 류덕현 씨의 손자인 용일 군이 산신께 용서를 구하는 것입니다. 다행히도 내일 산신께 재를 올리는 날이니, 용일 군은 상중 군과 요봉사란 절로 가세요. 그곳에 호식총이라는 무덤이 있습니다. 희생당한 류씨 사람들의 머리를 묻어둔 곳이에요. 제가 도착할 때까지 호식총에서 기도를 드려야 합니다. 산신의 사자가 된 친척들에게 산신의 화를 달래달라고요. 간절하게 기도해야만 이루어집니다. 청강 류씨의 피를 이어받은 두 분께서 기도하는 만큼 산신님의 노여움도 풀 수 있습니다. 나머지는 제가 가서 산신님과 이야기를 하겠습니다. 오래전, 류덕현 씨에게도 똑같은 제안을 했지만 전혀 듣지 않더군요. 류덕현 씨의 고집 때문에 수많은 사람이 죽었습니다. 용일 군, 이 비극을 끝내야 합니다. 저는 용일 군이나 상중 군이 평생 행복하게 살았으면 해요. 저주를 벗어나 당신들도 다른 이들처럼 꿈을 꾸고 살았으면 합니다."

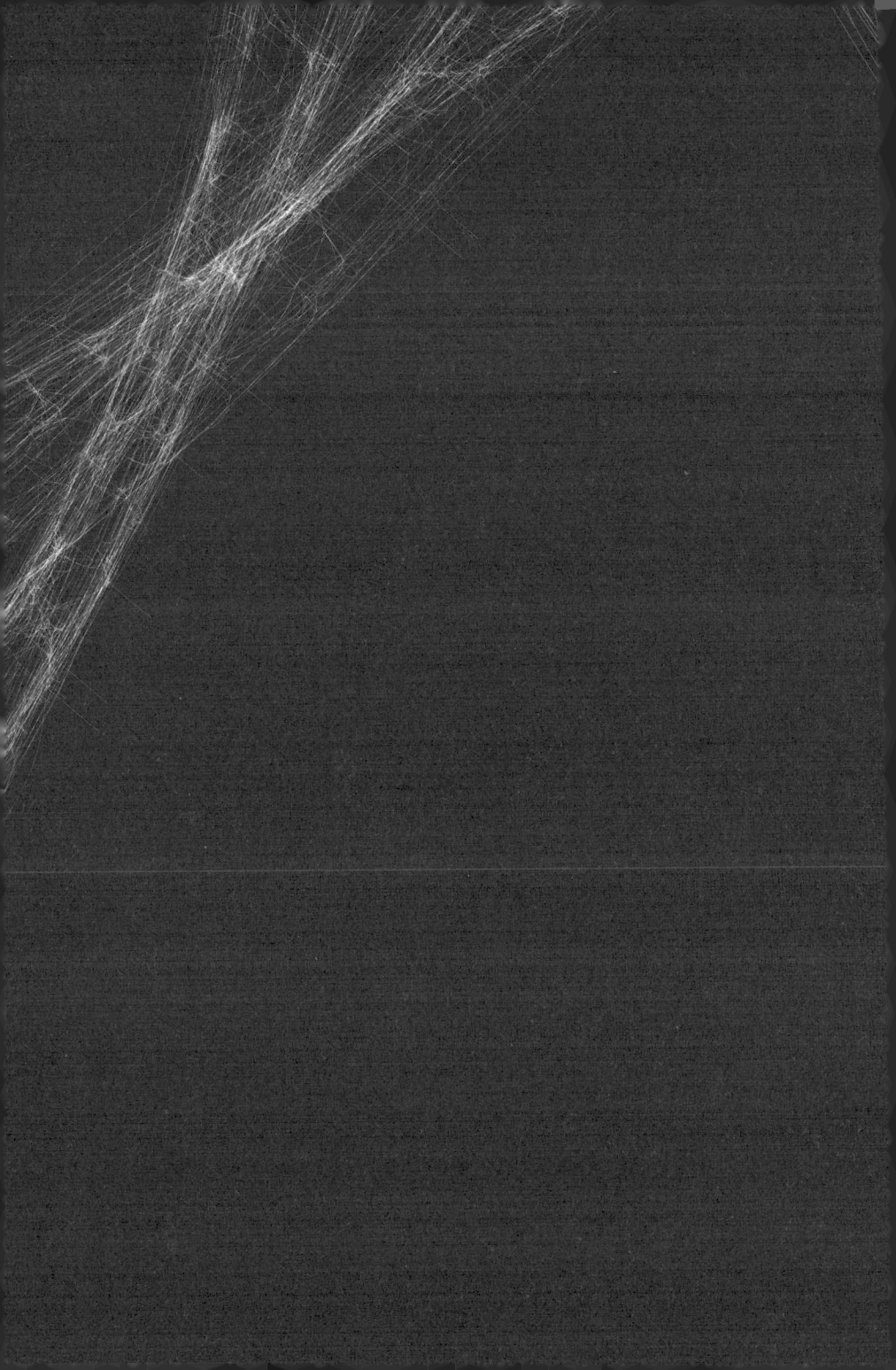

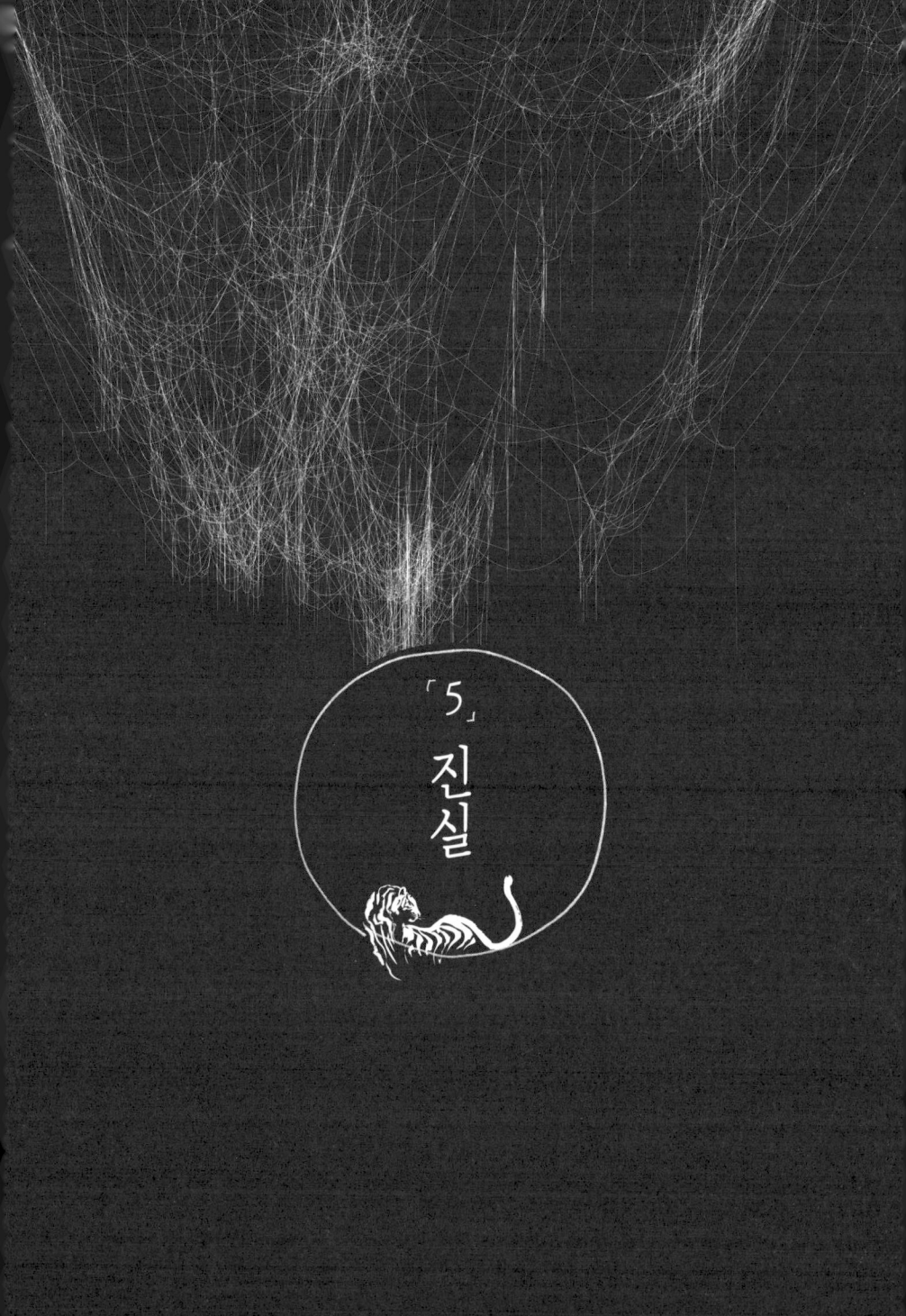

"용일아, 용일아…."

아버지였다. 건너편에서 아버지가 구슬프게 울며 손짓하고 있었다. 하지만 다가가려고 할수록 아버지는 멀어졌다. 이대로 놓칠 수 없었다.

"용일아, 용일아…."

눈앞에는 천이 흘렀다.

"지금 건너갈 테니, 조금만 기다리세요."

발을 담그는 순간이었다. 저 멀리서 요란한 춤을 추는 창귀들과 거대한 몸집의 괴이가 거친 숨소리를 내며 아버지 뒤에서 오고 있었다.

"아버지, 아버지가 빨리 이리로 오세요."

아버지는 손목만 끄덕였다. 하는 수 없이 용일이 물속으로 몸을 던졌다. 강한 물살에 중심을 잃을 것만 같았다. 한 걸음, 한 걸음 신중하게 걸었지만 발을 헛디뎌 중심을 잃었다. 어떻게든 다시 일어나려고 애를 쓰고 있는데, 이미 괴이와 창귀들이 아버지를 데려가고 있었다. 아버지는 애처롭게 울어댔다.

"아버지!"

눈을 떴다. 류상중이 용일의 어깨를 흔들고 있었다. 온몸에 땀이 났고 찝찝했다.

"악몽이라도 꾼 거야? 인상을 찌푸리며 잠꼬대하기에 깨웠어."

"그냥 개꿈이에요."

"오늘 중요한 날이다. 컨디션 안 좋으면 목욕이라도 하는 게 어때? 이곳 뒤에 온천이 있어. 나도 거기 가봤는데, 진짜 좋더라. 예전에는 피부병 환자들이 살았는데, 이곳에서 나온 온천물로 좋아졌다나? 함께 가볼래?"

"아니요. 이곳에서 씻겠습니다."

용일이 기운 없는 목소리로 말하자, 류상중이 쓴웃음을 지었다.

"용일아, 너무 걱정 마. 거의 끝났어. 친척들이 묻힌 곳에서 기도하고 산신님께 재를 올리면 되는 거야. 지긋지긋하지만 조금만 참으면 자유다. 기나긴 비극에서 우리 손으로 자유를 찾는 거야."

용일은 류상중이 대단하게 느껴졌다. 자신과 같은 위기를 겪었지만, 걱정은커녕 여유가 느껴졌기 때문이다. 그의 준수함과 명석함에서 나오는 여유라고 할까? 그러고 보면 류상중은 어릴 적부터 영재였다. 1등을 했다거나 과학 고등학교에 입학했다는 소식뿐이었다. 아버지는 늘 류상중을 본받으라고 하셨다. 명석한 머리에 리더십도 있어서 크게 될 인물이라고 했다. 자신이 류상중의 반만이라도 영리했더라면 왜곡된 현실을 빨리 벗어났을 텐데…. 아쉬웠다.

씻고 나오니 선녀가 준 옷이 침대에 있었다. 그런데 용일과 류상중의 옷이 달랐다. 용일은 새하얀 비단옷이지만 류상중은 면으로 된 검은색이었다. 용일은 마음에 들지 않았지만, 선녀는 정성을 쏟아야 한다는 이유로 입으라고 했다. 두 사내가 옷을 갈아입은 모습을 보자, 선녀는 함박웃음을 지었다.

"잘 어울립니다. 산신께서도 매우 좋아하실 거예요. 돌아가신 친척분들께 열심히 기도하고 용서를 비세요. 물론 머리가 좋은 상중 군이 알아서 하겠지만요. 호식총이 있는 요봉사는 류덕현 씨의 집 위에 있습니다. 궁에서 재를 올린 후 사람들을 데리고 가겠습니다. 저를 보아도 멈추지 말고 계속 기도하세요. 저녁 9시에 그곳에서 뵙겠습니다."

용일과 류상중은 후문으로 나가 마을을 둘러싸고 있는 산길로 갔다. 모난 돌과 아무렇게 뻗은 무성한 나무들이 곳곳에 있어 험했다. 용일에게는 식은 죽 먹기보다 쉬웠으나, 류상중은 숨을 몰아쉬었다.

"용일아, 너는 어떻게 그렇게 산을 잘 오르냐? 지치지도 않냐?"

입에서 단내가 나도록 오창석에게 지옥 훈련을 받았던 날이 떠올랐다. 간첩에게 배운 것들이 이토록 쓸모 있을 줄은 몰랐다.

"용일아, 아래를 봐."

언덕 아래로 엄청난 인파들이 선녀궁으로 몰렸다.

"형님, 엄청난데요? 선녀님을 보러 오신 걸까요?"

"용일아, 이게 바로 선녀님의 능력이다. 선녀님은 진짜다. 너는 아직 선녀님의 능력을 못 봤지만, 나는 그분의 놀라운 힘을 봤다. 지금까지 내가 배운 지식은 선녀님 앞에서 쓸모가 없더라. 병자를 고치고 사람의 마음을 꿰뚫고…. 저 많은 사람 모두 선녀님을 믿으니까 모이는 거야. 우리도 선녀님을 믿고 이겨내보자."

✱ ✱ ✱

류덕현의 집을 지나쳤다. 용일은 마귀의 집에서 본 사내가 류덕현이라고 생각하니 소름이 돋았다. 눈길을 피하려 해도 고개가 저절로 돌아갔다. 류상중도 인상을 찌푸렸다.

"앞만 보고 가자. 마귀가 된 류덕현이 무슨 짓을 할지도 모르니까."

기이했다. 류덕현이 용일이 지나가는 것을 아는 것처럼 기이한 소리를 질렀다.

"이 마귀야, 그만 현혹시켜라!"

용일은 귀신에 홀린 것처럼 마귀가 살던 집으로 고개가 돌아갔고, 발걸음도 그곳으로 향했다. 하지만 류상중 덕으로 악마의 유혹을 이겨내며 류덕현의 집을 지나쳤다. 언덕을 오르니 요봉사가 나왔다. 류상중은 가파른 길이 힘든 듯 숨을 헐떡였다.

"너무 힘들다. 부축 좀 해주겠니?"

"형님, 제가 업고 가도 될까요?"

용일이 등을 내밀었다.

"아냐, 너도 힘들잖아."

류상중이 용일의 등에 올라탔다.

"용일아, 도대체 간첩 놈에게 어떤 훈련을 받은 거야?"

"그땐 죽는 줄 알았는데, 이렇게 쓸모가 있으니 다행입니다."

용일은 축지법이라도 쓰는 것 같았다. 순식간에 사찰에 다다랐다. 요봉사는 상당히 낡은 건물이었다. 절 입구에는 특이하게 생긴 돌무덤 몇 개가 보였다. 특이한 모습이었다. 가장 위에는 시루가 있었고, 사분오열로 갈라진 낡은 천이 덮여 있었다. 용일은 천을 걷어내 안을 보았다.

"으아악!"

잘못 본 거라고 믿고 싶었다. 돌무덤 안은 사람의 머리로 가득했다. 한을 품을 것처럼 머리마다 눈을 뜬 채로 하늘을 올려다보고 있었다.

"무슨 일이야?"

"저기 사람 머리가…."

"너무 놀라지 마라. 우리 친척 어르신들이다. 이게 바로 호식총이다. 너희 할아버지가 지은 죄로 인해 이렇게 되었으니, 죄송한 마음을 가져야 해. 그나저나 이곳은 사람 하나 없구나. 오래전에 문을 닫았나 봐."

그제야 불상이며 탑이며 죄다 무너져 있다는 걸 깨달았다.

"일단 우리 일이 급해. 류덕현에 의해 희생당한 친척들에게 진정으로 용서를 구하고 명복을 빌자. 곧 해가 떨어질 것 같아, 서둘러."

류상중은 오각형이 되도록 다섯 개의 초를 두고 손가락으로 별을 그린 후 초에 불을 붙였다. 그러곤 가방에서 칼 두 개를 꺼냈다.

"용일아, 이곳 앞에 무릎을 꿇고 두 손을 합장해라."

얼떨결에 용일이 합장하자, 촛불이 요동쳤다. 류상중은 용일 뒤에 칼을 들고 기이한 춤을 추며 주문 같은 걸 외웠다.

"다니슴잇… 이일용우리… 물제막지마… 의씨류강청… 여시귀창… 여시이범산…, 다니슴잇… 이일용우리… 물제막지마… 의씨류강청… 여시귀창… 여시이범산…, 다니슴잇… 이일용우리… 물제막지마… 의씨류강청… 여시귀창… 시여이범산…."

류상중도 처음 해보는 의식일 텐데 숙련된 무당 같았다. 용일이 실눈을 뜨자, 류상중이 소리쳤다.

"어서 류덕현이 지은 죄가 씻겨나가도록 빌어!"

비는 것만으로 괴이, 아니 산신의 노여움을 풀까? 선녀님과 류상중이 시키는 일이니까 의심치 않았지만, 그동안 일어났던 일을 생각하면 어떻게 돌아가는지 알 수 없었다. 용일은 시키는 대로 기도를 시작했다.

"산신님의 사자가 된 친척들이시여, 산신님께서 내린 저주를 거두어달라고 하세요. 저희 할아버지를 대신해서 이렇게 사과드립니다. 더 이상 누구도 피 흘리지 않게, 이 저주를 끝내고 싶습니다. 반드시 저의 소망을 저버리지 말고 이루어주세요."

기이했다. 고요했던 호식총에 찬 바람이 불었다. 촛불이 춤을 추듯 흔들렸다.

"용일아, 산신님의 사자들이 반응하고 있다. 멈추지 말고 계속 기도해라."

***

갑자기 괴이와 창귀를 처음 만났던 날이 떠올랐다. 한여름에 느껴지는 스산한 바람과 을씨년스러운 기운이 점점 가까워지는 기분이었다. 의심하면 안 되겠지만 아무래도 산신이, 아니 괴이가 용일의 바람을 이루어주지 않을 것 같았다. 용일이 뒤를 돌아봤다.

"혀, 형님…. 도저히 무서워서 안 되겠어요. 괴, 괴이가 올 것만 같아요…."

"괴이? 산신님이라고 해야지."

"죄송해요…. 어릴 적 산신님을 만났을 때처럼 무서웠던 기분이 들어요…."

"그만큼 산신님께서 노하신 거니 기도를 멈추지 마. 산신님은 우리에게 절대 해코지하지 않아. 지금 네가 두려워하고 있는 것은 너희 할아버지가 지은 죄책감 때문이다."

제아무리 류상중의 말이지만 몸이 저절로 거부했다. 시간이 지날수록 차가운 공기가 몸을 감쌌다. 도망치고 싶었다.

"형님, 그나저나 선녀님이 올 시간이 지난 것 같은데, 왜 이리 조용하죠?"

"조만간 오실 거다. 지금은 정성을 다해 기도를 올리는 일만 해. 우리의 인생이 걸려 있어. 제발 허튼 생각 좀 하지 마."

이상했다. 초들이 하나 둘 꺼져가자 서서히 어두워졌다. '설마'라는 마음을 가졌지만, 마지막 불이 꺼지는 순간 용일이 눈을 떴다. 칠흑 같은 어둠뿐이었고 류상중의 주문도 들리지 않았다. 쥐 죽은 듯 조용했다.

"혀, 형님…? 어디 계세요?"

류상중은 대답하지 않았다. 팔을 저어도 잡히는 것 하나 없었다. 용일의 몸이 굳어졌다. 갑자기 방울 소리가 들렸고, 점점 가까워졌다. 용일이 재빨리 류상중이 가져온 가방에서 라이터와 여분의 초를 꺼내었다. 초에 불을 붙이는 순간이었다.

"으아아악!"

6년 전, 장산에서 본 노승이 코앞에서 웃고 있었다. 그는 용일이 두려워하는 모습을 즐기는 듯 일부러 괴이한 표정을 지으며 얼굴을 내밀었다.

"그동안 잘 지냈능교? 허허허…. 많이 컸다, 많이 컸어. 류용일이 찾는다고 우리가 전국 곳곳을 돌아다녔다 아닙니까. 도대체 어디에 있었능교? 으흐흐흐…. 멀쩡한 집 두고 어데로 도망쳤기에 우리를 힘들게 하냐는 말이오."

아무리 생각해도 이해할 수 없었다. 함정에 빠진 걸까? 속았다는 사실을 믿고 싶지 않았지만, 노인의 미소를 보자 인정할 수밖에 없었다. 우려가 현실이 되고 말았다.

"이 모든 게… 나를 잡기 위한 함정이었어?"

노승은 고개를 갸우뚱 기울였다.

"오잉? 그렇게 말하면 섭섭하지요. 그대의 희생으로 세상 사람들이 극락으로 갈 수 있는데, 그대가 고집을 부리는 거 아닙니까?

이제 산범님의 제물이 되어주시오. 산범님이 산신만 된다면 당신도 당신의 아버지도 극락에 갈 수 있습니다. 극락은 고통도 괴로움도 없습니다. 오로지 기쁨과 행복뿐이지요. 허허허허….”

그제야 오창석의 말이 떠올랐다. 모두를 의심했어야 했다. 류상중도, 선녀도 살아있는 사람이라고 하지만 모두 창귀였다. 아무리 생각해도 바보 같은 선택이었다. 사람을 잡아먹는 괴이가 악인을 심판하고 세상을 이롭게 할 리가 없다. 이미 늦었다. 호식총에서 창귀들의 걸쭉한 노랫소리가 들렸다.

“이제 가면 언제 오나….”

“어이야, 어이야….”

노승이 재빨리 다가와 용일의 팔을 잡았다. 여전히 괴물 같은 힘이었다. 용일은 온 힘을 다해 팔꿈치로 노인의 명치를 가격했다. 제아무리 괴인도 버틸 수 없는지 무릎을 꿇고 말았다. 용일이 도망치자, 무덤에서 머리들이 무더기로 튀어나왔다.

“용일아, 어디를 그렇게 빨리 가노….”

“용일아, 이만 산범님의 제물이 되거라….”

“용일아, 용일아….”

길이 나오는 대로 달렸다. 사방이 암흑인지라 어느 곳이 길인지 알 수 없었다. 살아야만 했다. 자신을 속인 류상중과 선녀에게 묻고 싶었다. 위태로울 때 가장 믿었던 사람에게 배신당한 기분은 말로 표현할 수 없었다. 바보처럼 당한 스스로가 싫었다. 자신을 이용한 자들을 용서하면 안 되겠다고 생각했다. 창귀들은 끈질겼다. 나무

위를 올라도 소용없었다. 다행히 바위틈에 몸을 숨길 수 있었다.

"내 아들 용일아, 용일아 어디있노…."

아버지의 목소리였다. 아버지는 아들을 애타게 찾았다. 함께 살 때는 그토록 싫은 목소리가 그립게 느껴지는 이유는 뭘까? 아버지의 목소리가 나는 곳으로 걸었다. 눈앞에 아버지의 뒷모습이 있었다.

"아버지!"

아버지가 서서히 뒤를 돌았다.

"네놈도 참 멍청하다. 또 속냐? 히힝, 히히힝…."

류영태였다. 그것이 순식간에 몸을 날려 용일의 목덜미를 잡고 매달렸다. 용일이 밀쳐도 소용없었다.

"으아악!"

용일은 온 힘을 다해 류영태를 내던졌다. 녀석은 뭐가 그리 재밌는지 미친 듯 웃었다. 순식간에 창귀들이 용일을 에워쌌다. 그들은 각설이처럼 춤을 췄고, 괴상한 소리를 내기 시작했다.

"히힝, 히히힝…."

설상가상 괴이의 울음소리도 났다. 오창석에게는 맨몸으로도 괴이를 상대할 수 있을 것 같다고 큰소리쳤지만, 어림도 없는 말이었다는 걸 깨달았다. 창귀 하나 상대하기도 버거웠다. 류영태가 용일의 약을 올리기라도 하듯 일부러 눈을 사시로 만들며 겁을 줬다.

"용일아, 이제 산범님의 제물이 되어라. 너만 희생하면 끝난다. 이 지긋지긋한 창귀 짓거리도 그만하고 극락으로 가서 살고 싶다.

이히히히히…."

 이대로 괴이의 밥이 된다고 생각하니 억울했다. 오창석을 의심한 자신이 한심했다. 그저 벽에 적힌 류씨 사람의 명단이 뭐냐고 물어보면 되는 일 아니었나? 적어도 그는 용일을 구해줬고, 자유는 없었지만 6년간 보살펴줬다. 자유가 없는 것은 괴이와 창귀 때문이었다. 용일의 입장에서는 숨어 있는 편이 옳았다. 죽는다고 생각하니 안타까웠다.

 체력이 얼마 남지 않은 무렵이었다. 하늘에서 매실이 쏟아졌다. 창귀들은 용일을 뒤로하고 그것들을 쫓았다.

 "용일아, 빨리 도망가야 한다. 괴이 놈이 쫓아온다."

 어느새 나타난 오창석이 손전등을 들고 서 있었다.

 "아, 아저씨…."

 오창석에 대한 미안함이 북받쳐올랐다. 구사일생했지만, 지난날을 망각한 죗값은 너무나 컸다. 용일이 오열하며 안으려고 했으나, 오창석은 손전등으로 용일의 머리를 내려쳤다.

 "미친놈, 저기 괴이가 있어!"

 괴이의 울음소리가 산을 뒤덮었다. 매실을 쫓던 창귀들이 일제히 고개를 돌렸다. 용일은 아무도 들어갈 수 없다는 할아버지의 집이 떠올랐다.

 "아저씨, 할아버지의 집으로 가야 합니다. 그곳은 안전할 거예요!"

 둘은 전속력으로 달렸다. 하지만 먹잇감을 발견한 괴이보다 빠를 수 없었다. 괴이는 순식간에 거대한 머리를 들이밀었다. 용일이 중심을 잃었으나, 나무 위로 잽싸게 올라갔다. 화가 난 괴이가 발톱을 세웠다.

"이제 그만 내려와라. 너만 나의 먹이가 되면 모두가 끝난다."

용일이 괴이의 눈을 똑바로 봤다.

"사람 잡아먹는 짐승의 말 따위를 들을 것 같나?"

괴이는 거친 숨을 몰아쉬더니 나무 아래에서 용일을 빤히 쳐다봤다. 괴이와 눈이 마주치자, 다리에 힘이 풀리고 정신이 몽롱해졌다.

"용일아, 눈을 보면 안 된다. 놈은 독기로 정신을 잃게 만든다. 29년 전 류영태도 저것의 독기에 이끌려 밖으로 나간 게 틀림없다."

오창석의 말에 정신이 들었다.

"용일아, 놈이 올라간다!"

괴이가 순식간에 나무를 오르자, 용일은 다른 나무로 몸을 옮겼다. 그것을 본 괴이도 용일이 착지한 곳을 향해 몸을 날렸다. 괴이가 앞발을 휘두르자 단단한 나무들이 형체를 잃었다. 결국 용일도 중심을 잃고 떨어졌다.

"괴이 네 이놈!"

오창석이 권총을 꺼내어 괴이에게 겨누었다. 당장 용일을 덮치려던 괴이가 총을 보고 섣불리 움직이지 못했다. 오창석은 주저하지 않고 방아쇠를 당겼다.

탕! 탕! 탕!

괴이가 육중한 몸을 움직이며 피했다. 하지만 총알 하나를 미처 피해지 못해 이마에 스쳤다. 괴이가 잔뜩 화가 난 눈으로 오창석을 노려봤다. 오창석은 만족한 듯 빙긋이 웃었다.

"어디 나를 잡아먹어봐라. 네놈은 류씨 사람들 백 명을 잡아먹기 전까지는 다른 사람을 잡아먹거나 죽일 수 없다. 네놈이 류씨 일족에게 왜 그렇게 집착하는지 그동안 생각을 좀 해봤다. 네놈처럼 식탐이 많은 놈이 배가 고프면 다른 이들을 잡아먹고도 남았을 텐데 말이야. 류씨 사람들 백 명을 잡아먹기 전에는 산신이 될 수 없는 것 아니더냐? 진짜 신 말이다. 아직 산신이 되지 못했다면 이 딴 총에도 죽을 수도 있다는 뜻이지…."

괴이의 눈이 심하게 흔들렸다.

"빌어먹을 놈, 그때 선녀에게 네놈부터 죽이자고 그렇게 말했건만 사사건건 방해하는구나. 그런데 네놈은 하나는 알고 둘은 모른다."

"내가 무엇을 모르느냐?"

"겨우 그런 총으론 상처는 낼 수 있어도 나를 죽이지 못한다. 그저 고통만 있을 뿐이다. 고통만 참으면 아무 일도 아니야. 흐흐흐…. 지금 상태로는 나를 죽일 방법은 없다. 이미 거의 신이 된 거나 마찬가지니까."

잔뜩 웅크린 괴이가 몸을 날려 오창석을 뛰어넘었다.

탕! 탕! 탕!

허세가 아니었다. 오창석이 배와 다리를 명중시켰지만, 괴이는 아랑곳하지 않고 용일을 쫓아갔다.

"용일아, 어서 류 선생의 집으로 윽…."

오창석의 머리가 찌릿했다.

"제발 그 입 좀 닥쳐."

류상중이 오창석의 머리를 돌로 내려찍은 것이다. 어떻게든 정신을 다잡으려 했지만, 이미 피가 사정없이 쏟아졌다.

그 광경을 본 용일이 류덕현의 집 앞에서 머뭇거렸다.

"용일아, 빨리 들어가라. 네가 잡히면 정말 끝이다. 이놈들은 나를 못 죽이니, 걱정하지 마라. 아저씨에게 이런 상처는 아무것도 아니다. 어떻게 해서든 뒤따라 들어가겠다."

용일이 몸을 던졌다. 신기하게도 대문이 기다렸다는 듯 저절로 열렸다. 용일이 가까스로 집으로 들어갔다. 괴이가 대문을 들이받았지만 소용없었다. 신비한 힘이 괴이가 들어오지 못하게 방해했다.

"제길, 류덕현의 짓이다…."

류상중이 용일을 잡으려고 담을 넘어봤으나 소용없었다. 눈앞에서 먹잇감을 놓친 괴이는 화가 머리끝까지 났다.

"멍청한 창귀 놈들은 어디서 무얼 하는 거야? 류상중이 네놈은 당장 창귀들을 데려와라."

"산범님, 걱정 마십시오. 저에게는 류용일을 잡을 비단 주머니가 있습니다."

"시끄럽다. 창귀들이나 데려와!"

※ ※ ※

잠시 후 오창석이 문을 열고 들어왔다. 그가 용일을 보더니 배시시 웃었다. 아저씨가 웃는 모습을 처음 봤다. 좋지 않은 예감이 들었다.

"아저씨. 죄송해요. 전부 저 때문이에요. 제가 아저씨 말만 들었어도…."

오창석이 용일의 손을 잡았다.

"어차피 이렇게 될 줄 알고 있었어. 운명의 힘을 거스를 수는 없는 법이다. 용일아, 지금부터 내가 하는 이야기를 잘 들어야 한다. 너희 할아버지와 괴이의 정체를 알아갈 무렵, 내 아내와 딸이 사라졌다. 다행히도 아내가 딸아이를 데리고 어딘가로 가고 있는 것을 발견했지. 그때 뭔가 이상했다. 아내의 손에 칼이 쥐어져 있었기 때문이다. 나는 아내에게 화를 냈어. 도대체 무슨 짓을 하는 거냐고…. 아내는 딸이 보면 안 되는 것을 봤다며, 선녀에게 데려가야 한다고 했다. 평소 다정하던 아내는 없고 광기 서린 여자만 있었다. 당장 딸을 끌어안자, 아내가 칼을 고쳐 잡았다…. 무작정 경찰서로 뛰었다. 그러면서도 아내의 말이 마음에 걸렸다. 도대체 무얼 봤기에 그러는지…. 딸에게 물었다."

용일의 눈이 커졌다.

"무엇을 봤는데요?"

오창석이 크게 한숨을 쉰 후 말했다.

"선녀가 떠돌이 아이의 팔을 뜯어먹었다고 했다. 곡동을 지켜주는 선녀님이 어떻게 그런 일을 할 수 있겠냐고? 하지만 그 말이 사실임을 알게 됐다. 창밖에는 사람들이 최면에 걸린 것처럼 딸을 찾고 있었다. 나는 단번에 아이들이 실종된 사건의 범인이 선녀일지도 모른다는 생각이 들었다. 그런 이유로 딸과 곡동을 떠나기로 결심했다. 류 선생에게는 미안하지만 어쩔 수 없었다."

원일은 소름이 돋았다. 선녀가 떠돌이 아이의 팔을 뜯은 이유를 이해할 수 없었다. 다만 오창석의 말이 사실이면 할아버지와 오창석은 누명을 입은 것이었다. 용일은 단지 할아버지와 친분으로 자신을 구해줬다는 사실이 고마웠다.

"아저씨, 고마워요⋯. 그런데 따님은 어떻게 되었나요?"

오창석은 용일의 손을 꼭 잡았다.

"지금부터는 우리와도 상관있는 일이니 잘 듣길 바란다."

용일이 고개를 끄덕였다.

"딸을 안고 가던 도중, 동료 경찰들에게 발각되는 바람에 도망쳤다. 이미 그들도 놈들과 한패였다. 경찰 중엔 나만 남은 것이었지. 놈들이 총까지 쏘아대는데 무서웠다. 그런데 신이 도우셨는지, 타지에서 온 신부님을 만나게 되어 딸을 부탁했다. 어쩔 수 없는 선택이었다. 신이 있다면 부디 딸을 지켜달라고 했지. 그리고는 동료와 싸울 수밖에 없었다. 내 생에 첫 살인이기도 했지. 어떻게든 류 선생을 만나 선녀의 정체를 말하려 했지만, 마을 사람들이 류 선생의 집 근처까지 다니면서 나를 찾고 있었다. 어쩔 수 없이 환자들의 집으로 갔다. 마을이 심상치 않다며 다락에 숨으라고 하더라. 그때 경찰들이 들이닥쳤다. 처음에는 내가 발각된 줄 알았는데, 놈들이 대뜸 환자들에게 총을 겨누는 것이었다. 순식간에 지옥을 보았다. 혼자 다락에 숨어 지켜보면서 무서웠다. 그제야 곡동에 무슨 일이 생겼다는 걸 알 수 있었다. 시간이 한참 지난 뒤, 류 선생의 편지를 전하러 온 송수복이란 친구가 나를 찾는다고 했지만…. 그 역시 피범벅인 채로 왔어. 너도 알다시피 피가 묻은 바람에 괴이를 잡을 방법을 알 수 없었다. 뭐라도 알아내려고 류 선생의 집에 갔지만 잠겨 있어서 들어가지 못했다. 나는 그길로 곡동을 떠났다. 다시는 곡동과 엮이고 싶지 않았다. 그리고 신부님에게 맡긴 딸을 20년 만에 찾았다. 사람 일은 정말 모른다. 딸아이가 류 선생의 막내아들과 결혼해 아이까지 낳고 살 줄이야….”

용일은 엄마가 오창석의 딸이란 사실을 믿을 수 없었다. 오창석이 떨리는 손으로 사진을 건넸다. 사진에는 젊은 시절의 오창석이 어린 딸을 안고 있었다. 어린 딸에게 엄마의 얼굴이 그대로 남아 있었다.

"아저씨가 정말 외할아버지였어요? 왜 진작 말 안 했어요? 알았더라면 제가 나가는 일도 없었잖아요."

후회하는 손자를 뒤로하고 오창석은 쓴웃음을 지었다.

"괴이를 없애기 전까지 말할 수 없었다. 솔직한 심정으로 매일 고민했다. 하지만 말하면 서로 도태될 뿐이야. 괴이뿐만 아니라 창귀들도 노리고 있는데, 이산가족 찾기를 하고 싶진 않았다. 나약한 마음이야말로 나에게는 독일 뿐이야. 어떻게든 너를 강하게 만들어 놈들로부터 도망치게 하고 싶었다. 그리고 너만 위험한 것도 아니었다. 너희 엄마도 걱정이 됐어."

용일이 눈물을 훔치며 말했다.

"엄마는 걱정하지 마세요. 잘 지낸다고 해요. 전에 살던 아파트 옆집 할머니가 소식을 전해주셨어요."

오창석이 웃었다.

"너희 엄마는 집에서 너랑 함께 살고 있었다."

용일은 믿을 수 없었다.

"그게 무슨 말이에요. 엄마가 같이 살고 있었다니요?"

"류 선생에 대한 마음의 빚 때문에 류인태를 추적하면서 너희 가족을 알게 됐지. 너희 엄마를 보는 순간, 내 딸이라고 확신했다. 문제는 창귀들이 너희 가족을 찾을지 모른다는 불안감에 데려가고 말았다. 왜냐하면 너희 할머니와 류덕삼의 처도 창귀가 되었단 사실을 알게 되면서, 류씨에게 시집을 간 여자도 괴이의 제물이 될 수 있다는 것을 깨달았다. 용일이 너에게는 미안하다. 내 딸을 살리기 위해 데려갈 수밖에 없었다. 그때까지만 해도 너희 엄마가 나를 믿지 않았지만, 너를 데려온 이후 믿어주더구나. 나는 너와 네 아비가 걱정됐다. 왜냐하면 창귀들이 냄새를 맡을까 봐 노심초사였어. 그때마다 다른 청강 류씨의 주소를 가르쳐주곤 했지. 나에게는 딸과 손자를 지키기 위해서 어쩔 수 없는 선택이었다."

그제야 모든 궁금증이 풀렸다. 외할아버지가 자신을 배신할 리가 없었다. 모든 일이 자신의 잘못된 선택이 시작이란 사실에 후회됐다. 용일은 오창석의 손을 잡고 오열했다. 그런 손자의 마음을 알지만, 시간이 얼마 남지 않았다.

"내 방 책장에는 또 다른 방으로 가는 통로가 있다. 가장 큰 책을 당기면 나오는데, 통로로 가는 문은 책상 서랍에 있는 버튼을 누르면 열려. 그곳에 너희 엄마가 있어. 용일아, 진작 이야기해줬어야 했는데… 미안하다. 나 역시 인간이었기에 고민이 많았다. 차라리 셋이 행복하게 사는 것도 생각했지만 괴이가 있는 한 행복은 없어. 만약 나에게 무슨 일이 생기면 네가 엄마를 지켜야 했기에…."

용일은 울분을 토했다.

"할아버지, 저는 어떻게 해야 하나요? 어떻게 해야 하는지 가르쳐 주세요. 제발…."

외할아버지는 말이 없었다. 이미 피를 많이 쏟아 정신을 잃은 후였다. 용일은 진정되지 않았지만, 정신을 차리려고 노력했다.

류덕현의 집에 처음 왔을 때가 떠올랐다. 용일을 쫓아온 사내는 할아버지가 틀림없다. 누구도 집에 들이지 않았고, 자신을 기다린 것이었다. 오창석의 주머니에서 손전등을 꺼냈다. 이곳저곳을 비추며 집을 둘러보는데, 갑자기 어떤 사내가 얼굴을 불쑥 내밀었다.

"으아아아악!"

용일이 주저앉았다. 너무 무서웠지만, 그는 애처롭게 눈물을 흘리며 방을 가리켰다. 조심스레 다가가 문을 열었다. 손전등을 비추니 한 구의 시체가 있었다. 시체의 옆에는 칼 한 자루와 글자가 빽빽이 적힌 종이들이 보였다.

* * *

편지를 읽는 이가 집안사람이라는 사실을 확신한다. 이것은 진실이 거짓이 되고, 거짓이 진실이 되어버린 시점에 나의 마지막 소회(所懷)이며, 유언일지도 모른다. 사람들은 우리 가문에 저주가 내렸다지만, 그렇게 생각하지 않는다. 이것은 저주가 아니라, 어떤 이의 탐욕이 만들어 낸 비극이다. 비극을 끝내기란 참으로 어렵고 외로운 일이다.

광복되던 날, 아버지의 상관이던 일본인이 도망쳤다. 이후 아버지가 그의 재산을 갖게 되면서 호의호식(好衣好食)하며 살았다. 그러나 돈을 쓰면 쓸수록 죄책감에 시달렸다. 처음에는 일본인의 재산을 쓰는 것이 잘못된 일인 줄 몰랐으나, 지나고 보니 민족의 피와 땀을 사사로운 이익에 쓴 것이었다. 아버지는 꽤 오랫동안 자책하고 고민했다. 그 모습을 어릴 적부터 보아온 나도 편히 지낼 수 없었다. 굳이 변명을 해보자면 양심 때문이었다. 유복하게 자랐지만, 주위에 사는 모든 이들이 힘들었다. 특히나 피란길을 뒤로하고 스스로 전쟁에 참여하는 사람이나, 4.19 혁명 때 이승만 정권의 독재에 항거하던 시민들을 보면서 마음이 아팠다. 시간이 지날수록 구시대적 독재의 길은 폭력으로 사람을 비겁하게 만들었다. 나 역시도 그랬다. 행동하는 양심도 아니면서 지인들에게 입으로만 떠들어 댔기 때문이었다.

부끄러운 삶을 살고 싶지 않았다. 어떤 삶을 살 것인지 고민했다. 다행히도 영태가 태어나던 날, 아버지는 더 이상 그 돈을 쓰지 않았다. 다만 누군가를 돕는 일에 쓰길 원했다. 국가에 환수하려는 마음도 있었으나, 총으로 무장한 정부를 믿을 수 없었다. 고양이에게 생선을 맡기는 격이 아니겠는가. 아버지는 민족의 피와 땀으로 만든 친일파의 재산을 의미 있게 쓰길 원했다. 그러나 안타깝게도 많은 이들을 돕지 못했다.

일본의 침입과 한국전쟁의 결과는 많은 이들의 삶을 망가트렸다. 개인의 의도와 관계없이 수많은 사람이 오해받으며 사회 밖으로 내몰렸다. 신체의 일부를 잃거나, 병에 걸린 환자들이 그랬고, 가족이나 재산을 잃은 자들 또한 그랬다. 그런 의미에서 우리 마을에 있는 환자들을 도왔고, 그들의 존엄성마저 찾아주고 싶은 마음이 간절했다.

학교 교사였던 탓일까. 떠돌이 아이들에 도움을 주고 싶었다. 하지만 생각보다 쉽지 않았다. 곡동에 보육원을 지으려고 했지만 무슨 이유인지 번번이 무산됐다. 곡동 주민들이 반대했고, 마을에서 성당이 들어오는 걸 반기지 않았다. 나는 그것과는 별개로 아이들을 학교에 보내고 스스로 사는 방법을 가르치려 노력했다. 몇몇 아이들은 배움의 필요성보다 먹고 사는 문제가 절박하다며 겉돌았지만, 배움의 소중함을 깨닫는 아이도 있어서 보람찼다.

그중 한 명이 희영이었다.

희영이는 다섯 살 무렵부터 떠돌이 아이들과 곡동에 정착한 아이였다. 나이는 어렸지만 총명하고 심성이 고왔다. 어떻게든 집으로 데려오고 싶었으나, 같이 지내는 아이들과 떨어지기 싫다는 이유로 거절했다. 어른이 되면 자신처럼 어려운 아이들을 돕는 교사가 되고 싶다며 공부도 열심히 하던 아이였는데….

그런 희영이가 사라졌다. 아무도 희영이의 행방에 관심 없었다. 함께 지내던 아이들은 떠돌이가 흔적도 없이 떠나는 일이 흔하다 했고, 보호자가 없다는 이유로 경찰도 대수롭지 않게 여겼다. 그럴수록 반드시 찾아야겠다는 오기가 생겼다. 결국 논두렁에서 희영이의 물건들을 발견했다.

지금에서야 밝히는 이야기지만 지푸라기라도 잡는 심정으로 선녀를 찾아갔다. 때마침 그녀가 집에서 나오고 있어 눈이 마주쳤다. 하지만 그녀는 내가 무엇 때문에 왔는지 알지 못했다. 한참을 머뭇거리다가 무슨 일로 왔는지 물었다. 눈빛만 보면 사람의 마음을 꿰뚫어 본다는 말은 거짓이었다. 시종일관 당황한 표정으로 말을 더듬는 그녀를 보니 찾아온 내가 한심했다. 결국 집으로 돌아왔다.

그리고 얼마 지나지 않아, 비극이 찾아왔다. 아들부터 조카, 동생, 친척할 것 없이 범에게 죽임을 당했다. 동생이 죽을 때까지 누구의 짓인지 알 수 없었다. 이 순간까지도 말이 안 되는 일이라 생각했지만 3일 전, 기어코 범과 귀신이 된 가족들을 직접 만나고야 말았다.

잠적했던 제수씨가 집으로 찾아왔던 무렵, 그녀가 선녀를 만나겠다고 했다. 지금 생각하면 어떻게든 말려야 했지만, 이미 그녀의 마음이 확고했기에 원하는 대로 하라고 했다. 어차피 내가 먼저 진실에 도달하면 그만이었다. 나는 오창석 형사를 찾아갔다. 다행히도 담당인 최 선생과 포수였던 신 어른의 도움으로 모든 일들이 범의 짓이라는 걸 알게 됐다. 어쩌면, 이 편지를 읽고 있는 당신도 그것의 실체를 알고 있겠지.

신 어르신은 범에 대해 잘 알고 있었다. 그는 청강 류씨 사람만 잡아먹는 것으로 보아 평범한 들짐승이 아니라고 했다. 그것은 신(神)이 되고 싶은 영물이라고 했다. 영물이 신이 되는 방법은 두 가지인데, 하나는 사람을 만 번 돕는 것이고, 다른 하나는 한 가문의 사람을 백 명이나 잡아먹는 것이었다. 아무래도 녀석은 한 가문의 사람을 백 명이나 잡아먹는 일이 쉬워 보였던 것 같다.

그것이 내 가족들을 해쳤듯이 또 다른 친척들을 해칠 것이 분명했다. 그런 이유로 범에 대한 이야기를 해주려 했지만, 어떻게 된 일인지 아무도 들으려 하지 않았다. 직접 찾아가 말해도 만나주지 않았다. 하는 수 없이 읍내에 사는 숙부님을 찾아갔다. 어르신의 말이라면 모두가 들을 것이라 생각했다. 범 이야기를 믿을 수 없다면, 당분간이라도 밖에 나가지 말라고 할 생각이었다.

그러나 숙부와 사촌을 만날 수 없었고, 그들의 집에 사는 가정부만 남아 있었다. 그녀는 선녀와 함께 집안사람들이 찾아왔다며, 저주를 막기 위해 단체로 재를 올리러 갔다고 했다. 일이 잘못 돌아가고 있음을 느꼈다. 찾아 나서고 싶었지만, 해가 지고 있었다. 나 역시 아내와 막내가 기다리고 있기에 아무 일이 없기를 바라며 집으로 돌아왔다.

불길한 예감은 빗나가는 법이 없다. 밤이 되고 나서야 문밖에서 제수씨가 밖에서 불렀다. 평소와 다르게 다정한 목소리로 문을 열어달라고 했다. 마루로 나가 창을 보았지만 제수씨는 없었다. 이번에는 죽은 영태의 목소리가 들렸다. 틀림없이 '아버지'라고 말했다. 마루로 나가 창을 보아도 영태는 없었다. 하지만 지붕 위에서부터 영태의 목소리가 어디론가 움직이는 것을 느꼈다. 차마 문을 열 수 없었으나, 발걸음은 영태의 목소리를 쫓고 있었다. 부엌으로 가는 문을 열었다. 환기를 위한 창에는 영태가 빠르게 지나가는 모습을 보였다. 어느 틈에 영태의 목소리는 뒷문에서 멈추었고, 애타게 나를 찾았다. 아무리 생각해도 영태는 죽었다. 영태가 아니라고 수만 번 되뇌던 중 마루에 있던 문이 열리는 소리가 났다. 허겁지겁 뛰쳐나가니, 아내가 막내를 데리고 밖으로 나가려는 것이었다. 아내를 붙잡으려는데, 믿을 수 없는 일이 벌어졌다. 엄청나게 많은 손이 아내를 문밖으로 잡아당겼다. 어떻게든 그것들을 막으려고 했지만, 나까지 끌려갈 위기였다. 두 사람을 붙잡았지만, 결국 아내만 밖으로 나가고 말았다. 본능적으로 아들만이라도 구해야 한다는 생각에 문을 닫았다. 아내의 비명이 들렸지만 어쩔 수 없었다. 막내라도 지켜야 했기에….

두렵고 무서웠다. 아내가 다급한 목소리로 문을 열어달라고 했다. 영태와 덕삼이도 애원했다. 하지만 문을 열게 하기 위한 속셈이었다. 급기야 망자들이 문을 두드렸다. 창밖으로 본 끔찍한 광경에 정신이 나갈 지경이었다. 수십 개의 머리가 이마로 문을 두드렸다. 그 사이로 거대한 짐승과 눈이 마주쳤는데, 심장이 멎는 줄 알았다. 다행히도 문을 열지 않으면 안으로 들어오지 못하는 것 같았다. 인태를 끌어안은 채 해가 뜨기만을 기다렸다.

예상대로 해가 뜨고 나서야 모두 사라졌다. 아무래도 제수씨를 비롯한 집안사람들이 창귀가 된 게 틀림없다. 이렇게 살 수는 없었다. 인태를 곡동에 둘 수 없어 부산에 보내기로 다짐했다. 대학에 다니던 시절, 연을 맺은 신부님에게 부탁하니 인태를 맡길 수 있었다. 일이 순조롭게 진행되어 하느님께 감사했다.

지옥 같은 밤을 보내면서 범을 잡아야겠다는 생각뿐이었다. 그러나 고양이 한 마리도 잡기 힘든 마당에 무슨 방법으로 범을 잡을 수 있겠나.

그때 신 선생님이 누군가를 데려왔다. 옥동에 살았던 조 씨라는 사내인데, 과거 창귀를 부리는 범을 잡은 적이 있다고 했다. 더 이상 범이나 곡동과 얽히고 싶지 않아 서울로 떠났는데, 신 선생님의 부탁으로 30년 만에 귀향한 것이었다.

그는 오래된 책 하나를 내게 건넸다. 조 씨도 누나를 시작으로 아버지, 숙부 등 집안사람들이 범에게 죽었다. 그도 방법을 찾기 위해 선녀를 찾았지만 만날 수 없다고 했다. 결국 자신까지 범에게 쫓기는 신세가 되었다. 어김없이 범으로부터 도망치던 날, 옥동에서 곡동으로 넘어가는 산 중턱에서 오두막을 발견하며 몸을 숨겼다. 그곳은 꽤 오랫동안 사람의 손이 타지 않은 듯 깨끗했다. 더불어 범과 창귀도 자신을 찾지 못했다고 했다. 신기하게 여기며 그곳을 뒤지던 중 서신 하나를 발견했다. 왜군이 오기 전에 수사관에서 물러난 '류시경'이란 자가 거처하던 곳이라고 적혀있었다. 아무래도 그가 기거하면서 호환

(虎患)을 막기 위한 연구를 했었던 것 같다. 그가 만든 책에는 호환을 피하는 방법이나 범과 대치하는 방법이 전부였다. 기이하게도 창귀를 부리는 범을 잡는 방법도 적혀있었는데, 실제로 창귀를 부리는 범을 죽였다는 기록도 있었다. 집안사람이 쓰던 쇠붙이들을 녹인 후 칼로 만들어서 범의 머리에 꽂으라는 방법이었다. 무기를 만드는 것은 그렇다고 하더라도 누가 범의 머리에 칼을 꽂을 수 있을까?

조 씨는 더 이상 도망 다닐 수 없었기에 지푸라기라도 잡고 싶은 심정으로 집에 있는 숟가락, 낫, 문고리 등을 모아서 칼로 만들었다. 그리고 포수들을 불러 범과 창귀들이 찾아올 날만 기다렸다. 이윽고 놈들이 나타났고, 조 씨는 호랑이에게 몸을 내어주는 척하며 이마를 칼로 내려쳤다. 신기하게도 호랑이는 즉사했고, 창귀들도 사라졌다.

가능한 일인지 모르겠지만, 나 역시 방법이 없었다. 나도 집에 있는 낫이며, 수저며, 쇠붙이를 녹였다. 커다란 장검은 만들지 못했지만, 식칼보다 조금 큰 검을 만들었다. 이제 놈을 잡을 일만 남았다.

하지만 아무래도 이 비극을 해결하지 못할 것 같다. 조금 전부터, 놈들의 계략에 휘말렸기 때문이다. 황판수란 자가 의논할 일이 있다며 두 명의 기자를 데리고 왔는데, 나에게 아이들 실종 사건의 범인이 아니냐며 형사라도 된 듯 쏘아붙였다. 거기에는 그들이 만들어진 사건이 전부였고 전혀 말이 되지 않았다. 순간, 일이 잘못되고 있음을 느꼈다. 화가 난 나머지 칼을 휘두르며 나가라고 소리쳤다. 그들이 돌아가면서 오창석은 어떻게 될 것 같냐며 비웃었다. 머릿속이 복잡해졌다. 설상가상 다리부터 서서히 감각이 없다. 의심했어야 하는데, 칼을 가지러 간 사이 잔에 약을 탄 것 같다. 아무래도 내가 비극을 마무리 짓기는 힘들 것 같다. 아마도 나 역시 범의 먹이로 만들기 위한 계략이며, 범을 비롯한 선녀와 마을 사람들이 모두 한 패인 것 같다.

본능적으로 아이들이 실종된 사건과 우리 집안사람들의 비극이 연결된 사건처럼 느껴진다. 이유는 알 수 없지만, 하나의 고리로 엮인 기분을 떨쳐낼 수 없다. 나는 범의 먹이가 되고 싶지 않다. 신 어르신은 놈이 신이 되기 위해서 하는 짓이라고 하지만, 그런 신이 세상에 이로울 리가 없다.

시간이 얼마 남지 않았다. 죽음은 스스로 결정을 하고 싶다. 안타깝고 원통하지만, 이 글을 읽고 있는 당신이, 당신의 미래를 위해서라도 이 비극을 막아내길 바란다. 부디 이 칼로 비극을 막아다오.

죽음을 앞둔 시점에 류덕현이

* * *

글을 읽는 동안 마음이 복잡했다. 할아버지는 공포가 지배한 상황에서도 흔들림이 없었다. 죽는 순간까지도 포기하지 않았다는 사실이 슬펐다. 한때 두려움을 외면한 스스로가 부끄러웠다. 하나뿐인 손자가 곡동에 오기만을 기다렸던 것 같다.

외할아버지의 말대로 창귀는 죽은 자만 뜻하는 게 아니다. 이 상황으로 만든 모든 이들이 창귀다. 맹목적으로 믿는 사람, 알면서도 속은 사람, 욕심 때문에 그와 손을 잡은 사람 등등⋯.

"뭐가 산신이고 선녀야? 빌어먹을 사이비 새끼들⋯."

한 가문을 몰살시키고 많은 이들의 삶을 짓밟은 것들을 용서할 수 없었다. 용일은 할아버지가 만든 칼을 쥐었다. 칼에서 원한의 기운이 뿜어져 나오는 것 같았다. 수십 년간 이어진 비극을 끝낼 수 있는 자는 자신뿐이었다. 문을 열었다.

"아이고⋯, 아이고⋯. 청강 류씨 33대손 류용일이 이 사람아, 자네 같은 놈들이 집안을 망치고 세상을 망친다네. 우리 모두 극락으로 가기 위해서는 자네가 필요하다. 어서 산범님과 하나가 되어 극락에서 행복하게 살아보자."

창귀들이 요란한 노래를 부르며 춤을 추고 있었다.

"당신들은 괴이에게 속고 있어요."

"에헤이, 그건 자네가 몰라서 하는 소리다. 용일아, 극락으로 가서 평생 행복하게 살자. 지금 너 하나 때문에 우리가 수십 년을 귀신으로 살아서 되겠냐? 키히히히히⋯."

괴이에게 놀아난 그들을 보니 씁쓸했다.

"할아버지는 괴이를 없애려고 모든 걸 걸었습니다. 여기 할아버지가 우리에게 남긴 편지입니다."

용일이 편지를 건넸지만, 창귀들이 바닥에 던져버렸다.

"크ㅎㅎㅎㅎ⋯. 이게 무슨 소용이냐? 전부 거짓말인 것을⋯. 류덕현이는 죄인이다. 우리가 이렇게 된 것은 전부 류덕현의 잘못이다."

"하모, 네가 몰라서 그렇지. 류덕현이가 얼라들 납치해서 간첩한테 팔아넘겼다 아이가."

"지가 저지른 죄가 들킬까 봐 선녀님도 불신하고…. 결국 우째 됐노? 지 빼고 전부 이래됐다 아이가. 크흐흐흐흐…."

용일은 답답했다.

"그렇게 해서 할아버지가 얻은 게 뭐가 있나요? 할아버지 혼자 잘 먹고 잘 살면 모르겠지만 그렇지도 않잖아요. 할아버지께서는 많은 사람을 지키려고 했어요. 그런데 당신들은 할아버지의 말보다 선녀의 말을 믿었죠. 그래서 어떻게 됐습니까? 짐승의 노예가 되었잖아요? 무엇이 진실이고 거짓인지 정말 모르시겠어요?"

토로해도 소용없었다.

"흐흐흐흐흐…. 용일아, 그만하면 됐다. 그게 뭐가 중요하노? 이미 죽은 마당에? 우리가 극락으로 가는 게 중요하지. 그리고 이놈의 자슥아. 어데 산범님께 짐승이라 카노? 산범님께서 격노하신다?"

용일은 괴이를 용서할 수 없었다. 허공에 대고 소리쳤다.

"괴이 놈아, 당장 나온나. 내가 두려워서 정정당당하게 못 나오는 거가? 그래서 산신이 될 수 있겠나? 혼자서 사람 하나를 상대 못 해서 창귀나 주렁주렁 달고 다니는 겁쟁이 새끼야. 어디 한번 나와서 누가 죽고 사는지 해보자. 한낱 들고양이 새끼 주제에…."

괴이의 고함소리가 사방으로 울렸다. 순식간에 새빨간 불빛 두 개가 빠르게 다가왔다. 용일은 정신을 똑바로 차렸다. 녀석이 뛰어드는 순간을 노려 머리에 칼을 꽂을 계획이었다.

"크르릉…."

괴이가 당장이라도 달려들 태세였지만, 이상한 낌새를 차린 창귀들이 막아섰다.

"산범님, 산범님…. 저놈이 류덕현의 집에서 요상한 칼을 들고 나왔습니다. 선녀님이 이상한 기운이 느껴지는 것을 조심하라고 수만 번 이야기하지 않았습니까…."

용일은 기가 찼다. 이들은 괴이가 극락왕생을 시켜줄 거라고 진정으로 믿고 있었다. 백 명을 희생시켜 신이 되려는 짐승이 누굴 보우할 수 있겠나? 이 모두가 괴이의 탐욕으로부터 시작되었다는 걸 왜 모르는 걸까? 용일은 괴이에게 칼을 휘둘렀다. 하지만 괴이는 용일을 가지고 놀 듯 주위를 빙글빙글 돌며 입맛을 다셨다. 창귀들은 그 광경을 보며 신나서 춤을 췄다.

"산범님이시여, 산범님이시여…. 류용일을 어서 잡수시고 산신이 되어주시옵소서…. 산범님이시여, 산범님이시여…. 산신이 되면 불쌍한 창귀들 버리지 마시고 극락으로 보내주소서. 키히히히히…."

괴이도 창귀들의 노래에 몸을 꿀렁꿀렁 움직였다. 용일은 기이한 노래에 땅이 흔들리는 기분이 들었다. 괴이는 고양이가 쥐를 가지고 놀 듯 앞발로 용일을 툭툭 쳤다. 정신을 몇 번이나 다잡았지만 결국 주저앉고 말았다. 괴이가 놓칠 리 없다. 거대한 머리를 들이밀어 입을 벌렸다.

"잠깐만!"

용일의 말에 괴이가 멈췄다.

"죽기 전에 할 말이라도 있냐?"

용일이 고개를 끄덕였다.

"이왕 이렇게 된 거 뭐하나 물어보자."

"그래, 죽기 전에 소원도 들어준다는데 대답해주지…."

"도대체 류씨 집안에 무슨 원한이 있어서 그러는 거냐? 왜 하필 청강 류씨 집안사람들을 선택했는지 궁금하다."

괴이가 기이하게 웃었다.

"크흐흐흐흐, 난 또 뭐라고…. 내가 어릴 적이었지. 산에서 까투리 한 마리를 쫓다가 덫에 걸렸다 아이가. 움직일 때마다 날카로운 것이 다리를 파고드는데, 미치겠더라고. 날은 춥지, 배는 고프지 꼼짝없이 죽었다고 생각하면서 울고 있는데 말이야. 류덕현이 구해주는 거야. 나를 자기 집에 데려가더니, 상처도 치료해주고 먹을 것도 주더라. 사람들은 들짐승은 배신한다면서 잡아먹으라고 했지만, 류덕현은 쥐라도 잡을 거라며 잘해줬지."

용일은 울컥했다.

"그러면 할아버지는 너의 은인이 아니냐. 아무리 짐승이라고 해도 은혜는 알 것 아니야? 은인에게 왜 그랬는데?"

"왜 그랬을까? 허허허허…. 류덕현의 새끼들이 너무 먹음직스러웠다고 할까. 그런데 놈들을 잡아먹기에는 내가 너무 어렸어. 몸집도 작고 힘도 없고…. 그림의 떡이라 생각하며 입맛만 다시고 있는데, 선녀가 찾아온 것이었지. 그거 참 신통한 여자였다. 사람이면서 짐승과 말을 할 수 있잖아? 고것이 내 속을 꿰뚫고 있더군. 자기를 따라가면 산신이 되도록 도와주겠다고 하더라. 산신이라는 말에 솔깃했지. 처음에는 믿지 못했지만, 그녀의 집에 가서 굿을 하고 나니까 온몸에 힘이 도는 거야. 그때까지만 해도 산신이 된 줄 알고 우쭐대고 있었는데, 육실혈…. 선녀가 산신이 되고 싶으면 류덕현 집안 놈들 백 명을 잡아먹으라는 거야. 류씨 놈들을 잡아먹을 때마다 신통력도 생기고 강해진다나? 당장 성인을 잡아먹기에는 상대할 자신은 없고, 그래서 왜소하고 작은 류덕현의 장남을 노렸지. 때마침 녀석이 밖에 나와있더라고. 그래서 독기를 썼지. 크흐흐흐…. 뭐에 홀린 놈처럼 걸어 나오더라고?"

괴이는 더 이상 해줄 말이 없는 듯 기지개를 한 후 천천히 다가왔다.

"이 순간을 얼마나 기다린 줄 아느냐? 류용일이 네놈을 끝으로 청강 류씨 놈들 백 명을 모두 잡아먹는다. 드디어 나도 신이 된다는 뜻이다. 허허허…."

괴이가 거대한 이빨을 드러내는 순간이었다. 무언가가 빠르게 괴이의 목덜미를 낚아챘다. 믿을 수 없는 일이 일어났다. 지난번 용일과 마주친 호랑이였다. 괴이는 소리를 치며 분노했다. 호랑이는 괴이를 움직이지 못하게 나무 구석으로 몰았다. 구사일생으로 살아난 용일이 재주를 넘은 후 조부의 한이 서린 칼을 들었다. 창귀들이 막아섰다.

"안 된다, 안 돼!"

아무리 생각해도 이해할 수 없었다. 자신을 죽인 짐승 따위가 어떻게 극락을 보내준다는 말인가? 창귀들이 어리석었다. 지금이 아니면 다시는 기회가 없다. 온 힘을 다해 괴이를 향해 달렸다. 하지만 어느 틈에 창귀들이 몸에 매달렸다.

"용일아, 안 된다!"

창귀가 된 아버지가 막았다.

"아, 아버지…."

"아버지 말 들어라. 너는 속고 있다. 산범님이 우리를 위해서 그런 거다. 산신이 되면 진짜 극락으로 보내주실 거다. 이 아버지를 믿어라. 우리는 네가 필요하다. 으흐흐흐…."

그 틈에 류영태가 빠르게 기어와 용일의 손을 물었다.

"으아아악!"

용일이 칼을 떨어트렸다. 창귀들이 괴상한 웃음소리를 내며 다가왔다. 아버지는 신이 난 듯 춤을 췄다.

"으헤헤헤, 산범님이시여. 드디어 류용일을 잡았습니다. 빨리 오셔서 청강 류씨의 마지막 제물을 드시옵소서."

하지만 괴이는 호랑이에게 붙잡혀 옴짝달싹 움직이지 못했다.

"이 바보들아, 지금 웃을 때가 아니야. 당장 이 짐승 좀 어떻게 해 봐!"

모든 창귀가 이를 세워 호랑이의 몸을 물었다. 고통스러워하던 호랑이는 결국 괴이를 놓치고 말았다. 괴이는 이 기회를 틈타 단숨에 용일에게 뛰어들었다. 용일의 머릿속이 새하얗게 변했다. 이제는 진짜 죽었다.

그런데…. 조금 전까지만 해도 정신없이 춤을 추던 아버지가 재빨리 칼을 주워 아들에게 건넸다. 용일은 잠시의 고민도 없이, 칼날을 세워 괴이의 머리에 내려쳤다.

"크아아아앙!"

괴이의 울음소리가 온 동네를 뒤덮었다. 괴이의 이마에서 검붉은 피가 분수처럼 쏟아져 흘렀다. 용일은 다시 힘을 주어 칼날을 머리끝까지 밀어 넣었다. 이상하게 감정이 북받쳐 용일도 눈물이 났다.

"드디어 청강 류씨 사람들의 복수를 끝낸다. 어린 시절, 우리 집은 왜 불행했는지 늘 의문이었다. 나만 박복한 것 같아 너무 억울했다. 어디서부터 운명의 끈이 엉켜버렸는지 궁금했는데, 실체를 보게 되어 기쁘기 그지없다. 네놈이 산신이 되어도 류씨 사람들을 극락이니, 천국이니 보내준다고 생각하지 않는다. 네놈이 산신이 된다면 더 많은 이들을 잡아먹을 테지."

괴이가 뒷걸음질 치더니, 몸을 파르르 떨었다. 그러곤 엄청난 양의 토사물을 쏟아냈다. 인골(人骨)들이었다. 그것들이 나올 때마다 괴이는 요란한 소리를 질렀다. 거대했던 괴이의 몸이 순식간에 줄어들었다. 모든 창귀가 광기 어린 눈으로 류인태를 노려봤다. 류영태가 달려와 류인태의 멱살을 잡았다.

"네놈이 어떻게 산범님을 배신할 수 있느냐? 어떻게!"

류인태는 미친 듯 웃었다.

"하하하하…, 속은 너희들이 바보다. 나는 너희들이 용일이에게서 떨어지기만을 기다렸다. 저거 봐라. 고작 들고양이 주제에 무슨 산신이 될 수 있을 것 같냐? 산범 좋아하네. 저게 범으로 보이냐? 느그들이 무슨 일을 했는지 알기나 하냐? 우리 가문이 이 지경까지 온 거는 짐승 때문이 아니고 저놈한테 속은 우리 때문이다. 우리가 우리를 죽인 거나 다름없단 말이다. 내가 묻고 싶다. 왜 저놈의 노예가 된 거고?"

류영태가 울먹였다.

"그럴 리 없다. 그럴 리 없어. 이대로 소멸한다는 말이가? 느그 아들놈 때문에 우리가 극락에 못 가게 된 거다. 지금이라도 죽여서 이 한을…."

하지만 창귀들이 힘을 잃고 주저앉았다. 류인태는 비틀거리며, 아들에게 다가갔다. 용일은 류인태의 손을 꼭 잡았다.

"아, 아버지…."

류인태가 아들의 머리를 쓰다듬었다.

"용일아, 아버지가 전부 미안했다. 너희 엄마한테도…."

용일이 눈물을 흘렸다.

"아, 아버지…. 제가 더 죄송해요. 그리고 엄마를 찾았어요. 엄마는 잘 있대요."

"그거 참으로 잘됐구나. 부디 행복하게 잘 살아야 한다."

서서히 아버지의 모습이 사라지기 시작하자, 용일이 오열했다.

"아버지, 이제야 아버지를 이해할 수 있어요. 아버지가 매일 술에 취해 있던 건, 아버지도 두렵고 무서워서였다는 걸요. 아버지, 그때는 미안했어요. 저 때문에 아버지가…, 아버지가….”

창귀들이 신기루처럼 사라지고 류인태의 머리뼈만 남았다. 용일은 아버지의 머리를 안았다. 괴이가 죽었지만, 원통한 감정은 멈추지 않았다. 한편, 용일을 도와주던 호랑이가 주변을 어슬렁거리며 용일을 향해 울었다. 숨어서 용일을 지켜보던 곡동 사람들이 모습을 드러냈다. 그들은 쓰러진 괴이를 향해 절을 했다.

“어떡하노, 류덕현의 손자가 산신님을 죽여뿌따. 아이고 산신님이시여…, 산신님이시여.”

저들은 무엇 때문에 선녀를 믿는 것일까. 용일은 그들에게 묻고 싶었다. 아니, 선녀에게 따지고 싶었다. 무슨 이유로 한 집안을 무너트렸는지 궁금했다. 선녀가 있는 궁으로 발걸음을 돌리려는 찰나, 한 사내가 외쳤다.

“저기 류용일이 이제는 선녀님까지 해치려고 한다. 산신님의 복수를 하고 선녀님을 지켜야 한다!”

용일이 그들에게 걸어갔다.

“여러분은 모두 선녀에게 속고 있습니다. 이 짐승도 선녀가….”

믿어주는 이가 아무도 없었다.

“네놈이 뭘 안다고 그러느냐?”

“하여튼 류씨 놈들은 입만 열면 거짓말이다. 네놈 손으로 산신님을 죽여놓고 그런 말이 나오나? 너희 할아버지처럼 너도 곡동에 재앙을 몰고 왔다.”

몇몇 사람들이 용일을 향해 총구를 겨누었다. 용일은 온몸이 굳어버렸다. 일촉즉발인 상태가 되자, 호랑이가 사람들 앞을 막았다.

"이 요물은 또 뭐고?"

호랑이가 용일을 보며 도망치라는 듯 울었다. 용일은 뒤도 돌아보지 않고 선녀궁으로 달렸다. 잠시 후, 총성 몇 발이 울렸다.

* * *

이상했다. 축제라도 열린 것처럼 선녀궁을 가득 메운 사람들이 모두 사라졌다. 조심스레 입구까지 걸어가니, 재단 끝에서 기이하게 몸을 비틀대는 누군가가 보였다. 선녀였다. 실성이라도 한 듯 요란하게 웃고 있었다.

"이히히히히…."

용일이 그녀에게 천천히 걸어갔다.

"괴이는 죽었다. 무슨 일인지 모르겠지만, 이제 당신이 원하는 일은 안 일어날 거다. 괴이가 죽기 전에 전부 말했다. 당신이 우리 집안을 망하게 한 원흉이라고…. 우리 집안에 무슨 원한이 있어서 그런 건데? 왜 우리 할아버지를 파렴치한으로 만들었고 사람들을 속인 거냐고?"

그녀는 화가 난 용일의 얼굴을 봐도 비웃을 뿐이었다. 재단 앞 횃불에 비친 선녀의 얼굴이 보일 무렵, 용일이 발걸음을 멈췄다. 아름다운 선녀는 온데간데없고 추악하게 늙은 요괴가 있었기 때문이다.

"이히히히히히, 거의 다 왔는데 아깝다. 아까워…. 안 그래도 산범의 기운이 사라지자, 네놈이 올 줄 알고 있었다."

"묻는 말에 대답부터 해라. 우리 가문 사람한테 왜 그런 거냐?"

"그걸 알면 뭐가 변하나? 어차피 다 죽었는데…. 이히히히히히."

괴이를 만났을 때보다 정신을 차리기 힘들었다. 선녀는 사람 홀리기에 도가 튼 요물이 틀림없다. 그녀의 눈을 보는 것만으로 커다란 위협이 됐다. 용일이 칼을 고쳐 잡으려는데, 선녀가 한숨을 내쉬었다.

"에휴, 뭐가 그리 급한가? 네놈한테 죽지 않아도 어차피 짐승한테 걸어놓은 살이 돌아와 나를 이 지경으로 만들었는데, 키히히히…. 그래, 죽기 전에 말해줄게. 왜 너희 집안이냐고? 그러게 왜 하필 너희 집안일까? 그놈의 류덕현이 화근이지."

"거짓말 마라. 할아버지는 누군가를 곤경에 빠트리는 사람이 아니다. 오로지 힘없고 어려운 사람들을 위해서 사셨어."

선녀가 눈을 가늘게 뜨며 얄미운 표정을 지었다.

"그래 맞지…. 그래서 문제지. 류덕현은 세상과 타협도 할 줄 모르는 놈이니까. 어렵고 힘든 시절에 말이야, 없는 놈 하나 죽는다고 슬퍼할 사람이 있는 줄 아니? 오히려 입 하나 줄었다고 좋아하던 시절인데 말이야. 류덕현이는 도대체 무엇 때문에 지가 성인도 아니면서 그런 삶을 살았느냐 말이지. 나약한 인간 주제에 말이야. 아이가 실종된 사건이 너의 할아버지와 악연의 시작이었다. 이럴 줄 알았으면 나도 애새끼들 납치하지 말았어야 했는데…. 키히히 히히."

용일은 그녀의 반응에 화가 났다.

"당신이 사람이야? 도대체 아이들에게는 왜 그런 거야?"

선녀는 잠시 생각에 잠긴 듯 등불을 보더니, 기다란 혓바닥으로 입맛을 다셨다.

"내가 살기 위해서는 어쩔 수 없었어. 그것들의 피와 살을 먹지 않으면 지금까지 살 수 없었을 테니까."

"그게 무슨 말이야? 당신 선녀잖아."

"선녀? 진짜 선녀가 되고 싶었지. 아름다운 날개옷을 입고 하늘 이곳저곳을 날아다니며 세상을 구경하고 싶었으니까."

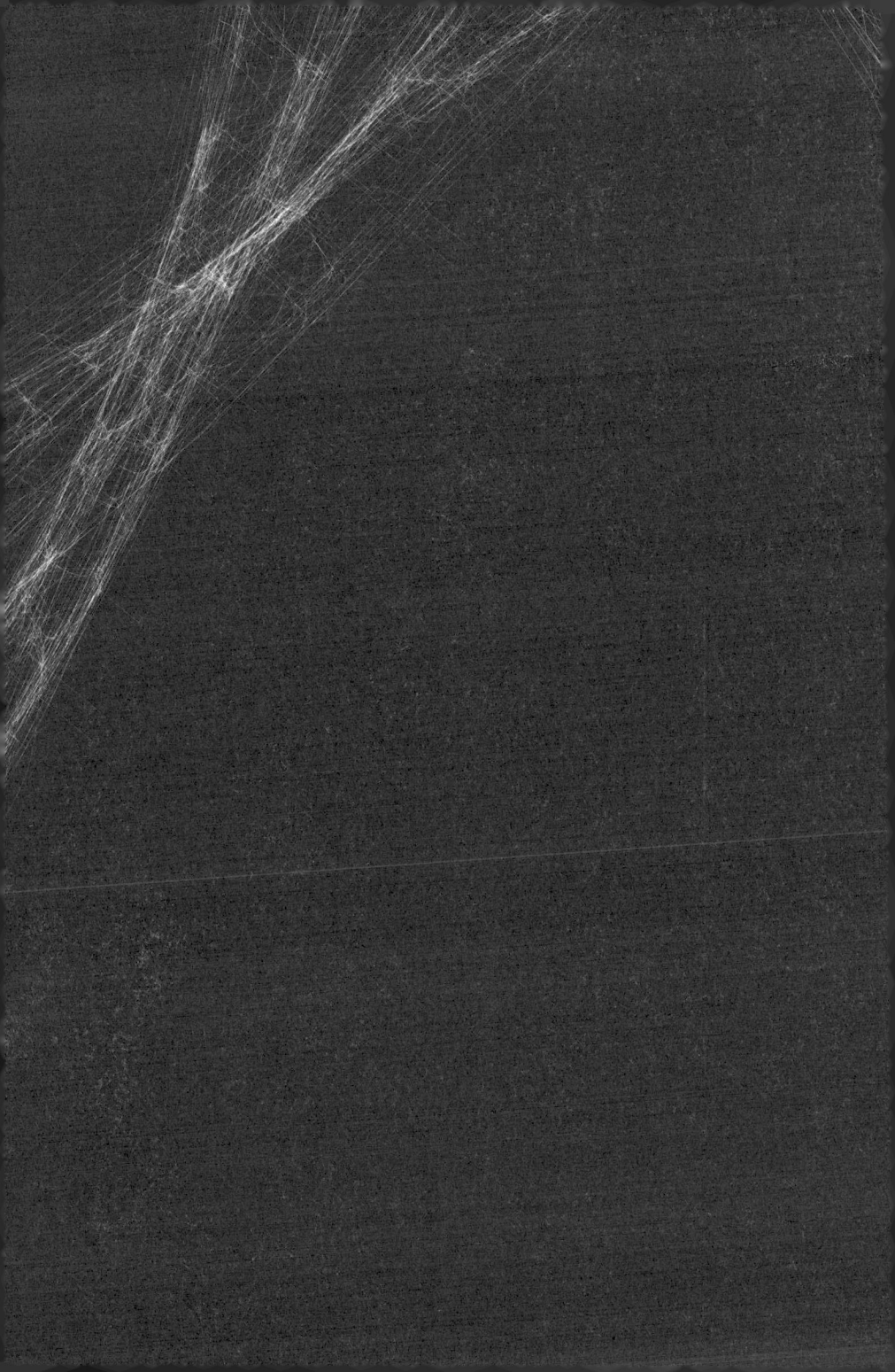

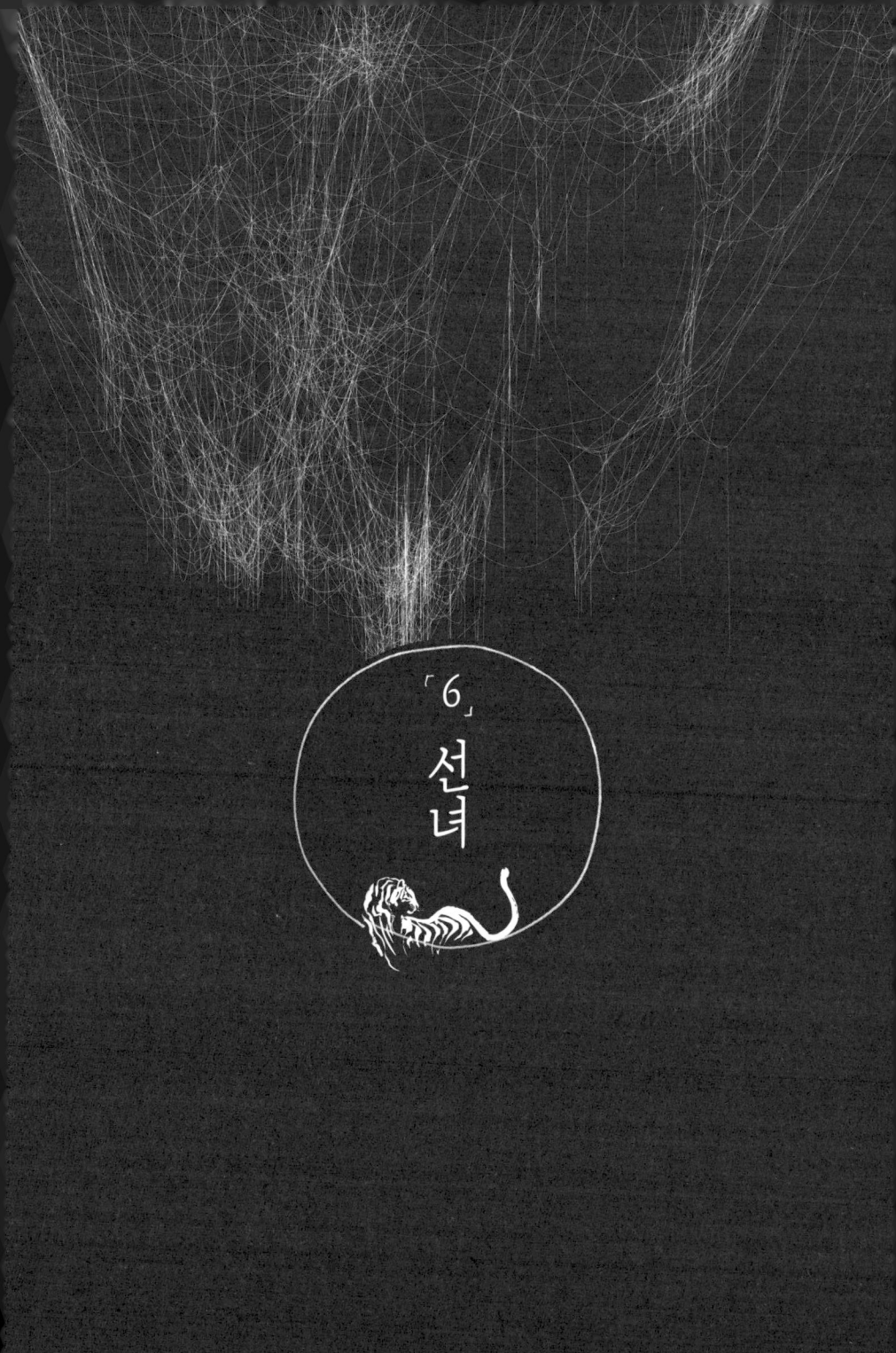

조선 선조 3년 경오년(庚午年).

작은 마님은 최 대감의 외동아들과 혼인한 여인으로 조선에서 보기 드물게 아름답고, 마음씨도 비단결 같았다. 그런 이유인지 많은 이가 그녀를 좋아했다. 한날은 작은 마님이 답답하다며, 몸종 옥순과 산책을 나섰다. 그런데 길거리에 열 살도 안 먹은 아이들 여럿이 울고 있었다. 작은 마님이 아이들에게 물었다.

"너희는 왜 울고 있니?"

가장 키가 큰 아이가 대답했다.

"나흘 동안 아무것도 먹지 했어요. 동생들이 배고프다고 구걸 좀 했는데, 더럽다며 뺨을 때리잖아요. 마님, 서럽고 원통합니다요…. 누구는 거지로 태어나고 싶어서 태어났나요?"

작은 마님이 아이들의 손을 붙잡았다.

"일단 나랑 가자."

옥순이 길을 막아섰다.

"작은 마님, 도와주실 필요 없어요. 얘네들 말이에요. 매번 이런 식으로 구걸하는 걸로 유명해요."

작은 마님은 미소를 지었다.

"옥순아, 괜찮다. 사람이 사람을 돕는 건 당연한 거란다. 누군가는 사람으로 태어난 것이 천운이라고 했지만, 꼭 그렇지만은 않더구나. 높은 신분으로 태어난 자는 평생 호의호식하며 살고, 낮은 신분으로 태어난 자는 숨 쉬는 것도 걱정 아니더냐. 너라고 몸종으로 태어나고 싶어서 태어난 것도 아니거늘…. 저들도 그럴 거야."

처음에는 옥순도 작은 마님을 여느 양반집 며느리처럼 위선을 떠는 그런 부류라고 생각했다. 하지만 그녀가 시부모를 설득하더니, 최 대감이 곳간까지 열어버리는 것 아니겠는가. 최 대감은 곡동에서 유명한 구두쇠였다. 작은 마님은 배고픈 사람들에게 원 없이 베풀었다. 그녀를 탐탁지 않게 생각하는 이 하나 없었다. 그렇다고 하더라도 그녀의 맑은 눈을 보면 금세 마음이 맑아졌다. 작은 마님의 말은 교양이 넘쳤고 기품이 흘러 상대방을 선하게 만드는 힘이 있었다. 동네 무뢰배도 그녀와 대화하면 지난 잘못을 반성하며 눈물을 흘렸으니까. 어느덧 곡동에 있는 사람들이 작은 마님을 받들었다. 옥순에게도 동경의 대상이었다. 여자로 태어나 이토록 위대해 보이는 사람이 또 있을까?

그러던 어느 날, 목욕하던 작은 마님이 옥순을 불렀다.

"옥순아, 너도 같이 들어와서 씻자."

옥순은 머뭇거렸다.

"작은 마님, 어떻게 천한 것과…."

"내 앞에서는 그런 말 하지 말 거라. 세상에 천한 사람은 없다."

옥순이 옷을 벗고 욕조 안으로 들어갔다. 작은 마님은 옥순의 등을 따뜻한 물로 적셔주었다. 온수에 몸을 담근 적은 처음이었지만 상당히 기분이 좋았다. 한참을 말없이 몸을 담그고 있는데, 어째서인지 작은 마님의 눈빛이 처량했다.

"작은 마님, 무슨 고민이라도 있으세요?"

"그냥 옛날 생각이 나서 그렇단다."

"옛날 생각이요?"

그녀는 쓴웃음을 지었다.

"옥순아, 나는 사실 천궁에서 내려온 선녀란다. 단옷날, 멱 감으러 왔다가 서방님이 내 선녀 옷을 훔치는 바람에 혼인까지 했지. 오늘 천궁에 계신 아버님 생신인데, 보고 싶구나. 선녀 옷만 있더라도 당장 날아갈 텐데. 서방님은 아이 셋을 낳기 전까지는 줄 생각이 없다고 하셨어. 설상가상, 과거 공부를 하러 암자에 머무르시니 선녀 옷을 돌려받을 방법도 없구나."

옥순은 작은 마님의 정신이 나간 줄 알고 화들짝 놀랐다.

"작은 마님, 갑자기 무슨 말씀이세요. 저녁을 잘못 드셨어요? 선녀라니요. 누가 듣기라도 하면 큰일 나셔요."

***

다음 날, 마을에 난리가 났다. 영의정도 찾는다는 박수무당 천기용이란 자가 곡동에 왔기 때문이다. 게다가 사람 잡아먹는 귀신이 마을에 숨어들었다며 찾아야 한다고 했다. 그러다 작은 마님과 마주쳤는데, 양반에게도 고개를 숙이지 않는다는 천기용이 그 앞에 냉큼 엎드렸다.

"천궁에 계셔야 할 분이 어찌 천한 인간들 세상에 내려오셨습니까?"

옥순은 귀를 의심했다. 진정 작은 마님이 선녀란 말인가? 천기용이란 자가 헛소리를 할 리 없다. 작은 마님은 난처한 표정으로 외면했다. 천기용도 작은 마님을 보내려던 순간, 옥순과 눈이 마주쳤다. 천기용은 혀끝을 차며 고개를 절레절레 흔들었다.

"쯧쯧쯧…. 여기 있었네, 여기 있었어. 괜히 멀리 갈 필요가 없었군. 자네는 반드시 나를 찾아오게 될 것이야. 내 생각이 나면 자네가 모시는 최 대감 집으로 오시게. 이히히히히…."

옥순은 천기용의 말을 이해할 수 없었지만 용한 무당이었기에 허투루 말을 흘리지 않았다.

그날 밤, 옥순은 작은 마님을 찾았다.

"작은 마님, 계셔요?"

"들어와. 안 그래도 잠이 오지 않아서 부를 참이었어. 그런데 무슨 일이니?"

"낮에 무당이 했던 말이 떠올라서요. 그 무당이 진짜 용하기로 소문났거든요. 중전마마도 찾는 무당이라니까요? 헛소리하는 자가 아니라서 작은 마님이 천궁에서 내려왔다는 말이 마음에 걸려요."

작은 마님도 고개를 끄덕였다.

"그 박수무당 대단하더라. 나도 놀랐어. 사람들이 이상하게 생각할 것 같아 모른 척했어."

"저기 작은 마님…. 그 선녀 옷 말이에요. 그것만 있으면 작은 마님께서 천궁으로 갈 수 있나요?"

"그렇지…. 고것만 있다면 당장이라도 천궁에 갈 수 있지. 옷이 날개라는 말이 선녀 옷에서 나온 말이잖아. 그 옷이 없으니, 신통력도 쓰지 못하고 답답하기만 하구나."

"신통력이요?"

"선녀는 신선이나 손님을 맞이하여 천궁을 안내한단다. 하지만 선녀를 속이고 들어오는 인간들이 많아서 진짜와 가짜를 구분하는 일을 중요시하지. 그래서 천궁에서는 상대의 마음을 꿰뚫어 보는 능력과 과거와 미래를 보는 능력이 필요했어. 아버님께서는 도깨비감투를 만든 장인을 불러 그런 능력이 있는 선녀의 날개옷을 만들라고 하셨지. 날개옷이 없는 지금의 나는 인간과 별반 다를 것이 없어…."

옥순의 머릿속이 찌릿했다.

"만약 선녀가 아닌 사람이 선녀 옷을 입으면 어떻게 되나요?"

"아마 날지는 못해도 신통력은 생기겠지. 그래서 무당들이 선녀 옷을 훔친다는 이야기도 종종 들었어."

"도련님은 언제 주신다는 말씀 없으세요?"

"아이 셋을 낳아주면 돌려준다는데…. 그 말을 지킬까?"

"하루빨리 도련님이 돌아오셔야겠네요. 떡두꺼비 같은 아들 셋을 낳으시면 돌려주실지 몰라요."

옥순의 머릿속이 빠르게 돌아갔다. 어떻게든 선녀의 날개옷을 가져야겠다고 마음먹었다. 과거 공부를 위해 집을 떠난 최시언이 틀림없이 날개옷을 가지고 있을 것 같았다. 10여 년을 보아온 최시언을 유혹하기란 어린아이 울리기보다 쉬운 일이었다. 여자면 사족을 못 쓰는 호색한 아니던가? 혼인하자마자 집을 떠난 처지이기에 유혹하기 쉬웠다. 때마침 큰 마님이 간식거리를 보내고 싶다며 심부름을 시켰다. 절호의 기회였다. 한껏 치장하고 최시언의 암자를 찾았다. 옥순의 예상대로였다. 최시언이 분 냄새를 맡으니 정신을 차리지 못했다.

✱✱✱

자신이 섬기던 양반이지만 사람은 다 똑같다는 생각이 들었다. 단둘이 있으니, 최시언 역시도 양반의 품위 따위를 버렸다. 우스웠다. 말을 놓고 아랫사람 대할수록 아이처럼 변했다. 어느덧 최시언은 옥순의 품에 안겨 멍하니 천장만 보고 있었다. 옥순이 이를 놓칠 리 없다.

"나 궁금한 게 있네. 작은 마님이 자기가 선녀라고 하더군."

최시언의 동공이 커졌다.

"그건 어떻게 알았어?"

"어떻게 알기는? 자네 마누라가 선녀 옷을 입고 싶다고 노래를 부르던데? 자네가 가지고 있지? 애 셋을 놓으면 돌려준다면서? 사실이면 한번 보고 싶다. 보여주면 안 될까?"

최시언이 등을 돌아누웠다.

"절대로 안 돼!"

옥순이 눈을 가늘게 뜨며 얼굴을 내밀었다.

"정말 이럴 거야?"

옥순이 손톱을 세워 최시언의 등을 세게 긁었다.

"아얏!"

"한 번만 보여줘. 오늘 있었던 일을 자네 마누라랑 대감마님한테는 비밀로 해줄 테니까."

최시언이 벌떡 일어나더니 인상을 찌푸렸다.

"이 천한 계집이 자꾸 기어오르네? 어디까지 기어오를 거야? 네 년이 죽고 싶어?"

"에휴, 마누라는 오매불망 네놈이 과거급제하기만을 기다리는데, 천한 계집년이랑 뒹굴었다는 걸 알면 뭐라고 할까? 또 대감마님은 뭐라고 생각하실까? 그것만 보여주면 아무 말도 안 할 테니까…."

"이 요망한 년!"

옥순은 아랑곳하지 않고 최시언에게 안겼다.

"아잉, 그러지 말고 보여주게. 작은 마님이 진짜 선녀인지 궁금해서 그래…."

옥순이 간드러지게 소리를 내자, 최시언이 벽에 걸어둔 봇짐을 가리켰다.

"저… 저기 있네. 보기만 해."

옥순이 봇짐을 풀자, 오색 빛깔의 날개옷이 나왔다. 눈을 뗄 수 없을 만큼 아름다웠고 태어나서 그토록 부드러운 감촉은 처음이었다. 옥순은 당장 옷을 입었다. 몸에 착 감기는 촉감이 좋았다. 참으로 기이했다. 최시언을 보는 것만으로 속내가 고스란히 보였다. 양반으로 태어나 입신양명해야 하지만 글공부는 하기 싫고 양옆에 계집이나 끼고 싶은 마음을 가지니 미래가 탁했다. 더욱이 초조함과 짜증이 뒤섞여 하루하루 갈피를 잡지 못하는 모습도 스쳤다.

"쯧쯧쯧…. 삶이 쉽지 않지? 머리도 안 좋은데, 과거 급제를 하라니까 피곤해 죽겠단 말이지. 자네를 보아하니 되는 일이 없다. 운이 좋아 양반집 아들로 태어났지만 앞으로 출세할 일은 없어. 공부 일찌감치 접고 자네 뜻대로 멀리 유학이나 가는 것이 어떻겠나?"

옥순이 자신의 속을 말하자, 최시언이 소스라치게 놀랬다.

"가, 갑자기 그게 무슨 소리야? 어서 그 옷 벗어!"

옥순이 한껏 웃으며 방을 나갔다. 자신을 잡아보라는 듯 노래를 흥얼거렸는데, 최시언의 심기를 건드리는 가사였다.

"양반집 아들이면 양반집 아들답게 글공부나 할 것이지. 꼭 머리 나쁜 놈들이 이 핑계 저 핑계 대며 시간만 까먹고 처자들 멱 감는 거나 훔쳐보고…. 선녀를 탐할 생각에 옷이나 훔치고…. 쌍놈으로 태어났으면 자네는…. 어휴, 말을 말자. 이히히히히…."

최시언이 도끼눈을 떴다.

"이 고얀 것! 좋게 봐주었더니, 양반 머리 위에 올라가서 놀아? 네년을 살려두지 않을 것이다."

최시언이 낫이라도 잡기 위해 뛰쳐나왔지만, 옥순은 어디론가 사라졌다. 순식간에 호롱불이 꺼졌고 캄캄해졌다. 최시언은 자신도 모르게 오싹한 기분이 들었다.

"오… 옥순아, 그만 장난하자. 밤이 늦었으니, 들어가서 자는 것이 어떨까?"

말은 그렇게 했지만, 옥순을 살려둬서는 안 될 것 같았다. 발견되는 즉시 낫으로 찍으려는 결심을 했다. 하지만 갑자기 뒤통수가 찌릿해지는 것이 아니겠는가.

"윽!"

찌릿했던 뒤통수는 뜨거워지며 통증이 느껴지기 시작했다. 천천히 뒤를 돌아보니 옥순이 돌을 들고 있었다.

"이히히히히히…. 죽어라, 죽어!"

최시언이 겁에 질려 주저앉았다. 옥순은 돌을 들어 미친 듯 머리를 찍어댔다. 더 이상 그가 움직이지 않자, 그녀는 다소곳이 일어나 선녀 옷을 훑어봤다.

"선녀의 옷이 참으로 좋구나. 캄캄한 밤에도 대낮처럼 보이고 말이야."

최시언의 얼굴이 형체도 알아볼 수 없게 짓이겨 있었다. 옥순이 손가락으로 옆구리를 찌르며 익살스러운 표정을 지었다.

"어떻게 해야 일을 잘 마무리 지을 수 있으려나…."

신기하게도 한 장면이 스쳤다. 자신이 작은 마님을 죽이는 미래였다. 만약 그녀를 죽이지 않으면 선녀 옷을 빼앗기고 벌을 받아 죽을 운명이었다.

"쥐도 새도 모르게 죽여 버려야 해…."

옥순은 선녀라도 된 듯 몸이 가벼웠다. 단숨에 집으로 향했다. 부엌에서 묵직하고 날이 잘 드는 칼을 쥐고 작은 마님의 방문 앞에 섰다. 겁도 없이 손가락에 침을 묻혀 창호지를 뚫었다. 그녀가 잠이 오지 않는 듯 몸을 뒤척이는 것이 보였다. 모두가 잠든 야심한 밤, 그녀를 해칠 기회였다.

"작은 마님, 저 옥순이에요. 들어가도 될까요?"

평소보다 옥순의 목소리에 웃음기가 섞여 있다고 할까? 작은 마님은 괴상한 기분이 들었다.

"무슨 일이니? 지금은 피곤하니까 아침에 보자."

"제가 지금 작은 마님께 급한 용무가 생겨서요."

작은 마님은 호롱에 불을 붙였다.

"오, 옥순아?"

옥순은 말이 없었다. 이번에는 작은 마님이 문 앞으로 다가가 창호지에 뚫린 구멍 틈으로 눈을 댔다. 선녀 옷을 입은 옥순이 환하게 웃고 있었다.

"오, 옥순이…. 네, 네가… 어, 어떻게?"

문이 천천히 열렸다. 옥순의 입꼬리가 한껏 올라가 있었다. 작은 마님은 뒷걸음질을 쳤다.

"어, 어째서 네가 그 옷을 입고 있는 거니? 그리고 옷에 묻은 피는 뭐고?"

"뭐긴 뭐겠어, 자네 서방 피지…. 동침해주었더니 선녀 옷을 당장 내주던데? 자네 말대로 옷이 날개라고 이 옷을 입으니 희한한 능력이 생기더라고. 자네 서방은 먼저 하늘나라 보내드렸네. 돌로 내려쳐서 말이지."

"너… 천벌을 받을 거야. 당장 벗어!"

옥순이 가는 눈을 부릅뜨며 작은 마님에게 달려들어 인정사정 없이 그녀의 목을 내려쳤다. 선녀의 날개옷이 없는 선녀는 인간에 불과했다. 그럼에도 선녀의 지조는 꺾이지 않았다.

"너는 선녀의 옷을 입어도 진짜가 될 수 없어."

그녀의 피가 튀자 날개옷이 더욱 붉게 물들었다. 옥순은 자신도 모르게 웃음이 멈추질 않았다.

지리산 기슭 깊숙한 어딘가로 들어가 토굴을 짓고 잠잠하면 내려올 생각이었다. 어릴 적 말동무였던 약초꾼 억삼이에게 산에서 사는 방법을 들었던 터라 어려운 일이 아니었다.

시간 가는 줄 모르고 산을 오르는 사이, 멀리서 해가 떠올랐다. 거친 숨을 몰아쉬며 바위에 앉았다. 피 묻은 손을 보니 온갖 생각이 교차했다.

"작은 마님에게는 미안하지만 어쩔 수 없어. 어차피 최시언은 작은 마님에게 선녀 옷을 줄 생각이 없었으니까. 마님도 거의 포기하다시피 살았고 말이야. 그러니 내가 이 옷을 가져도 괜찮은 거라고. 내가 선녀로 살면서 나처럼 천하게 태어난 사람들 도와주고 힘없고 돈 없는 사람들 도우면서 살면 되는 거야. 그런데 옷이…."

오색 비단의 아름다운 선녀 옷은 온통 피투성이였다.

"에이, 옷이 더러워졌잖아? 조심히 할걸…. 피 묻는지도 모르고 난리를 쳤네. 당장 옷부터 빨아야지. 목도 마르고…."

조금 걷다 보니 물소리가 났다. 아래에는 맑은 물이 흐르고 있었다. 타는 목마름에 두 손을 모아 물을 마시려는데, 물에 비친 무언가에 화들짝 놀랐다.

"이, 이게 뭐야…?"

물에 비친 건 주름살 가득하고 인상 고약해 보이는 노파였다. 눈을 씻고 봐도 그대로였다. 50년은 넘게 늙어 있었다. 옷을 벗으려고 했지만, 어느새 피부와 한 몸이 되어 벗겨지지 않았다. 나무나 돌로 떼어 내려 해도 소용없었다.

"이런 망할, 도대체 어떻게 된 거야."

한참을 떨고 있을 무렵, 박수무당 천기용이 한 말이 떠올랐다. 천기용은 옥순이 이렇게 될 줄 알고 있었던 걸까?

산을 하산하는 내내 숨도 차고 무릎이 아파 견딜 수가 없었다. 마을에 도착하니 이미 난리였다. 포졸들이 돌아다니며 지나가는 사람들을 붙잡아 탐문했다. 옥순은 자신에게 올까 겁이 났다. 아니나 다를까 포졸들이 다가왔다.

"실례하겠소."

옥순이 잔뜩 움츠린 상태로 고개만 들었다.

"무슨 일이요?"

"우리 고을에서 사람이 죽었습니다. 최 대감댁 아들이 아내에게 살해를 당한 것 같습니다. 아내는 도망쳤고요. 혹시 최 대감댁의 며느리를 본 적 없으십니까?"

옥순은 귀를 의심했다. 작은 마님이 살아 있다는 말인가?

"그게 무슨 소리요? 최 대감 아들이 작은…. 아니, 며느리에게 살해당했다니?"

"글쎄요. 최 대감이 새벽에 밖을 나가니 대문이 열린 채로 있었다고 합니다. 이상한 기분이 들어 가보니 바닥에 핏자국이 있는 게 아니겠습니까? 핏자국을 따라가니 며느리 방까지 이어져 있었고, 방문을 열어보니 며느리는 없고 하나뿐인 아들만 피투성이가 된 채 있었다고 합니다. 하필이면 오늘이 새로운 수사관께서 부임하는 날이라…."

말도 안 되는 이야기였다. 10리나 떨어진 곳에서 죽은 최시언이 무슨 수로 집까지 올 수 있나. 더욱이 작은 마님 또한 자신에게 죽지 않았나. 포졸들의 말에 소름이 돋았다. 옥순은 포졸들의 눈을 유심히 봤으나 거짓말을 하는 것 같지 않았다. 그들은 하나같이 작은 마님을 범인으로 생각했다.

당장 최 대감 집으로 향했다. 대문을 열었다. 마당에는 최 대감과 천기용이 있었고, 포졸들과 새로 부임한 수사관도 사건 현장에 난 핏자국을 유심히 보고 있었다.

신기했다. 가까이 가지 않아도 최 대감과 천기용이 무슨 말을 하는지 알 수 있었고 포졸들도 무슨 생각을 하고 있는지 알 수 있었다. 다만 새로 부임한 수사관의 생각은 전혀 읽히지 않았다. 하지만 전혀 걱정되지 않았다. 수사관에게 촌티가 나는 걸 보니 애송이가 분명했다.

최 대감과 천기용이 수사관에게 다가갔다.
"류 수사관, 범인은 찾았나?"
"찾았습니다."
"범인이 우리 며느리가 맞는가?"
수사관은 고개를 저었다.
"류 수사관, 범인이 며느리가 아니면 누구란 말인가?"
수사관은 망설임도 없이 말했다.
"대감께서 오해하신 것 같습니다. 범인은 며느리가 아니라, 이 집 몸종입니다. 옥순이라고 했던가요?"
가장 놀란 건 옥순이었다. 수사관의 말을 듣고 주저앉을 뻔했다. 최 대감은 온몸을 떨어댔다.
"어째서?"
"조사를 더 해봐야 알겠지만, 이 사건은 상당히 이상한 점이 많습니다. 먼저 며느님 방에 있는 피는 아드님의 피가 아니라, 며느님의 피입니다. 피의 위치는 이불, 바닥, 병풍, 문 총 네 곳으로 병풍과 창가에는 피가 흩날린 흔적이 있었으며, 이불과 바닥에는 피를 쏟은 흔적이 가득했습니다. 이를 보아 피해자는 칼에 당한 것이 틀림없습니다. 아드님의 시신을 보니 얼굴과 머리에 커다란 돌로 맞은 흔적이 있었습니다. 특이하게도 저항한 흔적은 없고요. 물론 등에 여인의 손톱자국이 있었습니다만 살인과 관계가 없는 듯합니다. 제 추론으로는 아드님께서는 공부하던 암자에서 살해당해 누군가로부터 이곳까지 옮겨져 왔습니다. 다시 말해서 며느님은 이곳에서 누군가의 위협에 강하게 저항한 듯 보입니다. 피가 흩날린 흔적으로 보아 부엌에서 쓰는 칼로 며느님의 목을 베었을 것으로 예상됩니다. 칼을 휘두른 방향으로 이렇게 피가 튀었겠지요. 그리고… 잠시만 기다려주십시오. 여봐라! 옷을 가져와라!"

포졸이 옥순의 옷을 들고왔다. 그 광경을 본 옥순은 숨이 막혔다. 수사관은 다시 차분하게 입을 뗐다.

"제가 또 대감님의 몸종을 의심하는 이유는 사라진 식칼입니다. 부엌에 식칼의 위치를 아는 사람이 이 집에 몇이나 될까요? 만약 다른 사람이 범인이라면 범행도구를 준비하지 않을까 싶습니다. 감히 식칼을 쓰지 않죠. 그 말은 흉기로 식칼을 생각할 수밖에 없는 사람입니다. 이 집에는 식칼의 위치를 아는 몸종이 세 명 정도 있습니다. 첫째는 만삭인 끝순이, 둘째는 이제 갓 열 살이 넘은 미순이, 셋째 옥순이…. 대감은 누구라고 생각하십니까?"

애송이라고 생각했던 수사관은 보통이 아니었다. 옥순인 자신의 외모가 늙어버린 게 차라리 다행이었다. 수사관의 입에서 또 무언가가 나올까 두려웠다.

"왜 죽였는지는 옥순이를 잡아서 물어보면 될 것 같습니다."

천기용이 혀끝을 찼다.

"쯧쯧쯧…. 딱 보아하니 수사관이 처음 맡게 된 사건이라 헛다리를 짚은 것 같소. 이건 옥순이 짓이 아니라, 이 고을에 나타난 귀신 때문이오."

수사관의 표정이 일그러졌다.

"귀신이라고 했소?"

"새로 부임해서 잘 모르나 본데, 전에 있던 사또도 귀신에게 당했소."

"무슨 귀신이란 말이오? 내가 보기에는 범에게 당한 것이오. 호환이란 말이오. 귀신이라니 당치도 않소."

"중전마마도 찾는 이 천기용이 곡동에 왜 왔다고 생각하오? 이 마을에 사람 잡아먹는 귀신이 숨어들었단 말이오. 아무리 보아도, 그 귀신이 대감의 아드님과 몸종을 해친 것 같은데 말이오. 다행히도 며느님은 살아 있는 것으로 보입니다."

작은 마님이 살아있다는 말을 듣자, 그곳에 있는 자들 모두가 놀랐다. 수사관은 의심 가득한 표정을 지었다.

"무슨 근거로 그렇게 말하는 겁니까?"

"일반 사람들이 어떻게 도사의 뜻을 알겠소? 대감의 며느님이 누구인지 알기나 하는 소리요? 천궁에 사는 선녀요."

"그게 무슨 말도 안 되는 소리요? 방해하지 말고 당장 나가시오. 당신 같은 무당이 본질을 흐릴 사건이 아닙니다."

사또가 무당을 밀쳤다.

"어허, 천벌 받을 소리십니다. 그렇다면 저랑 내기하시겠습니까? 내일 정오에 대감댁 며느님이 귀신을 물리치고 나타날 겁니다. 만약 나타나지 않으면 제가 수사관 앞에서 자결하겠습니다. 하지만 수사관께서 틀리시면 직을 물러나주십시오."

수사관은 확신에 찬 눈으로 고개를 끄덕였다.

천기용이 발걸음을 돌려 대문 밖으로 나갔다. 옥순은 천기용의 뒤를 쫓았다. 천기용은 사람 하나 보이지 않는 으슥한 곳에서 걸음을 멈췄다.

"네년이 찾아올 줄 알고 있었다."

"도사님, 어떻게 하면 좋을까요? 단지 선녀 옷을 입었을 뿐인데, 얼굴이 흉측하게 변했어요."

천기용이 얄미운 표정으로 미소를 지었다.

"어떻게 하긴 뭘 어떡해? 인간이 신선들의 물건을 함부로 만지면 이렇게 돼. 더욱이 신선들의 물건을 가지고 못된 마음을 품었으니, 자네 본 모습이 나온 게지. 고약하고 흉측한 지금 모습이 너의 본모습이라는 거야."

옥순은 천기용의 다리를 부여잡았다.

"제발 방법 좀 알려주세요. 소녀, 천한 신분으로 태어나 이대로 죽기 억울하옵니다."

"크흐흐흐…. 너한테 죽은 선녀와 남편 놈은 안 억울하고?"

"선녀라고 하면 천궁에서 좋은 것만 먹고, 좋은 것만 입고 죽어도 여한이 없게 살았을 것 아닙니까? 양반으로 태어난 그놈도 마찬가지고요."

"이년 봐라? 아주 당돌하네? 방법이 하나 있긴 있지…."

뭐냐고 물어보려는 찰나, 천기용이 생각한 것들이 머릿속으로 저절로 지나갔다. 거기에는 옥순의 젊음이 다시 돌아오는 방법과 영원히 젊음을 유지한 채로 사는 방법도 있었다. 더욱이 천기용이 그동안 갈고 닦은 기이한 잡기들이 보였다. 젊음을 다시 찾는 방법은 잔인했다. 어린아이를 잡아 피와 살을 먹어야 했다.

"고얀 것, 내 마음을 꿰뚫어보고 있구나?"

옥순은 눈을 뗄 수 없었다. 천기용은 위험한 인물이었다. 작은 마님을 숨기고 최시언을 집까지 끌고 온 것도 그였다. 옥순이 작은 마님과 최시언을 죽일 거라는 걸 알고 있었다.

"도, 도사님이 모든 걸 꾸민 일인가요?"

"봤느냐? 크흐흐흐…. 그렇다면 나의 원대한 꿈도 보았겠구나."

그가 원하는 것은 조선이었다. 왜놈들이 쳐들어온 후 전쟁이 끝나면 나라가 어지러운 틈을 타 백성들이 맹신하는 종교를 만들 계획이었다.

"어… 어째서…."

"내년에 왜놈이 쳐들어올 거다. 꽤 길어질 거지만 7년 뒤에는 조선이 이길 거야. 나라가 어지럽고 어수선할 때가 적기지. 그런데 문제가 있어. 내가 가장 걱정하고 있는 부분이지. 류 수사관 같은 놈들이 문제다."

"류 수사관이라면 방금 그자 말인가요?"

"내 아무리 사람 마음을 훤히 보는 무당일지라도, 류 수사관 같은 놈에게는 통하지가 않더군. 정말 이상한 일이지. 아무튼 류 수사관을 몰아내야 우리가 산다."

옥순은 천기용의 말을 단번에 이해했다. 다른 이들은 눈만 마주쳐도 뭐든지 알 수 있었으나, 류 수사관의 속은 알 수 없었다. 어떤 말에도 흔들리지 않고 기개가 있었다. 모두가 작은 마님이 죽였다고 할 때, 단번에 자신을 범인으로 지목하지 않았나? 만약 늙지 않은 상태로 천기용을 만나지 않았더라면 그에게 잡혔을지도 모른다. 게다가 모습이 변했어도 류 수사관이라면 옥순을 찾아낼 수 있을 것 같다는 예감도 들었다.

"어떻게 해야 하나요?"

"오늘 밤, 넌 선녀가 된다."

옥순은 이대로 죽을 수 없었다. 천기용의 방법은 끔찍하기 그지없었다. 아이가 필요했다. 열두 살이 넘지 않은 아이….

신이나 신선들은 천계에 있는 천도복숭아를 먹어 영원한 생명을 얻는다고 한다. 하지만 천도복숭아의 정체를 알고 나면 제아무리 영원한 생명을 얻는다고 해도 입에 대지 못할 것이다. 천도복숭아는 인간으로 환생할 수 없는 자들이다. 모습은 복숭아처럼 생겼지만, 자세히 보면 머리와 엉덩이가 붙은 기괴한 생명체다. 천도복숭아는 천상의 맛이 나는데, 자칫 갓난아이로 보일 수 있기에 신이나 신선이 먹을 때면 잔인해 보인다. 다행히도 인간이 천계에 가지 않는 이상 먹을 방법이 없다.

이런 이유로 생명을 연장하고 싶은 인간들이 인간 세상에서도 천도복숭아를 먹을 수 있는 방법을 찾아냈다. 어린아이들에게 천도복숭아와 같은 부분이 소량 있다는 걸 알아낸 것이다. 성인이 되면서는 사라지지만, 예부터 이런 소문을 알던 이들이 어린아이들을 납치하는 일이 비일비재했다.

"원래 천계의 물건은 인간이 함부로 만지는 게 아니다. 더욱이 천계에서 만든 옷을 입고 인간 따위가 죄를 저지르니 천벌 받은 거지. 어린아이를 먹지 않으면 너는 곧 죽게 된다. 하지만 내가 봤을 때는 나쁜 것만은 아니야. 보름에 한 번 어린아이의 피와 살을 먹으면 너는 평생 살 수도 있어. 그것뿐이더냐? 신선들처럼 모습이나 얼굴도 바꿀 수도 있지. 다시 말해서 진짜 선녀가 될 수 있다는 말이다."

옥순의 눈이 번쩍 떠졌다.

"그게 사실이에요?"

"내가 너를 데리고 거짓말을 왜 하겠느냐. 오늘부터 너를 수양딸로 삼을 테니, 나만 믿어라."

"그런데 평생 아이의 피와 살을 먹어야 하나요? 먹지 않고 영생하는 사는 방법은 없나요?"

"있는데 고것이 참 어려워."

"뭔데요?"

천기용이 왼쪽 눈썹을 올리더니 헛웃음을 쳤다.

"허허허…. 아까 말했듯이 천도복숭아를 먹든가, 아니면 신과 혼인하는 것이지. 그나마 가능성이 가장 높은 것이 영물을 신으로 만들어 혼인하는 건데 말이다. 어떤 영물이 신이 될 수 있겠느냐.

실패라도 하면 자네가 역으로 살을 맞는다. 그러니 너는 그런 생각 말고 보름에 한 번 아이를 찾아라. 네 덕분에 내일 류 수사관의 코가 납작해지는 걸 봐야겠다."

"그런데 아이는…."

"다리 근처에 대가리에 피도 안 마른 거지 놈들이 많더라. 몇 놈 없어져도 모를 것이고 누가 걱정이나 하겠느냐?"

이미 천기용은 먹을 것으로 아이를 유혹했다. 약과 하나를 준다고 하니 의심하지도 않고 따라왔다. 약속대로 약과를 받았지만, 그 자리에서 한 입 베어 물고 잠들었다. 천기용은 아이를 끌고 가 깨끗이 씻긴 후 가마솥에 넣었다.

"자, 어서 먹어라. 시간이 없다."

옥순은 머뭇거렸다. 가마솥 안에 있는 아이는 작은 마님이 도와준 아이였다. 손이 떨렸다. 도저히 할 수 없다는 눈으로 천기용을 봤다.

"못하겠느냐? 그러면 할 수 없지. 3일 후에 너는 죽게 된다. 문제는 죽어서도 좋은 곳에는 못 가. 사람 죽이고 선녀까지 죽이지 않았더냐? 저승에서 너를 가만둘 것 같으냐?"

옥순이 아이의 팔을 냉큼 물었다. 눈을 딱 감고 턱에 힘을 줬다. 살점이 떨어져 나왔다. 오직 살겠다는 일념만으로 살점을 씹어 삼켰다.

믿을 수가 없었다. 어찌 된 일인지 주름 가득한 손에 혈색이 돌며 탄력이 돌아왔다. 옥순의 입가에 미소가 번졌다. 그리고 다시 나무처럼 떨었다.

"아버님, 지아비와 몸종을 해친 귀신을 잡았습니다. 부디 귀신으로부터 지아비를 지키지 못해서 죽을죄를 지었습니다."

최 대감은 기절하고 말았다. 이방을 비롯한 포졸 몇이 최 대감을 방으로 데려갔다. 류 수사관이 옆에 있는 이에게 물었다.

"저기 있는 여인이 최 대감의 며느리가 맞소?"

"확실합니다. 작은 마님이 맞습니다."

믿을 수 없는 일이었다. 류 수사관도 생각지도 못한 결과에 머릿속이 어지러웠다. 그녀에게 물을 것이 많았다.

"이름이 무엇이오?"

갑작스런 질문에 옥순의 눈이 커졌다. 작은 마님의 정체가 선녀라는 사실 외에 아는 것이 없었다. 당혹스러운 표정으로 천기용을 봤다. 천기용이 대화에 끼어들었다.

"류 수사관, 지금 뭐 하는 겁니까?"

"저 여인이 최 대감의 며느리가 맞는지 몇 가지 물어보겠다."

"에헤이, 보고도 모르시겠습니까? 여기 모여 있는 자들 모두가 증인입니다. 이봐라, 저 여인이 최 대감의 며느님이 맞지?"

일제히 고개를 끄덕였다. 천기용은 빙긋이 웃었다.

"사또, 약속을 지켜야 하지 않겠습니까? 사내가 한 입으로 두말하면 어떻게 될 것 같소? 으흐흐흐…."

"무례하다. 감히 무당 따위가 수사관을 협박하느냐?"

천기용의 눈이 매섭게 변했다.

입을 크게 벌렸다.

거짓말처럼 옥순은 작은 마님의 모습으로 변했다.

다음 날 아침, 작은 마님이 살아있다는 소식에 마을 사람 모두가 최 대감 집에서 기다리고 있었다. 류 수사관 역시 포졸을 데리고 마당 한 가운데에 서 있었다.

"일찍들 나와 계십니다. 이히히히⋯."

천기용이 대문으로 들어와 류 수사관 앞에 섰다.

"최 대감댁 며느리는 어디에 있는가?"

"뭐가 그리 급하십니까? 그나저나 저랑 한 약속은 잊지 않으셨지요?"

"대장부로 태어나 한 입으로 두말하지 않겠다. 그대의 말이 맞으면 원하는 것 무엇이든지 들어 주겠다."

"최 대감의 며느님이 나타난다면 깨끗하게 이 고을을 떠나주시겠습니까?"

류 수사관은 확신에 찬 눈으로 말했다.

"좋다!"

천기용이 작은 마님의 방을 가리켰다. 방문이 열리며 작은 마님이 천천히 걸어 나왔다. 그녀의 모습을 보자, 마을 사람들 모두가 절을 하기 시작했다.

"작은 마님⋯."

가장 놀란 것은 최 대감이었다. 말은 하지 못하고 온몸을 사시

"이보시오들! 배은망덕한 수사관이 목숨 걸고 귀신으로부터 우리를 구해준 선녀님을 의심하고 있소."

그곳에 모인 자들이 류 수사관을 노려봤다. 포졸들이 육모 방망이를 빼 들었다. 일촉즉발의 상황에서 류 수사관은 죄 없는 백성을 다치게 할 수는 없다고 했다.

"좋다. 약속은 약속이니 내가 물러나겠다."

***

선녀, 아니 옥순이 용일을 보며 히쭉였다.

"류 수사관은 약속대로 물러났지. 천기용이 사람은 제대로 봤어. 약속을 지키더군. 우리는 그가 약속을 어기고 조사를 시작하면 어쩌나 걱정했지. 하지만 운명의 신은 우리 편이야. 얼마 안 돼서 왜놈들이 쳐들어왔어. 류 수사관, 그놈 대단하더군. 어딘가에 도망이라도 간 줄 알았는데, 뜬금없이 튀어나와 왜놈들과 싸우다 죽었어. 아직도 그날의 눈빛을 생각하면 소름이 돋아, 으흐흐흐. 그런데 말이야, 수백 년이 지나고 류 수사관과 똑같은 눈을 한 사내가 나타났어. 바로 너의 할아버지였어. 류덕현…."

용일은 그녀가 도망이라도 칠까, 칼을 고쳐 쥐었다.

"그게 뭐 어쨌다는 거야?"

"너희 할아버지를 보고 알게 됐지. 지긋지긋한 청강 류씨와의 악연이라고…. 어느 날, 너희 할아버지가 나를 찾아왔다. 아무리 봐도 무슨 생각을 하고 있는지 읽을 수가 없단 말이야. 당황한 나머지 말도 못 하고 있는데, 한 마디 하고 나가더라. 날 보고 가짜라고…. 그때부터 류덕현을 비롯한 그놈 집안의 씨를 말려야겠다 결심했어. 때마침 은혜도 모르는 괭이새끼 한 마리가 류덕현 집에 있다기에 꼬드겼지. 모든 게 완벽한 계획이었다. 놈이 류덕현을 비롯한 집안 놈들을 잡아먹게 하고 산신이 되면 혼인해서 진짜 선녀가 된다…. 그런데 류덕현은 괭이새끼의 꼬임에 넘어가지를 않는 거야. 놈이라면 무슨 일을 꾸밀지 몰라서 황춘효의 애비에게 마비산을 줬지. 애초에 쉽게 끝낼걸…. 그랬다면 이렇게까지 일이 꼬이지 않았을 텐데. 이히히히히…."

"다시 말해서 이 모든 비극이 너 하나를 위해서 저지른 일이지? 당신을 믿고 따르는 사람들한테 미안하지도 않아?"

옥순은 미친 듯 웃었다.

"내가 왜 미안해야 하누? 어차피 생각도 없고 쓸모도 없는 인간들인데 말이야, 흐흐흐흐…. 오히려 그들이 나한테 고마워해야지. 쓸모 있게라도 만들어줬으니까. 너희 할아버지도 그랬더라면 참 좋았을 텐데…. 류덕현 같은 인간 때문에 세상이 발전할 수가 없어요. 오지랖만 넓어서 말이야. 부모도 집도 없는 아이들한테 뭐 하려고 관심을 그렇게 가지나? 고것들은 나를 위해서 존재하는 거야. 그리고 내가 선녀로서 존재해야 의존하는 모든 이들이 잘 살 거 아니야?"

용일은 기가 찼다.

"개소리를 유식하게 말하는 걸 보니 가짜가 맞구나? 당신을 믿는 사람들이 당신의 실체를 알고도 그럴 것 같아?"

옥순은 한심한 표정을 짓더니 혀끝을 찼다.

"쯧쯧쯧쯧…, 우매하다, 우매해. 이미 나를 선녀라 받드는 자들은 내 실체가 뭐든 믿지 않는단다. 그들 마음속에는 아름답고 거룩한 선녀님만 있을 뿐…. 내 실체를 알더라도 다 이유가 있을 거라고 믿겠지. 아니, 자신이 틀렸다는 걸 믿기 싫어서 나를 믿을지도…. 인간이란 그런 거란다."

용일은 옥순의 말을 듣고 싶지 않았다. 그녀를 향해 칼을 휘둘렀다.

"키히히히히…."

옥순은 종잇장 같은 몸으로 공격을 요리조리 피했다. 그녀는 조롱하듯 표정을 일그러트렸다. 용일은 어떻게든 복수를 하고 싶었지만 역부족이었다. 가짜에게 송두리째 빼앗긴 청강 류씨 사람들을 생각하니 괘씸했다.

"할아버지도, 아버지도, 친척들도 그리고 곡동에서 죽어간 사람들도 가짜한테 놀아났다고 생각하니 불쌍하다."

갑자기 선녀의 동공이 흔들리더니 용일을 뿌리쳤다.

"난 가짜가 아니야!"

"네가 네 입으로 말했잖아. 진짜를 죽이고 지금까지 가짜 행세를 했다고…."

"시, 시끄러!"

'가짜'란 말에 선녀가 경기를 일으켰다. 과거에 류덕현이 했던 말이 떠올랐다.

"당신은 가짜다."

400년이 지나도 마음 깊은 곳에서 자신을 옭아매던 말이었다. 사실 옥순도 자신이 진짜가 아니라는 사실을 내내 인식하고 있었다. 영원히 진짜가 될 수 없는 가짜의 한일까? 곡동이 떠나가도록 자신은 진짜라며 비명을 질렀다. 용일이 귀를 막는 사이 선녀가 손톱을 치켜세워 달려들었다.

용일은 괴이한 선녀의 모습에 몸이 굳어버렸지만, 저절로 칼이 움직여 선녀의 배를 찔렀다. 배에서 심한 악취와 함께 새카만 피가 떨어졌다. 선녀의 입에서도 피가 쏟아졌다. 그것이 용일의 손에 조금 묻었는데, 화상을 입은 것처럼 뜨겁고 쓰렸다. 선녀는 용일의 팔을 뺄 수 없게 손목을 꽉 잡았다.

"망할 청강 류씨 놈들…. 살려둘 수가 없다. 나 혼자 죽을 수 없지. 네놈을 길동무 삼아 저승으로 가야겠다."

용일은 안간힘을 썼다. 결국 선녀의 배를 찼다. 선녀는 바닥에 고꾸라졌지만 끈질기게 기어왔다.

그때였다. 요란한 소리가 들려오더니, 곡동 사람들이 선녀궁으로 몰려들었다. 그들 손에 칼이며 망치 같은 흉기들을 들고 있었다. 선녀가 고통스러워하니 모두가 용일을 보고 분노했다.

"이, 이럴 수가…. 류덕현의 손자가 선녀님을…."

"저 새끼는 즈그 할애비처럼 곡동을 망칠 거다."

용일은 상체와 하체가 분리된 선녀를 가리켰다.

"이것 보세요. 이게 선녀의 정체예요. 여러분은 그동안 선녀에게 속고 있었던 겁니다."

안타깝게도 용일의 말을 믿는 이는 하나도 없었다. 모두가 울먹이며 용일에게 다가왔고 당장이라도 흉기를 휘두를 태세였다. 가장 선두에는 류상중도 있었다.

"이제 우리에게 희망이 없습니다. 류덕현의 손자 류용일이 모든 걸 망쳤습니다. 절대 살려둬서는 안 됩니다."

류상중이 다가가자, 용일이 뒷걸음질을 쳤다.

"혀, 형님…. 어떻게 저한테 그럴 수 있어요?"

"누가 네 형이야? 난 천박한 청강 류씨가 아니다. 너를 이곳으로 끌어들이기 위한 책략가일 뿐이다."

사람들이 구석으로 용일을 몰았다. 눈앞이 캄캄했다. 한 걸음도 빠져나가지 못할 것 같았다. 점점 늘어나는 사람들을 보고만 있는데, 문득 엄마가 떠올랐다. 살아서 나간다면 볼 수 있을 거란 희망을 버릴 수 없었다.

어떻게든 살 방법을 찾고 있을 무렵, 저 멀리서 한 노인이 휘발유를 정신없이 뿌리고 있었다. 황춘효의 아버지였다.

"흐헤헤헹, 이것들아! 선녀는 애초부터 없었다. 너희들 모두가 이용당한 거야, 나처럼! 흐헤헹, 흐헤헤헹."

황춘효의 아버지는 남은 휘발유를 머리에 붓고 라이터를 켰다. 순식간에 불이 붙었다. 사람들이 서둘러 선녀궁을 나갔다. 용일은 아마 그도 선녀의 실체를 알고 죄책감에 그랬다고 믿고 싶었다. 안타깝지만 하늘이 주신 기회였다. 용일도 창가로 몸을 날렸다. 창이 깨지는 동시에 정신을 잃을 것 같았지만 엄마의 얼굴을 보겠다는 일념으로 쉬지 않고 달렸다.

곡동을 벗어나기 위해 걷고 또 걸었다. 모르는 사람에게 구걸도 하고 돈을 빌려서라도 어떻게든 부산으로 가는 버스를 탔다. 며칠간 잠도 못 잔 상태였지만 잠들 수 없었다. 어떻게든 부산으로 가서 엄마를 보고 싶었다. 사상 터미널에 내리자마자 택시를 타고 오창석의 집으로 향했다.

폐공장들이 보였다. 당장이라도 달려가고 싶으나 다리가 말을 듣지 않았다. 비틀거리며 지하로 내려가 첫 번째 문을 따고, 두 번째 문을 땄다. 누군가 정리한 듯 깨끗했다. 외할아버지 방에 있던 책장에서 책을 당겼다. 책장이 옆으로 밀렸고 문이 나왔다. 첫째 서랍에 있는 버튼을 누르니 문이 열렸다. 설레는 마음으로 천천히 걸어갔다. 문을 열어 안으로 들어가니 엄마가 흔들의자에 앉아 바느질을 하고 있었다. 용일은 엄마의 뒷모습을 보자 감정이 북받쳤다.

"어, 엄마…."

분명 엄마였다. 피폐해진 몸을 이끌고 엄마에게 달려가 안겼다. 용일은 그동안 있었던 설움과 그리움으로 오열했다.

***

시간이 꽤 지났다. 더 이상 범이 부린 창귀의 저주도 없다. 용일과 엄마는 할아버지가 남겨준 약간의 유산으로 강원도 어느 구석에서 쥐 죽은 듯 살았다.

하지만 비극이 남긴 부작용은 컸기에, 새로운 인생을 시작할 준비가 어려웠다. 늘 피폐한 하루가 반복되었다. 공부를 시작하려 해도 눈에 들어오지 않았고, 기술을 배우려 해도 손이 따라주지 않았다. 비극이 끝나면 행복하게 지낼 줄 알았는데, 그런 것도 아니었다. 매일 다른 걱정이 생겼다.

사실 외할아버지는 할아버지 집에서 죽었는지도 모른다. 마음 한구석에 미안함이 남아 있지만 다시 곡동으로 가기는 싫다. 곡동에 대한 소식뿐만 아니라, 세상이 어떻게 돌아가는지 알고 싶지 않았다. 숨을 쉬니까 살아 있다고 여길 뿐. 엄마는 사람을 못 믿겠다며 읍내에 갈 때는 용일이 혼자 장을 보곤 했다.

시장에서 생활에 필요한 물건을 산 후 엄마가 좋아하는 꽈배기를 주문했다. 그런데 텔레비전에서 낯익은 모습들이 나오는 게 아닌가? 관광지로 유명하다며 곡동의 선녀궁을 비췄는데, 엄석훈이란 군수의 인터뷰 뒤로 류상중이 환하게 웃고 있었다. 잠시 후 류상중이 인터뷰를 이어서 했는데, 자막에는 '선녀교 2대 교주'라고 적혀있었다.

용일은 얼굴이 굳어버렸다. 선녀와 범이 죽고 모두 끝났다고 생각했는데, 곡동 사람들은 즐거운 축제를 즐기고 있었다. 모두 용일을 죽이려고 했던 사람들이었다. 더욱 맥 빠지는 일은 창귀를 따라다니던 노승이 신난다며 춤을 췄다. 그들이 카메라를 보며 웃었는데, 모두 용일을 보는 것 같았다.

完

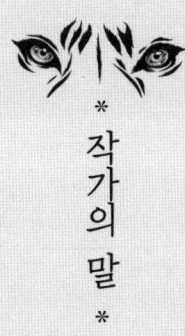

작가의 말

 2023년을 말하자면 최악의 시간이었다. 글을 읽기조차 힘든 슬럼프를 겪으면서 계획이 모두 무산됐다. 쓰는 일도 무리였기에 일주일에 한 편 쓰던 연재를 그만뒀다. 하지만 《창귀》는 포기할 수 없었다. 생에 첫 장편 소설을 어떻게든 마무리를 짓고 싶었다. 결국, 5월에 원고를 넘겼고 편집자의 시간을 기다렸다.

 원고를 넘긴 후 뇌경색에 걸렸다. 생각처럼 움직이지 않았고 원치 않게 혼자만의 시간이 길어졌다. 또 한 번 새로운 연재와 준비 중인 일도 어그러졌다. 해가 뜨면 재활하고 배고프면 밥 먹고 그 외의 시간은 눈을 감은 채 라디오나 틀어놓고 지냈다. 이겨내려고 노력하지 않고 시간의 흐름에 순응했다. 다행히도 재활의 힘인지, 시간의 힘인지 완치됐고 다시 글을 쓸 수 있었다.

문제는 《창귀》였다. 재활하면서 '엉망으로 보낸 원고'가 눈에 밟혔다. 2023년에 책을 낼 계획이 없다던 출판사였기에 수정하겠다고 했다. 다시 본 원고는 엉망이었다. '경상도 사투리'가 묻은 문장이 헛웃음을 짓게 했다. 울며 겨자 먹기로 어떤 이야기를 썼는지 살폈다. 문장이나 단어 선택은 형편없었지만, 다행히도 새로운 소설을 읽는 기분처럼 재밌었다.

퇴고를 하면서 당시의 기분이 떠올랐다. 매주 연재하는 원고, 대학교 강의, 콘텐츠 관련 사업 등 밥벌이를 처리하고 나면 녹초가 됐던 하루. 고비를 넘기면 행복이 있을 거라는 희망도 가졌지만, 빠진 독에 물을 넣고 있는 자신을 보며 갈수록 삶이 무의미해진다고 생각했다. 정신을 차려보니, 비극을 소재로 소설을 쓰고 있었다. 소설의 배경은 실제로 살거나 머문 곳으로 철이 든 후에 그곳이 우울한 동네라는 걸 깨달았다.

지금이야 남의 집을 보면 범죄이지만, 그 시절만 해도 아파트의 간격이 좁았기에 조그마한 소리라도 들릴 때면 멀뚱히 보곤 했다. 해가 지면 베란다에 앉아 술을 마시는 사람이 꽤 있었다. 30대 후반쯤 되니 그들이 이해됐다. 돈 나갈 곳은 많은데 벌이는 정해져 있는 현실이 무섭지 않았을까? 본인 역시 힘든 일이 생기면 술을 마시며 감정을 무디게 한 적이 있다. 하지만 술이란 이성을 무디게 하고 감정만 폭발시킨다.

고성과 울음소리가 자주 나는 집이 있었다. 친구의 집이었다. 일층이었기에 친구가 부친에게 맞는 장면을 몇 번 봤다. 녀석은 성인이 되면 의절할 거라고 입버릇처럼 말했다. 꽤 시간이 흘러 서른 살에 만난 녀석은 소주 한 잔을 입에 털며 자신의 아버지 이야기를 꺼냈다. 어린 시절, 부친의 죽마고우가 찾아왔단다. 어느 섬에 석유가 난다며 투자를 하면 열 배로 돌려준다나? 유명한 대학까지 나온 사람이고 주위 동창들도 투자하라고 권유해서 녀석의 부친은 의심도 하지 않고 투자했다. 하지만 죽마고우는 돈을 가지고 잠적했다. 직원들 월급이며 원료비까지 밀리는 사태가 일어났다. 이후 부친은 매일 술을 마셨는데, 화를 주체할 수 없는 날이면 녀석에게 주먹을 휘둘렀다. 세월이 흘러 그 죽마고우를 우연히 만났는데, 반성은 하지 않고 비싼 수입차만 자랑했단다. 그 모습에 결국 부친은 쓰러졌다. 폭력으로 얼룩진 어린 시절을 원망했지만, 자신을 때린 아버지를 조금은 이해한다며 녀석은 눈물을 흘렸다.

그런데 녀석에게 들은 충격적인 말이 아직도 머릿속을 맴돈다. 사기를 친 죽마고우라는 사람도 밉지만, 투자하라며 부추긴 부친의 동창들이 더 밉단다. 한국에서 석유가 난다는 말이 거짓말인 줄 알면서도 중학교만 나온 부친을 골탕 먹이기 위해 그랬단다. 더욱이 부친이 죽마고우에게 돈을 보낸 날, 그들은 한패가 되어 룸살롱을 갔단다. 결국, 친구의 아버지는 괴로워하다가 비극을 맞이했다.

타인을 속이는 행위가 언제부터 당연해졌다. '보이스 피싱'은 생활 속에 스며들었고 믿음을 줘야 할 존재가 사기꾼이 되는 현실이다. 어느덧 세상은 친구의 부친에게 투자를 부추긴 동창들로 가득 찬 기분이다.

인류의 정보창고인 SNS와 유튜브는 사기꾼의 큰 무기가 된 지 오래다. 개나 소나 언론사가 될 수 있고, 기존 언론사도 자본에 따라 개나 소에게 동조하는 세상이다. 만약 비판하는 자가 나타나도 개의치 않는다. 자본 편인 언론이 방패가 되어 주고 대중을 속여주기 때문이다. 언론은 돈을 벌기 위해 진실과 거짓을 모호하게 만들며 이상한 논리로 '중립'을 추구한다. 과연 그들을 언론사라고 할 수 있는 걸까?

본인은 자본을 먹고 괴물이 된 언론사가 다수라고 생각한다. 아직도 "국회에서 이 새끼들이 승인 안 해주면 바이든은 쪽팔려서 어떡하나"라고 언급한 국가원수의 거짓말을 '바이든'이 아니라 '날리면'이라고 옹호하던 날을 잊을 수 없다. 이 사태를 보면서 언론사가 대중들에게 사기를 친다는 생각을 지울 수 없었고 어쩌면 이들이 사기꾼을 양성하고 있다는 생각도 들었다. 시간의 지남에 따라 그들의 행패는 심해졌다. 사기꾼을 추종하는 세력까지 만들었기 때문이다. '메시아'라도 찾은 듯 거짓으로 둘러싼 게으른 자를 찬양했고 가까운 가족부터 타인까지 바이러스처럼 물들였다.

물밑까지 타인의 발목을 잡아당기는 물귀신이 떠올랐다. '창귀'는 물귀신을 부르는 이름이기도 하지만, 호랑이에게 잡아먹혀 노예가 된 귀신을 부르는 말이기도 하다. 자신을 죽인 범에게 충성하고 일가친척을 자신처럼 '창귀'로 만드는 모습이 요즘 세상처럼 보였다. 사실 '창귀'는 타인에게 관심이 없다. 오로지 나만 괜찮으면 된다는 심보를 가졌다. 그런 모습을 이 소설에 담으려고 애썼다.

좋지도 않은 머리로 《창귀》와 기나긴 싸움을 한 기분이다. 그 덕에 2021년 말에 계약했는데, 2025년에 출간을 한다. 이 과정에 많은 분께 도움을 받았다. 먼저 긴 시간을 기다려주시고 기회를 주신 「북오션 출판사」의 박영욱 대표님께 감사의 인사를 전하고, 책을 만드는 동안 귀찮은 요구를 모두 들어주신 권기우 부장님께 정말 감사하다. 또한 슬럼프에 허덕일 때마다 격려해주신 정명섭 작가님, 차무진 작가님, 최영희 작가님 덕에 이탈하지 않고 원고를 마칠 수 있었다. '선배님의 후배'라는 사실이 자랑스럽고 '이제 또 다른 시작'이라는 생각에 가슴이 뜨겁다. 더불어 작가의 건강과 성공을 생각하는 '왓섭, 공포다리오'의 장경섭 선생님께도 감사하다.

끝으로 아무런 계획도 희망도 없는 녀석이 작가가 될 수 있게 믿어주고 응원해주신 나의 스승님 조용현 교수님께 영광의 일부를 돌린다.

《창귀》는 문화류씨가 쓴 첫 장편 소설이다. '진짜 공포란 무엇인가'를 생각하면서 '현실의 공포'와 '창작 속 공포'를 연결하고 싶었다. 처음에는 어떻게든 끝내야겠다는 심정으로 억지로 글자를 썼지만, 시간이 지날수록 퇴고하고 다시 읽으면서 스스로 성장한 기분이다. 더욱이 본 이야기처럼 현실 속 '괴이의 힘'이 국민의 염원으로 사그라져 간다. 반드시 현실 속 괴이가 엄중한 벌을 받기를 바라며, 독자님들께 재밌는 '읽을거리'가 되길 바란다. 끝으로 칼바람이 부는 12월 거리에 나와 계엄을 막아내고 집회에 참여하며 마음을 모아주신 분들에게 죄송함과 감사함의 인사를 보낸다.

두려움을 이겨내는 힘은 늘 우리 곁에 있습니다.

문화류씨 올림